伤心者

主编 姚海军 刘慈欣

海峡出版发行集团
THE STRAITS PUBLISHING & DISTRIBUTING GROUP

福建少年儿童出版社
FUJIAN CHILDREN'S PUBLISHING HOUSE

图书在版编目（CIP）数据

伤心者 / 姚海军 , 刘慈欣主编 . — 福州 : 福建少年儿童出版社 , 2024.5

（中国科幻经典大系）

ISBN 978-7-5395-7637-4

Ⅰ . ①伤… Ⅱ . ①姚… ②刘… Ⅲ . ①幻想小说—小说集—中国—当代 Ⅳ . ① I247.7

中国版本图书馆 CIP 数据核字（2021）第 197524 号

"中国科幻经典大系"入选"福建省优秀出版项目"

中国科幻经典大系

SHANGXIN ZHE

伤心者

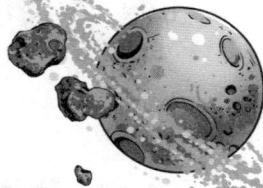

主编： 姚海军　刘慈欣
出版发行： 福建少年儿童出版社
社址： 福州市东水路 76 号 17 层（邮编：350001）
经销： 福建新华发行（集团）有限责任公司
印刷： 福州印团网印刷有限公司
地址： 福州市仓山区建新镇十字亭路 4 号
开本： 700 毫米 × 1000 毫米　1/16
字数： 193 千字
印张： 14.5
版次： 2024 年 5 月第 1 版
印次： 2024 年 5 月第 1 次印刷
ISBN 978-7-5395-7637-4
定价： 38.00 元

如有印、装质量问题，影响阅读，请直接与承印者联系调换。
联系电话： 0591-87881810

前　言

在时光列车即将驶入 21 世纪之际，我国著名科幻作家叶永烈先生在福建少年儿童出版社的支持下，主编了洋洋大观的六卷本"中国科幻小说世纪回眸丛书"，用精心遴选的 300 万字作品，勾勒出 20 世纪科幻文学发展的基本样貌。叶永烈先生不仅是一位影响深远、对科幻文学有着独到观察的科幻小说家，他在科幻史料的发掘和研究方面，也做了许多开创性工作。因此，"中国科幻小说世纪回眸丛书"在今天仍然是回望 20 世纪科幻文学的上佳读本。

叶永烈先生对科幻文学的未来抱有很高的期望，他在该丛书序言中甚至提议："以后在每个世纪末，都出版一套'中国科幻小说世纪回眸丛书'。"但令人痛心的是，2020 年，叶永烈先生过早地离开了我们。出版界的朋友始终铭记他生前的愿望，曾在福建少年儿童出版社工作多年、曾任福建人民出版社社长的房向东先生和福建少年儿童出版社现任社长陈远先生多次相约，希望我能与刘慈欣一起续编"中国科幻小说世纪回眸丛书"。

21 世纪不是才刚刚开始吗？当我抛出这样的疑问时，两位出版人不约而同给出了一个相同的理由：虽然 21 世纪只过去了 20 年，但这 20 年是中国科幻迄今为止最为光彩夺目的 20 年，我们有理由提前实施叶永烈先生的计划。

我深以为然。

自进入 21 世纪，我国科幻便进入了高速发展的快车道——

以吴岩、韩松、柳文扬、何夕、星河、潘海天、凌晨、杨平、赵海虹等为代表的新生代作家，进一步壮大了他们在 20 世纪最后 10 年悄然发起的新科幻运动，为科幻文学带来青春的律动和类型的大幅拓展。

1993 年偶然闯入科幻世界的王晋康，迅速在世纪之交成为中国科幻重要期刊《科幻世界》的台柱子作家，他的一系列短篇《生命之歌》《七重外壳》《终极爆炸》，以及后来的长篇《十字》《与吾同在》《蚁生》《逃出母宇宙》，为 21 世纪的中国科幻增加了文化上的厚重和哲学层面的思辨。

1999 年，中国科幻界另一位明星作家刘慈欣闪亮登场，并在其后的 10

年里密集发表了《流浪地球》《乡村教师》《中国太阳》等一系列高水准的中短篇佳作。2006年，刘慈欣的《三体》开始在《科幻世界》连载，一时洛阳纸贵。紧接着，2008年和2010年刘慈欣又相继出版了《三体2·黑暗森林》和《三体3·死神永生》，将《三体》三部曲发展成一个无与伦比的恢宏宇宙。2015年8月23日，刘慈欣的《三体》（英文版）获第73届世界科幻大会颁发的雨果奖最佳长篇小说奖，这是亚洲作家首次获得雨果奖，为中国科幻以及中国科幻与世界科幻的对话交流开创了全新局面。

《三体》引发了前所未有的科幻热潮，这一热潮甚至波及海外。《三体》在北美、欧洲以及日本都创造了中国科幻小说的销售纪录，并赢得了良好的口碑。《三体》在今天仍然备受关注，因此，最近10年也被很多评论家称为"后三体时代"。

"后三体时代"几乎无处不闪耀着《三体》的辉光，但就在这辉光中，新星的力量在悄然执着地生长。郝景芳、陈楸帆、江波、宝树、张冉、七月、拉拉、迟卉、长铗、谢云宁、夏笳、程婧波、顾适、阿缺、杨晚晴、梁清散、钛艺、廖舒波……新一代的科幻作家（亦称更新代作家）以更为敏锐的眼光审视并界定科幻的意义，试图在文化传统和国际潮流、现实和未来、科技和伦理的交织中找到立足的锚点。更让人惊喜的是，当下科幻舞台的中心，不仅有新生代、更新代，王诺诺、索何夫、陈梓钧、昼温、念语等90后作家也已经崭露头角。美国著名科幻作家大卫·布林预言，世界科幻的未来在中国。我想，有才华的年轻人不断涌现，应该是这预言最坚实的支撑吧。

科幻的繁荣，意味着我们无法仅以《三体》为轴心对这20年进行评说。中国科幻之所以丰富多彩，根本原因在于它的包容性。21世纪以来，以"何慈康"（指何夕、刘慈欣、王晋康）为代表的"核心科幻"取得了令人瞩目的成就，拥趸众多；韩松式"边缘科幻"也一直特立独行，绽放异彩。可以说正是由于有韩松式作家的存在，中国科幻才成为一个完美的大宇宙。韩松被认为是被严重低估的科幻作家，他的小说既有对当下至为深刻的洞察，也有对未来最为大胆的寓言式狂想，对飞氘、糖匪、陈楸帆等更新代科幻作家产生了深刻影响。

科幻的繁荣，还意味着针对不同年龄层读者创作分工的完成。在原本被认为属于儿童文学的科幻小说日益成人化的同时，在科幻的内部，少儿科幻分支开始重新被认识，并迅速发展。一方面，专门为儿童写作的科幻作家异军突起，包括杨鹏、赵华、马传思、王林柏、陆杨、彭柳蓉、超侠等，其中赵华、马传思、王林柏凭借自己的科幻创作获得了全国优秀儿童文学奖；另一方面，成人科幻作家进入少儿科幻领域也渐成趋势，王晋康、刘慈欣、吴岩、星河、江波、宝树等均创作了少儿科幻作品，吴岩的《中国轨道》也获得了全国优秀儿童文学奖。

这套"中国科幻经典大系"虽然未直接沿袭叶永烈先生"中国科幻小说世纪回眸丛书"的书名，但基本遵照了后者的编辑体例，将21世纪第一个20年科幻小说的主要创作成果分为12册呈献给广大读者，其中很多作品都获得了中国科幻银河奖、华语科幻星云奖等重要奖项，亦有不少作品被译成英、日、法、意等语言在国外发表。其中，《北京折叠》甚至获得了世界科幻大奖雨果奖，作者郝景芳也因此成为第二位捧得雨果奖奖杯的中国科幻作家。

佳作纷呈，但篇幅有限。因此，关于本丛书的选编，有几点需要说明：

一、因便利性等原因，本丛书未包含中国港澳台地区的科幻作品，将来有机会另补一编。

二、21世纪第一个20年科幻创作繁盛，为尽量多收录中短篇佳作，本丛书未收录长中篇及长篇作品。

三、同样因为篇幅有限，无法收录很多作家的全部代表作，我们只能优中选优。

四、个别作品因为版权原因，故未收录。

五、本丛书的编选由我和慈欣共同完成。我初选后，交由慈欣审定。慈欣阅读量惊人，很高兴和他一起完成这项有意义的工作。

六、感谢所有入选作者对主编工作的支持，感谢福建少年儿童出版社对本丛书选编工作的大力支持。福建少年儿童出版社是一家有科幻出版传统的出版社，20世纪90年代推出的"世界科幻小说精品丛书"、六卷本的"科幻之路"和六卷本的"中国科幻小说世纪回眸丛书"均影响深远。希望福建少年儿童出版社每隔20年，都能出一套"中国科幻经典大系"，直到22世纪，汇编成蔚为大观的第二套"中国科幻小说世纪回眸丛书"。

目 录

◆ 第 15 届银河奖获奖作品

伤心者

何夕

一

　　上午正是菜市场最繁忙的时候，我看着夏群芳穿过拥挤的人群，她的背影很臃肿。隔着两三米的距离，我看不清她买了些什么菜，不过她跟小贩们的讨价还价声倒是能听得很清楚。从这两天的经历来看，我知道小贩们对夏群芳说话是不太客气的，有时甚至于就是直接奚落。不过，我从未见夏群芳为此表现出生气什么的，她似乎只关心最后的结果，也就是说菜要买得合算，至于别的事情，至少从表面看上去她是毫不计较的。现在她已经买完菜准备离开，我知道她要去哪里。

　　这座城市的四月是最漂亮的时候，各个角落里都盛开着各种各样的花。天气不冷也不太热，老年人皮帽还没取下，小姑娘们就钻空在天气晴朗的时候迫不及待地穿起了短裙——这本来就是乱穿衣的时候呢，"乱花渐欲迷人眼"在这样的季节里成了不折不扣的双关说法。夏群芳对街景显然并没有欣赏的打算，她只是低着头很费劲地朝公共汽车站的方向走，装满蔬菜的篮子不时和她短胖的小腿撞在一起，使得她每走几步就会有些滑稽地打个趔趄。道路两旁的行道树都是清一色的塔松，在这座温带城市里，这种树比在原产地长得快，但木质也相对差一些。夏群芳今天走的路线与平时稍有不同，因为今天是星期天，她总是在这个时候到 C 大去看她的儿子何夕。

由于历史的原因，C大的校园被一条街道分成了两个部分，在这条街上还运行着一路公共汽车。夏群芳下车后，进入了校园的东区。现在是上午十点，她直接朝图书馆的方向走去，她知道这个时候何夕肯定在那里。同样由于历史的原因，C大的图书馆有两座，分别位于东西两区，实际上，C大的东西两区曾经是两所独立的高校。用校方的语言来说，这两所学校是合并，但现在的校名沿用了东区的，所以当年从西区那所学校毕业的不少学生常常戏称自己是"亡校奴"，并只对西区那所学校寄予母校的情怀。严格来讲，何夕也该算作"亡校奴"，不过何夕是在合并后才开始读C大硕士的，所以在何夕心中，母校就是东区和西区的整体。

何夕坐在东区图书馆底楼的一个角落里静静地看书，不时在面前的笔记本上写上几笔。这时候，有一个人正透过窗户悄悄地注视着他。窗外的人就是何夕的母亲夏群芳，她饶有兴致地看着聚精会神的何夕，汗津津的脸上荡漾着止不住的笑意。我看得出她有几次都想拍响窗户打个招呼，她伸出手最终却犹豫了。倒是临近窗户坐着的两个漂亮女生发现了窗外的夏群芳，她们有些嫌恶地白了她几眼。夏群芳看懂了她们的这种眼神，不过她心情好不跟她们计较——她有个读硕士的儿子呢，她在单位里可风光了。想到单位，夏群芳的心情变得有些差，她已经四个月没有从那里拿到钱了。当然，她这四个月并没有去上班，她下岗了，现在摆着个杂货摊。按照夏群芳一向认为合理的按劳取酬原则，她觉得这也是很自然的事情。夏群芳在窗外按惯例站了二十来分钟，她的脸上显得心满意足。我算了一下，为了这一语不发的莫名其妙的二十分钟，夏群芳提着十来斤东西多绕了五公里路，这种举动虽然不是经济学家的合理行为，却是夏群芳的合理行为。

其实今天夏群芳是最没有理由来看何夕的，因为今天是星期天，何夕虽然住校，但星期天总会回家一趟。不过他不会在家里住，而是吃过晚饭又回到学校。夏群芳知道，在何夕的心里学校比家里好。不过对于这一点，夏群芳并不在意，只要儿子觉得高兴，她也就高兴。夏群芳永远都不会知道，此刻摊放在何夕面前的那本大部头里究竟有什么吸引人的东西，但很肯定的是，每当夏群芳看到儿子聚精会神地沉浸在书中时，她的心里就会有一种没来由的欣慰。这种感觉差不多在何夕刚上小学的时候就成形了。她以前就从不去探究何夕读的是本什么书，更不用说何夕现在读的那些外文原著。从小到大，何夕在学业上的事情都是自己做主，甚至包括考大学填志愿选专业，以及后来大学毕业时由于就业形势不好又转回去读硕士等等。想起儿子前年毕业后四处奔波求职时的情形，夏群芳就感到这个世界变化实在太快，她从没有想过大学生也有难找工作的一天，在她的心里，这简直无异于天方夜谭。有个同事对夏群芳说，这算啥，人家发达国家早就有这种事情了。说话的时候，那人脸上一副幸灾乐祸的神情。不过事实却肯定地告诉夏群芳，的确没有一个好单位肯要她心中无比优秀的儿子何夕，她隐约听说这似乎和何夕的专业不好有关。不过在夏群芳看来，何夕的专业蛮好的，好像叫作什么什么数学。在夏群芳看来，这个专业挺有用的，哪个地方都少不了要写写算算，写写算算可不就是什么什么数学嘛。夏群芳有一次忍不住把自己的想法讲给何夕听，但何夕只是淡淡地笑了一下。夏群芳的心中早就有了主见，自己的儿子可没什么不好，儿子的专业也是顶好的，那些不会用人的单位是有眼无珠，迟早要后悔死的。夏群芳有时没事就在想，有一天等何夕读完硕士后找个好工作，她一定要气气当初那些不识好歹的人。想到得意处，她便笑出声来。她有些不舍地又回头看了眼专心看书的儿子，然后才踏实地欣欣然离去了。

二

何夕抬起头来，朝我站的方向看过来。我愣了一下，立刻醒悟到他是在看夏群芳的背影。这时，坐在窗户边的那两个女生开始议论说刚才那个在外边傻乎乎看了半天的人不知是谁，何夕有些愤怒地瞪了她们一眼。他其实很早便知道母亲就站在窗户外注视着自己，在他的记忆里，母亲几乎每个星期天的上午都会到学校的图书馆来看自己读书。何夕知道，母亲之所以选在这一天来，纯粹是前几年的习惯所致，实际上，母亲现在的每一天都可算是放假。何夕看着母亲远去的背影叹了口气，他觉得自己的情形也差不了多少。有时候何夕的心里会隐隐升起一股对母亲的埋怨之情，他觉得母亲实在太迁就自己了，从小到大许多事情她几乎都由何夕自己做主，如果当初母亲能够在选择专业上不要过分顺从自己就好了。何夕摇摇头，觉得自己不该这样埋怨母亲，他其实知道母亲并不是不想帮自己，而是实在没有这方面的能力。

何夕看了下表，急促地向窗外扫视了一下。按理说江雪应该来了，他们说好上午十一点在图书馆碰面的。何夕简单收拾了一下朝外面走去，刚到门口就见到了江雪。

与何夕比起来，江雪应该算是现代青年了。单从衣着上来看，江雪就比何夕领先了五年。这样讲好像不太准确，应该说是何夕落后了五年，因为江雪的打扮正是眼下最时兴的。她的发型是一种精心雕琢出来的叫作"随意"的新样式，脑后用丝质手绢绾了个小巧的结，衬出她粉白的面庞，愈发显得清丽动人。看着那条手绢，何夕心里感到一阵温暖，那是他送给江雪的第一件礼物。手绢上是一条清澈的河流，天空中飘着洁白的雪花。他觉得这条手绢简直就是为江雪定做的一样。看到他们两人走在校园里的背影，很多人都会以为是一个学生在向老教授请教问题，不过江雪并不觉得这样有什么不妥，尽管要好的几个女生提到何夕时总是开玩笑地问："你的老教授呢？"小时候，她和大她两岁的何夕是邻居，有过一些想起来很温馨的儿时记忆，后来由于父母亲的工作变动，他们分开了，但十多年后很巧地在 C 大又遇上了。当时，江雪碰到迎面而来的何夕，两人不约而同地喊道："哎，你不就是……哎……那个……哎……吗……"等到想起对方的名字后，两个人都大笑起来。所以，两人后来还常常大声地称呼对方为"那个哎"。江雪觉得何夕和自己挺合得来，别人的看法她并不看重。她知道在计算机系和高分子材料系里，有几个男生在背地里说他们是鲜花和牛粪。在江雪看来，何夕并不像外界所认为的那样是一个迂腐的书呆子，恰恰相反，江雪觉得何夕身上充满了灵气。给江雪印象最深的是何夕的眼睛，在此之前，她从未见过谁拥有这样一双睿智而深邃的眼睛。看到这双眼睛的时候，江雪总禁不住地想，拥有这样一双眼睛的人一定是不平凡的。

每当看到江雪的时候，何夕的心情就变得特别好，实际上也只有这时候他才有如释重负的感觉。何夕很小就知道自己的性格缺陷，当他手里有事情没完成时总是放不下，无论做别的什么事情总还惦记着先前的那件事。他本以为自己这辈子都是这种性格了，但江雪的出现改变了这一切。和江雪在一起时，他也不知道为什么自己就像换了一个人——那些不高兴的事、那些未完成的事都可以抛在脑后，甚至包括"微连续"。想到"微连续"，何夕不禁有些分神，脑子里开始出现一些很奇特的符号，但他立刻收回了思绪——实际上只有在江雪到来时他才会这样做，也只有在江雪到来时他才做得到这一点。江雪注意到了何夕一刹那间的走神，在她的记忆里这是常有的事。有时大家玩得正开心，何夕却很奇怪地变得无声无息，眼睛也很缥缈地盯住虚空中的不知什么东西。这种情形一般不会持续很长时间，过一会儿何夕就会自己"醒"过来，像从睡梦中醒来一样。这样的情况多了，大家也就不在意了，只把它理解成每个人都可能有的怪癖之一。

"先到我家吃午饭。我爸说要亲自做拿手菜。"江雪兴致很高地提议，"下午我们去滑旱冰，老麦才教了我几个新动作。"

何夕没有马上表态，眼前浮现出老麦风流倜傥的样子来。老麦是计算机系的硕士研究生，也算是系里的几大才子之一，当初与位居几大佳人之列的江雪都开始有了那么一点意思，但是何夕出现了——用老麦的话来说就是"自己想都想不到地输给了江雪的儿时记忆"。不过老麦是一个洒脱之人，几天过后便又开始大大咧咧地约江雪玩，当然每次都很君子地邀请何夕一同前往。从这一点讲，何夕对老麦是好感多于提防的。不过，有时连何夕自己也不得不承认，老麦和江雪站在一起时显得多么协调，无论是身材相貌还是别的，这个发现常常会令何夕一连几天都心情黯然。但江雪的态度是极其鲜明的，她毫不掩饰自己对何夕的感情。有一次，老麦略带不屑地说了句"小孩子的感情靠不住"，结果江雪出人意料地激动了，她非要老麦为这句话道歉，否则就和他绝交，结果老麦只得从命。当时，虽然老麦的脸上仍旧挂着笑容，但何夕看得出老麦其实差点就扛不住了。自这件事情之后，老麦便再也没有做过任何形式的"反扑"——如果那算是一次反扑的话。

何夕在想要不要答应江雪，他每个星期天都答应母亲回家吃晚饭的，如果去滑旱冰，晚上就赶不及回去吃饭了。但是江雪显然对下午的活动兴致很高，何夕还在考虑的时候，江雪已经快乐地拉着他朝她家跑去，那是位于学校附近的一套商品房。路上江雪银铃一样美妙的笑声驱散了何夕心中最后的一丝犹疑。

三

江北园解下围裙走出厨房，饶有兴致地看着江雪很难称得上娴静的吃相。退休之后，他简直可称为神速地练就了一手烹调手艺，江雪每次大快朵颐之后都要大放厥词称，他本来就不该是计算机系的教授，而应当是一名厨师。也许正是江雪的称赞使他最终拒绝了学校的返聘，并且也没有接受另一些单位的聘请。何夕有些局促地坐在江雪身旁，半天也难得动一下筷子。江家布置得相当有品位，如果稍作夸张的话，可称得上一般性的豪华。以江北园的眼光来看，何夕比以前常来玩的那个叫什么老麦的小伙子要害羞得多，不知道性格活泼的江雪怎么会做出这种选择。不过江北园知道，世上有些事情是不能够讲道理的，女儿已经大了，家里人已经不能像以前那样代她去做判断了。

"听小雪说，你是数学系的硕士研究生？"江北园询问道。

何夕点点头："我的导师是刘青。"

"刘青。"江北园念叨着这个名字，过了一会儿，他有些不自然地笑笑说，"退休后，我的记性不如以前了。"

何夕的脸微微发红："我们系的老师都不太有名，不像别的系。以前我们出去提起他们的名字时，很多人都不熟悉，所以后来我们都不提了。"

江北园点点头，何夕说的是实情。现在 C 大最有名的教授都是诸如计算机系、外语系、电力系的，不仅是本校，就连外校和外单位的人都知道他们的大名——有些是读了他们编写的书，有些是使用了他们开发的应用系统。不久前，C 大出了件闹得沸沸扬扬的事情：一个学生发明的皮革鞣制专利技术被一家企业以七百万元买走，尔后，皮革系的教授们也跻身"有名"这一行列。

"你什么时候毕业？"江北园问得很仔细。

"明年春季。"何夕慢吞吞地夹了一口菜，感觉菜并不像江雪说的那样好吃。

"联系到工作没有？"江北园没有理会江雪不满的目光，"已经没有多少时间了。"

何夕的额头渗出了细小的汗珠，他觉得嘴里的饭菜味同嚼蜡："现在还没有。我正在找。有两家研究所同我谈过。另外，刘教授也问过我愿不愿意留校。"

江北园沉吟了半晌，他转头看着笑眯眯的女儿。她正一眼不眨地盯着何夕看，仿佛在做研究。

"你有没有选修其他系的课程？"江北园接着问。

"老爸！"江雪生气地大叫，"你要查户口吗？问那么多干吗？"

江北园立时打住，过了一会儿说："我去烧汤。"

汤端来了，冒着热气。没有人说话，包括我。

四

老麦姿态优美地滑过一圈弧线，动作如行云般流畅。何夕有些无奈地看着自己脚下凭空多出来的几只轮子，心知自己绝不是这块料。江雪本来一手牵着何夕一手牵着老麦，但几步下来便不得不放开了何夕的手——除非她愿意陪着何夕练摔筋斗的技巧。

这是校外一家叫作"尖叫"的旱冰场，以前是当地科协的演讲厅，现今承包给个人改装成了娱乐场。这里的条件比学校里的要好许多，当然价格是与条件成正比的。由于跌得有些怕了，何夕便没有再上场，而是斜靠着围栏很有闲情般地注视着场内嬉戏的人群。当然，他目光的焦点是江雪。老麦正在和江雪练习一个有点难度的新动作，他们在场地里穿梭往来的时候就像是两条在水中翩翩游弋的鱼。这个联想让何夕有些不快。

江雪可能是玩得累了，她边招手边朝何夕滑过来，到跟前时，却又突然来了一个三百六十度的急旋方才稳稳停住。老麦也跟着过来，同时扬起手向场边的小摊贩很潇洒地打着响指。于是，那个矮个子服务生忙不迭地递过来几听饮料。老麦看看牌子，满意地笑着说："你小子还算有点记性。"

江雪一边擦汗一边啜着饮料，不时仰起脸神采飞扬地同老麦扯几句溜冰时的趣事。

"你撞了那边穿绿衣服的女孩好几次，"江雪指着老麦的鼻尖大声地笑着说，"别不承认，你肯定是有意的。"

老麦满脸无辜地摇头，一副打死也不招的架势，同时求救地望着何夕。何夕觉得自己在这个问题上帮不了老麦，只好装糊涂地看着一边。

"算啦，"江雪笑嘻嘻地摆摆手，"我们放过你也行，不过今天你得埋单。"

老麦如释重负地抹抹汗说："好啦，算我折财免灾。"

何夕有点尴尬地看着老麦从兜里掏出钱来。虽然大家是朋友，但他无法从江雪那种女孩子的角度把这看作一件理所当然的事，至少有一点，他觉得总是由老麦做东是一件令他难以释怀的事。但想归想，何夕也知道自己是无力负担这笔开支的。老麦家里其实也没给他多少生活费，但是他的导师总能揽到不少活儿，有些是学校的课题，但更多的是帮外面的单位做系统，比方说一些小型的自动控制，或是一些有关模式识别方面的东西，以及帮人做网页，甚至有时候就是组一个简单的计算机局域网，虽然名称是叫什么综合布线。这所名校的声誉给他们招来了众多客户。很多时候，老麦要同时开几处工，他所得的虽然只是导师的零头，但已足够让他的经济水准在学生中居于上层了，不仅超过何夕，而且肯定也超过何夕的导师刘青。在何夕的记忆里，除了学校组织的课题之外，自己从未接过别的项目。何夕有一次闲来无事，把自己几年来参与课题所得加在一起之后，发现居然还差一元钱才到一千元。在接下来的几个小时里，何夕简直想破了头想要找出自己可能忽略了的收入，以便能凑个整数，但直到他启用了当代数学最前沿的算法，也没能再找出一分钱。

"今天玩得真高兴。"江雪意犹未尽地擦拭着额上的汗水。老麦正在远处的收费处结账，不时和人争论几句。何夕默不作声地脱着脚上的旱冰鞋，这时，他这才感到这双脚现在又重新属于自己了。

"四点半不到，时间还早啦。"江雪看看表，"要不我们到'金道'保龄球馆去？"

何夕迟疑了片刻："我看还是在学校里找个地方玩吧。"

江雪摆摆头，乌黑的长发掀起了起伏的波浪："学校里没什么好玩的，都是些老花样。还是出去好，反正有老麦埋单。"

何夕的脸突然涨红了："我觉得老让别人付钱不好。"

江雪诧异地盯着何夕看："什么别人别人的，老麦又不是外人。他从来都不计较这些的。"

"他不计较，可我计较。"何夕突然提高了声音。

江雪一怔，仿佛明白了何夕的心思。她咬住嘴唇，有些不知所措地看着四周。

这时，老麦兴冲冲地跑回来，眼前的场面有些出乎他的意料。"怎么啦？你俩在生谁的气？"老麦笑嘻嘻地问，而后看看表，"现在回去太早啦，我们到'金道'去打保龄球怎么样？"

何夕悚然一惊，老麦无意中的这句话让他的心里发冷。又是"金道"，怎么会这么巧？简直就像是——心有灵犀。他看着江雪，不想正与她的目光撞个正着，对方显然明白了他的内心所想——她真是太了解他了，江雪若有所诉的目光像是在告白。

"算了，"何夕叹口气，"我今天很累了，你们去吧。"说完，他转身朝外面走去。

江雪倔强地站在原地不动，眼里滚动着泪水。

"我去叫他回来。"老麦说着转身欲走。

"不用了！"江雪大声说，"我们去'金道'。"

我下意识地挡在何夕的面前，但是他笔直地朝我压过来，并且毫无阻碍地穿过了我的身躯。

五

十八英寸电视机里正放着夏群芳一直在看的一部连续剧，但是，她除了感到那些小人晃来晃去之外看不出别的。桌上的饭菜已经热了两次，只有粉丝汤还在冒着微弱的热气。夏群芳忍不住又朝黑黢黢的窗外张望了一下。

有电话就好了，夏群芳想，她不无紧张地盘算着。现在安电话便宜多了，但还是要几百块钱初装费，如果不收这个费就好了。夏群芳想不出何夕为什么没有回来吃饭，在她印象中，这是从来没有过的事情。何夕答应她的事情从来都是作数的，哪怕只是像回家吃饭这样的小事，这是他们母子多年来的默契。夏群芳又看了眼桌上的饭菜，她没有一点食欲，但是靠近心口的地方隐隐地有些痛起来。夏群芳撑起身，拿瓢舀了点粉丝汤。而就在这个时候，门锁突然响了。

"妈。"何夕推着门就先叫了一声，其实这时他的视线还被门挡着，这只是多年的老习惯。

夏群芳从凳子前站起来，由于动作太急，把凳子碰翻在地。"怎么这么晚才回来？"虽然是责备的意思，但是她的语气中只有欣喜，"饿了吧？我给你盛饭。"

何夕摆摆手："我在街上吃过了。有同学请。"

夏群芳不高兴了："叫你少在街上乱吃东西的，现在传染病多，还是学校里干净。你看对门家的老二就是在外不注意染上肝炎的……"夏群芳自顾自地念叨着，没有注意到何夕有些心不在焉。

"我知道啦。"何夕打断她的话，"我回来拿衣服，还要回学校去。"

夏群芳这才注意到何夕的脸有些发红，像是喝了点酒，她有些不放心地说："今天就不回校了吧？都八点钟了。"

何夕环视着这套陈设简陋的两居室，有好一会儿都没有出声。"晚上刘教授找我有事。"他低声说，"你帮我拿衣服吧。"

夏群芳不再说话，转身进了里屋。过了几分钟，她拿着一个撑得鼓鼓的尼龙包出来。何夕检视了一下，朝外拽出几件厚毛衣："都什么时候了？还穿这些？"

夏群芳大急，又一件件地朝包里塞："带上带上，怕有倒春寒呢！"

何夕不依地又朝外拽，他有些不耐烦："带多了我没地方放！"

夏群芳万分紧张地看着何夕把毛衣统统扔了出来，她拿起其中一件最厚的说："带一件吧，就带一件。"

何夕无奈地放开尼龙包，夏群芳立刻手脚麻利地朝里面塞进那件毛衣，同时还做贼般顺手牵羊地往里面多加了一件稍薄的。

"怎么没把脏衣服拿回来？"夏群芳突然想起何夕是空着手回来的。

"我自己洗了。"何夕转身欲走。

"你洗不干净的。"夏群芳嘱咐道，"下次还是拿回来洗，你读书已经够累了。再说你干不来这些事情的。"

"噢。"何夕边走边懒懒地答应着。

"别忙，"夏群芳突然有大发现似的叫了声，"你喝口汤再走。喝了酒之后该喝点热汤。"她用手试了下温度，"已经有点冷了。你等几分钟，我去热一下。"说完，她端起碗朝厨房走去。等她重新端着碗出来时，却发现屋子里已经空了。

"何夕——"她低低唤了声，然后便急速地搜寻着屋子，她没有见到那两件被塞进包里的毛衣，这个发现令她略感欣慰。这时，一阵突如其来的灼痛从手上传来，装着粉丝汤的碗掉落在地发出清脆的响声。夏群芳吹着手，露出痛楚的表情，这使得她眼角的皱纹显得更深了。然后，她进厨房去拿拖把。

我站在饭桌旁，看着地上四处流淌的粉丝汤，心里在想，这个汤肯定好喝至极，胜过世上的一切美味珍馐。

六

刘青关上门，象征性地隔绝了小客厅里的嘈杂。在这种老式单元房里，声音是可以四处周游的。学校的教师宿舍就这个条件，尤其是数学系，不过还算过得去吧。

何夕坐在书桌前，刚才刘青的一番话让他有些茫然。书桌上放着一摞足有五十厘米高的手稿，何夕不时伸出手去翻动几页，但看得出他根本心不在焉。

"我已经尽力了。"刘青坐下来说，他不无爱怜地看着自己最得意的学生。

"我为了证明它花费了十年时间。"何夕注视着手稿，封面上是几个大字——微连续原本。

"所有最细小的地方我都考虑到了，整个理论现在都是自洽的，没有任何矛盾的地方。"何夕咽了口唾沫，喉结滚动了一下，"它是正确的，我保证。每一个定理我都反复推敲过多次，它是正确的。现在只差最后一个定理还有些意义不明确，我正试图用别的已经证明过的定理来代替它。"

刘青微微叹了口气，看着已经有些神思恍惚的何夕："听老师的话，把它放一放吧。"

"它是正确的。"何夕神经质地重复着。

"我知道这一点。"刘青说，"你提出的微连续理论及大概的证明过程我都看过了，以我的水平还没发现有矛盾的地方，证明的过程也相当出色，充满智慧。说实话，我感到佩服。"刘青回想着手稿里的精彩之处，不禁有些神采飞扬——无论如何这是出自他的学生之手。有一句话刘青没有说出来，那就是他并没有完全看懂手稿。许多地方的变换式令他迷惑，还有不少新的概念性的东西也让他接受起来相当困难。换言之，何夕提出的微连续理论是一套全新的东西，它不能归入以往的任何体系里去。

"问题是，"刘青小心地开口，他注视着何夕的反应，"我不知道它能用来干什么。"

何夕的脸立刻变得发白，他像被什么重物击中了一般，整个人都蔫了。过了半晌，他才回过神来强调道："它是正确的，我保证。"他仿佛只会说这一句话了。

"我们的研究终究要能得以应用才是有意义的，否则只能误入为数学而数学的歧途。"

"可它看起来是那样和谐，"何夕争辩道，"充满了既简单又优美的感觉。老师，我记得你说过的，形式上的完美往往意味着理论上的正确。"

刘青一怔，他知道自己说过这句话，也知道这句话其实是科学巨匠爱因斯坦的经验之谈。他不否认微连续理论符合这一点，当他浏览手稿的时候，内心的确有种说不出的无比和谐的感觉，就像是在听一场完全由天籁组成的音乐会。但问题的症结在于，他实在看不出这套理论会有什么用。自从几个月前何夕第一次向他展示了微连续理论的部分内容后，他就一直关心这个问题，这段时间他经常从各种途径查找这套理论可能获得应用的范畴，但是他失败了。微连续理论似乎跟所有领域的应用都沾不上边，而且还同主流的数学研究方向背道而驰。刘青承认这或许是一套正确的理论，但是一套无用的正确理论，就好比对圆周率的研究，据说现在已经推算到小数点后几亿位了，而且肯定是正确的，但这也肯定是没有意义的。

"想想中国古代的数学家祖冲之，他只是把圆周率推算到了小数点后几位，但他对数学的贡献无疑要比现在那些还在为小数点后几亿位努力的人大得多。"刘青幽幽地说，"因为他做的才是有意义的工作，而不是纯粹的数学游戏。"

何夕有些发怔，他听出了刘青话中的意思。"我不同意。"何夕说，"老师，你知不知道？许多年前的某一个清晨，我突然想到了微连续，它就像是一只无中生有的虫子般钻进了我的脑子。那时，它只是一个朦朦胧胧的影子，这么多年来，我为了证明它费尽心力。现在我就要完成了，只差最后一点点。"何夕的眼神变得虚幻起来，"也许再有一个月……"

刘青在心里轻叹一声，他看得出何夕已经执迷太深。何夕是他见过的最聪明的数学奇才，按刘青私下的想法，何夕的水平其实可以给这所名校的所有数学教授当老师，他深信，假以时日，何夕必定会成为未来学术领域内的一朵奇葩。现在何夕却误入歧途，陷在了一个奇怪的问题里。这种情形使刘青忍不住回想起很多年前的自己，那时，他也常常因为一些磨人但无用的数学谜题而废寝忘食形销骨立。但何夕没有看到问题的关键，刘青知道自己作为师长有义务提醒他这一点，尽管这显得很残酷。

"你想过微连续理论可能被应用在什么领域吗？我是说，即使做最大胆的想象。"刘青尽量使自己的声音柔和些，虽然他知道这并没有什么用。

何夕全身一震，脸色变得一片苍白。"我不知道。"他说，然后抱住了头。

我看到何夕脚下铺着劣质瓷砖的地面上洇出了一滴水渍。

七

"这两天我没和江雪在一起。"老麦低声说。坐在桌子对面的他目光有些躲闪。

何夕有点愤怒地盯着老麦："你这算是什么意思？江雪和我吵架只是我们两个人的事，你这样做是乘人之危！"

老麦喝了口茶，眼里生出无奈的神色："我的确没和江雪在一起。不过，我猜想她可能是和老康在一起。"

"谁是老康？"何夕问。他在脑子里搜索着。

"老康是一家规模不小的计算机公司的老板。那天你和江雪闹别扭之后，我们在保龄球馆碰上的。大家是校友，自然谈得多一些。"老麦不无称羡地说，"听说——"他突然打住，目光看向窗外。

何夕回头，江雪从一辆漂亮的宝蓝色小车上下来，她身边一位胖乎乎的年轻人正在关车门。何夕还没想好该怎么办的时候，江雪已经高兴地叫起来："真巧啊，你们两个也在这儿！"

江雪兴奋得满脸发红，她拉着身边的那个人进屋来，对何夕说："这是康——"她突然一滞，有些发窘地问道，"你叫康什么来着？算啦，我还是叫你老康吧。"然后，她指着何夕说，"这是何夕，我的男朋友——"她似乎觉得不够，又补上一句说，"数学系的高才生。"

"数学系——"老康上下打量着看上去有些猥琐的何夕，伸出手说，"常听小雪提起你。"

小雪？何夕心里咯噔一下，他看了眼江雪，她却是若无其事的样子。"怎么不回我的传呼？"何夕有点生气地问。

"让你也着急一下。"江雪的表情有些调皮，"谁叫你尽气我？好啦，现在让你着急了两天，我俩算是扯平了。今天大家新认识，应该找地方大吃一顿作为庆祝。我看看。"

她煞有介事地盯着三个男人看了看，然后指着老康说："我们几个数你最肥，这顿肯定是你请吧。"

老麦不依地说："以前请客都是我的专利，这次还是我吧。"

老康的表情有些奇怪，他死盯着何夕的脸，仿佛在做某种研究。

江雪碰碰他的胳膊："你干吗？老盯着何夕看。"

"我同何夕做不了朋友啦。"老康突然说，语气很是无奈，"我们是情敌，注定要一决高下。"

"你说什么？"江雪吃了一惊，她的脸立时红了，"何夕是我男朋友，你不该这么想。"

"我怎么想只有我自己能够决定。"老康咧嘴一笑，目光死死地盯着江雪，直到她低下头去。

他转头看着何夕说："我喜欢江雪。"

何夕觉得自己的头有点晕，眼前这个胖乎乎的人让他乱了方寸。情敌？这么说他们之间是敌人了，至少人家已经宣战了。何夕感到自己背上已经沁出了汗水，他不知道下一步该做什么。末了，他采取了一个也许是最蠢的办法。他转头对江雪说："我该怎么办？"

江雪镇定了些，她正色道："何夕是我男朋友。我喜欢他。"

老康看上去并不意外："如果你是那种轻易就移情别恋的女孩，我就不会像现在这样喜欢你了。"

他举起一只手，服务生跑过来问有什么事。"去替我买十九朵玫瑰，要最好的。"老康拿出钱。

何夕剧烈地喘着气。他从来没有遇到过这样的事情，这简直像是戏剧里的情节。"那好吧，"何夕吐出口气，"如果你要和我一决高下的话，我一定奉陪。"何夕突然觉得这样的话说起来也是很顺口的，仿佛他天生就擅长这个。

"我不想待下去了。"江雪说，她的脸依然很红，"我们还是走吧。别人都在看我们。"

服务生新送来两杯茶。老麦吹了一声短促的口哨，站起身说："今天的茶我请。"出乎他意料的是，何夕突然粗暴地将他的手挡开，一把掏出钱说："谁也不要争，我来。"

八

何夕默不作声地看着夏群芳忙碌地收拾着饭桌，他不知道自己该怎样开口。

"妈，你能不能帮我借点钱？"何夕突然说，"我要出书。"

夏群芳的轻快动作立时停了下来。"借钱？出书？"她缓缓坐到凳子上，过了半晌才问，"你要借多少？"

"出版社说要好几万。"何夕的声音很低，"不过是暂时的，书销出去就能还债了。"

夏群芳沉默地坐着，双手拽着油腻的围裙边用力绞着。过了半晌，她走进里屋。一阵窸窸窣窣的响动之后，她拿着一张存折出来说："这是厂里买断工龄的钱，说很久了，半个月前才发下来。一年九百四，我二十七年的工龄就是这个折子。你拿去办事吧。"她想说什么但没有出声，过了一会儿还是忍不住低声补充说，"对人家说说看能不能迟几个月交钱，现在取算活期，可惜了。"

何夕接过折子，看也没看便朝外走："人家要先见钱。"

"等等——"夏群芳突然喊了声。

何夕奇怪地回头问："什么事？"

夏群芳眼巴巴地看着何夕手里那本红皮折子，双手继续绞着围裙的边，"我想再看看总数是多少。"

"两万五千三百八十，自己做个乘法就行了嘛。"何夕没好气地说，他急着要走。

"我晓得了。你走吧。"夏群芳有点不好意思地说，她也觉得自己太啰唆了。

…………

刘青有点忙乱地将桌面上的资料朝旁边推去，但何夕还是看到了几个字：考研指南。何夕的眼神让刘青有些讪讪然，他轻声说："是帮朋友的忙。你先坐吧。"

何夕没有落座的意思。"老师，"他低声开口说，"你能不能借点钱给我？我想自己出书。"

刘青没有显出意外，似乎早知道会有这事。过了几分钟，他走回桌前整理着先前被弄乱的资料，脸上露出自嘲的神情："其实我两年前就在帮人编这种书了。编一章两千块，都署别人的名字，并不是人家不让我署这个名，是我自己不同意——我一直不愿意让你们知道我在做这事。"

何夕一声不吭地站着，看不出他在想什么。

刘青叹口气说："我知道你想把微连续理论出书，但是，"他稍顿一下，"没有人会感兴趣的，你收不回一分钱。"

"那你是不打算借给我了？"何夕语气平静地问。

刘青摇摇头："我不愿意眼睁睁地看着你失败。到时候你会莫名其妙地背上一身债务，再也无法解脱。你还这么年轻，不要为了一件事情就把自己陷死在里面。我以前……"

门铃突然响了，刘青走出去开门。让何夕没想到的是，进门的人他居然认得，那是老康。老康提着一只漂亮的盒子，看来他是来探访刘青的。

刘青正想做介绍，何夕和老康已经在面色凝重地握手了。"原来你们认识。"刘青高兴地搓着手，"这可好。我早有安排你们结识的想法了，在我的学生里，你俩可是最让我得意的。"

何夕一怔，他记得老康是计算机公司的老板。老康了解地笑了笑说："我是数学系毕业的，想不到会这么巧，这么说我算起来还是你的同门师兄。"他促狭地眨眨眼，"怎么样，知道孔融让梨的故事吧？"

刘青自然不明白其中的曲折，他兴奋得仿佛年轻了几岁，四下里忙着找杯子泡茶。老康拦住他说不用了，都不是外人。何夕在一旁沉默地看着这一切，他看得出这个老康当年必定是刘青教授心爱的弟子。

"老师，"何夕说，"你有客人来我就不打扰你了。我借钱的事……"

刘青脸上的笑容不见了，他盯着何夕的脸，目光里充满惋惜："你还是听我的话，放弃那些不切实际的想法吧。借钱出这样的理论专著是没有出路的。"

他转头对老康解释道："何夕提出了一套新颖的数学理论，他想出书。"

老康的眼里闪过一个亮点，他插话道："能不能让我看看？一点点就行。"

何夕从包里拿出几页简介递给老康。老康的目光飞快地在纸页上滑动着，口里念念有词。他的眉头时而紧蹙时而舒展，整个人都仿佛沉浸到了那几页纸里。过了好半天他才抬起头来，目光有些发直地看着何夕："证明很精彩，简直像是音乐。"

何夕淡淡地笑了，他喜欢老康的比喻。其实正是这种仿佛离题万里的比喻，才恰恰表明老康是个内行。

"我借钱给你。"老康很干脆地说，"我觉得它是正确的，虽然我并没有看懂多少。"

刘青哑然失笑："谁也没说它是错的。问题在于这套理论有什么用，你能看出来吗？"

老康挠挠头，然后咧了咧嘴："暂时没看出来。"他紧跟上一句，"但是它看上去很美。"老康突然笑了，因为他无意中说了个王朔的小说名，眼下正流行，"不过我说借钱是算数的。"

刘青突然说："这样，你如果要借钱给何夕，必须答应我一个条件，不准写借据。"

何夕惊诧地看着刘青。在他的印象中，老师从来都是彬彬有礼并且注重小节的，不知道这种赖皮话何以从他口中冒出来。

"那不行！"何夕首先反对。

"非要写的话，就把借方写成我的名字，我来签字。如果你们不照着我的话做，就不要再叫我老师了。"刘青的话已经没有了商量的余地。

在场的人里只有我不吃惊，因为我知道会发生什么样的事情。

九

江雪默不作声地盯着脚底的碎石路面，她不知道何夕会做出什么样的反应。从内心讲，如果何夕发一通脾气的话，她倒还好受一些，但她最怕的就是何夕像现在这样一语不发。

"你说话呀。"江雪忍不住说，"如果你真反对的话，我就不去了。很多人没有出去也干出了事业。"

何夕幽幽地开口："老康又出钱又给你找担保人，他为你好，我又怎能不为你着想？"

"钱算是我跟他借的，以后我们一起还。"江雪坚决地说，"我只当他是普通朋友。"

"我知道你的心意。"何夕爱怜地轻抚江雪的脸。

"等我出去站稳了脚，你就来找我。"江雪憧憬地笑着，"你知不知道？你是我见过的最聪明的人。如果你是学我们这种专业的话，早就成功立业了。我说的是真的！"江雪孩子似的强调，"你有这个实力。我觉得你比老康强得多。"

何夕心里划过一缕柔情："问题是我喜欢我的专业。在我看来，那些符号都是我的朋友，是那种仿佛已经认识了几辈子的朋友。只有见到它们，我的心里才感到踏实，尽管它们不能带给我什么，甚至还让我吃苦头，但是我内心里有一个声音告诉我，这就是我降临到世上应该做的事情。"

江雪调皮地刮刮脸："好大的口气，你是不是还想说，天将降大任于斯人也……"

何夕叹口气："我的意思只是……"他甩甩头，"我入迷了，完全陷进去了。现在我只想着微连续，只想着出书的事。为了它，我什么都顾不上了。就这个意思。"

江雪不笑了，她有些不安地看着何夕的眼睛："别这么说，我有些害怕。"

何夕的眼睛在月光下闪着莹莹的亮点："说实话，我也害怕。我不知道明天究竟会怎样，不知道微连续会带给我什么样的命运。不过，我已经顾不上考虑这些了。"

江雪全身一颤："你不要用这种口气对我说话好吗？这让我觉得失去了依靠。"

失去依靠？何夕有些分神，他有种不好的预感。"别这样。"他揽住江雪的肩，"我们现在不是好好的吗？不论如何，"他深深地凝视着江雪姣好的面庞，"我永远都喜欢你。"

漫天谜一样的星光下，她的眼里充满了泪水。

这是个错误。我轻声说，但是他们听不到我的话。

十

"我说服不了他们。"刘青不无歉疚地看着何夕失望的眼睛，"校方不同意将微连续理论列为攻关课题，原因是——"他犹豫地开口，"没人认为这是有用的东西。你知道的，学校的经费很紧张，所以出书的事……"

何夕没有出声，刘青的话他多少有所预料。现在他最后的一点期望已经没有了，剩下的只有自费出书这一条路。何夕下意识地摸了下口袋里的存折，那是母亲二十七年的工龄，从青春到白发，母亲连问都没有问一句就给他了。何夕突然有点犹疑，他不知道自己究竟有什么权力来支配母亲二十七载的年华——虽然当初他毫不在乎地从母亲手里接过了它。

"听老师的话，"刘青补上一句，"放弃这个无用的想法吧。还有很多有意义的事情值得去做，以你的资质一定是可以大有作为的。"

出乎刘青意料的是，何夕突然失去控制地大笑起来，连眼泪都笑出来了。"大有作为……难道你也打算让我去编写什么考研指南吗？那可是最有用的东西，一本书能随便印上几万册，可以让我出名，可以让我赚大笔的钱。"何夕逼视着刘青，他的目光里充满无奈，"也许你愿意这样，可我没法让自己去做这样的事情。我不管你会怎么想，可我要说的是，我不屑于做那种事。"何夕的眼神变得有些狂妄，"微连续耗费了我十年的时光，我一定要完成它。是的，我现在很穷，我的女朋友出国深造居然用的是另一个男人的钱。"何夕脸上的泪水滴落到了稿纸上，"可我要说的是，没有什么力量能够阻止我。我只知道一点，微连续理论必须由我来完成，它是正确的，它是我的心血。"他有些放肆地盯着刘青，"我只知道这才是我要做的事情。"

刘青没有说话，表情有些尴尬。何夕的讽刺让他没法再谈下去。"好吧。"刘青无奈地说，"你有你的选择，我无法强求你，不过我只想说一句——人是必须面对现实的。"

何夕突然笑了，竟然有种决绝的意味。"还记得当年你第一次给我们讲课时说的第一句话吗？"何夕的眼神变得有些飘忽，"当时你说探索意味着寂寞。那是差不多七年前的事情了，这么多年来我一直都记着这句话。"

刘青费力地回想着，他不记得自己说过这句话了，有很多话都只是在某个场合说说罢了。但他知道自己一定是说过这句话的，因为他深知何夕非凡的记忆力。七年，不算短的时光，难道自己真的已经改变？

"问题在于——"刘青试图做最后的努力，"微连续不是一个有用的成果，它只是一个纯粹的数学游戏。"

"我知道这一点。是的，我承认它的的确确没有任何用处。老实说，我比任何人都更清醒地认识到了这一点。"何夕平静而悲怆地说。这是他第一次这样直接说出这句话。何夕没想到自己能够这样平静地表述这层意思，他曾经以为这根本是做不到的事情。一时间，他感到心里似乎有什么东西正在一点一点地破碎掉，碎成渣子，碎成灰尘，但他的脸上依然如水一样平静。

"可我必须完成它。"何夕最后说了一句，"这是我的宿命。"

十一

这段时间，何夕一直过着一种挥金如土的日子。他从来没有像现在这般阔气，往往随手一摸就是厚厚的一沓钞票，尽管衣着上他还和以往一样寒酸，加上满脸的胡须，看上去显得老了好几岁。何夕每天都急匆匆地赶着路，神情焦灼而急切，整个人都像被某种预期的幸福包裹着。如果留意他的眼神，会发现不少有意思的东西，他已经不是平日里的那个何夕了，仿佛变了一个人。如果要给这种眼神一个准确的描述，那可是相当困难的，不过，要近似地描述一下还是可以办到的——见过赌徒走向牌桌时的眼神吗？就是那样，而且还是兜里的每一分钱都是借来的那种赌徒。

何夕正和一个胖墩墩的戴眼镜的人大声争吵，他的脸涨得通红。

"凭什么要我多交这么多？"何夕不依地问，"我知道行情。"他笨拙地抽着烟，尽量显出老于世故的样子。

胖眼镜倒是不紧不慢，这种事他有经验："你的书稿里有很多自创的符号，我们必须专门处理。这自然要出版成本。要不你就换成常用的。"

"那不成。"何夕用皱巴巴的西服袖子擦着汗，但是他已经没法像刚才那样大声了，"这些符号都是有特殊意义的，是我专门设计的，一个也不能换。微连续是新理论，等到它获得承认之后，那些符号都会成为标准化的东西。"

胖眼镜稍稍地撇了下嘴，脸上仍然是一副可亲的笑容："你说得很对。问题是，咱们不是赶在标准前面了吗？那些符号增加了我们的成本。"他收住笑容，拿出一页纸来，"就这个数，少一分也不行。你同意就签字。"

何夕怔怔地看着那张纸，那个数字后面长串的零就像是一张张大嘴，它们扭曲着向何夕扑过来，不断变幻着形状，一会儿像是江雪的漂亮眼睛，一会儿像刘青无奈的目光，更多的时候就像是老康白白胖胖的笑脸。何夕已经记不清自己向老康开过几次口了，每当胖眼镜找到理由抬价的时候，他只能去找老康。老康是爽快而大方的，但他白胖的笑脸每次都让何夕有种如芒在背般的感觉。老康总是一边掏钱一边很豪爽地说："有什么困难只管开口，你是小雪的朋友嘛。小雪每次来信都叫我帮你。小雪安排的事情要是不办好，等以后我到了那边可怎么交代哟。"

何夕面色苍白地掏出笔，他仿佛听到有个细弱的声音在阻止他，听上去有些像是江雪的。但他终究在那张纸上签了名，也就在这个时候，他内心里那个细小的声音突然消失了，再也听不见了。

胖眼镜等到何夕的背影一转过楼梯口，便露出了得意的笑容，他小心翼翼地收好有何夕签名的那页纸。"雏儿。"胖眼镜不屑地转身，随手将另几页纸扔进了垃圾桶。

我看着那几页纸，它们同何夕签字的那页纸的内容完全一样，只是在填写金额的地方填着另外的数字——那些金额都更小。

十二

"……六月的大湖区就像是天堂。绿得发亮的草地上是自由自在的人们。狗和小孩嬉戏着，空气清新得像是能刺透你的肺。这里的风景越好，就越让我想起你。亲爱的，你什么时候能够来到我身边？我想你。"

"……老康昨天才走，他出来参加一个秋季产品展示会。难为他从西岸赶到东岸来看我。在这里能够见到老朋友真是愉快的事，尤其是能亲耳从朋友口里听到关于你的事情。我让老康多帮帮你，你也不要见外，朋友间相互帮忙是常有的。其实老康人挺不错的，就是说话比较直一点。"

"……今天这里下了冬天的第一场雪，我特意和几个朋友赶到郊外照相。大雪覆盖下的原野变得和故乡没有什么不同，于是我们几个都哭了。亲爱的夕，你真的沉迷在那个问题里了吗？难道你忘了还有一个我吗？老康说你整日只想着出书，什么也不管了。他劝你也不听。你知道吗？其实是我求老康多劝劝你的。听我的话，忘掉那个古怪的问题吧。以你的才智，完全还有另外一条铺着鲜花的坦途可走，而我就在道路的这头等你。听我的话，多为我们的将来考虑一下吧。让我来安排一切。"

"亲爱的夕，有人说女人的心思在月色下会变得难以捉摸。我觉得这话说得真好。今夜正好有很好的月光，而我就站在月光下的小花园里。老康在屋里和几个朋友听音乐（他又出来参加什么展示会了）。我不知道他是不是有意选择了这首曲子，真是像极了我此时的心情：那样缠绵，带着无法摆脱的忧伤，还有孤独。是的，孤独，此时此刻我真想有人陪着我，听我说话，注视着我，也让我能够注视他。亲爱的夕，我不知道你为何拒绝我替你安排的一切，难道那个问题真的比我更重要吗？拿出我的相片来看看，看看我的眼睛，它会使你改变的，相信我……老康在叫我了，他总是很细心，不放心我一个人出来。"

"……今天和室友吵了一架，我真是没用，哭得惨兮兮的。也许是一人在外久了，我变得很脆弱，一点小事就想不开。我真想有个坚强的臂膀能够依靠。你离得那么远，就像是在天边。老康下午突然来了（他现在成了展示会专业户），见我一直哭就编笑话给我听，全是我以前听过的。要是在以前，我早就要奚落他几句了，可这次不知怎么回事，却笑得像个傻孩子。老康也陪着我笑，样子更傻……"

"……回想当日的一切，就像是在做梦，我们有过那么多欢乐的时光。我真的不知道自己究竟应该怎么做。我不是善变的人，直到今天我还这么想。我曾经深信真爱无敌，可我现在才知道这个世界上真正无敌的东西只有一样，那就是时间。痛苦也好，喜悦也好，爱也好，恨也好，在时间面前，它们都是可以被战胜的，即使当初你以为它们将一生难忘。在时间面前，没有什么敢称永恒。在我写下这段文字的时候，我的泪水止不住地往下流，但这并非因为对你的爱，而是我在恨自己为何改变了对你的爱——我本以为那是不可能的事。

"老康已经办妥了手续，他放弃了国内的事业，他要来陪着我。

"就让我相信这是时间的力量吧，这会让我平静。"

十三

夏群芳擦着汗，不时地回头看一眼车后满满当当的几十捆书。每本书都比砖头还厚，而且每套书还分上、中、下三卷，敦敦实实的，让她生出满腔的敬畏来。这使得夏群芳想起了四十多年前自己首次面对课本的感觉。当时，她小小的心里对课本的编写者简直敬若天人。想想看，那么多人都看同一本书，老师也凭着这书来考试阅卷打分。书就是标准，就是世上最了不得的东西，写书的人当然就更了不得了，而现在这些书全是她的儿子写出来的。

在印刷厂装车的时候，夏群芳抽出一本书来看，结果她发现自己每一页都只认得不到百分之一的东西。除了少数汉字以外，全是夏群芳见所未见的符号，就像是迷信人家在门上贴的桃符。当然，夏群芳只是在心里这样想，可没敢说出来。这可是家里最有学问的人花了不少力气才写出来的，哪是桃符可以比的？

让夏群芳感到高兴的是有一页她居然全部看得懂，那就是封面：微连续原本，何夕著。深红的底子配上这么几个字简直好看死了，尤其是自己儿子的名字，原来何夕这两个字烫上金会这么好看，又气派又显眼。夏群芳想着便有些得意，这个名字可是她起的。当初她和何夕的老爸为起名字的事还没少争执过，要是他看到这个烫金的气派名字，不服气才怪。

车到了楼下，夏群芳变得少有的咋咋呼呼，一会儿提醒司机按喇叭以疏通道路，一会儿亲自探头出去吆喝前边不听喇叭的小孩。邻居全围拢来，不知道发生了什么事。

"买啥好东西了？"有人问。

夏群芳说"到了",叫司机停车,下来打开后车厢。"我家小夕出的书。"夏群芳像是宣言般地说。她指着一捆捆的皇皇巨著,心里简直高兴得不行,有生以来似乎以今日最为舒心得意。

"哟,"有好事者拿起一本看看封底,发出惊叹,"四百块一套。十套就是四千,一百套就是四万。小夕真行呀!你家以后怕是要晒票子了吧!夏阿姨,你要请客哟。"

夏群芳觉得自己简直要晕过去了,她的脸热得发烫,心脏怦怦直跳,浑身充满了力气。她几乎是凭一个人的力气便把几十捆书搬上了楼,什么肩周炎、腰肌劳损之类的病仿佛全好了。这么多书进了屋立刻就显得屋子太小了,夏群芳便孜孜不倦地调整着家具的位置,最后把书垒成了方方正正的一座书山,书脊一律朝外,每个人一进门便能看到书名和何夕的烫金名字。夏群芳接下来开始收拾那一堆包装材料,她不时地停下来,偏着头打量那座书山,乐呵呵地笑上一会儿。

十四

老康站住了,他身后上方是"国际航班通道"的指示牌,身前是送行的亲友。

何夕和老麦同他道别之后便走到不远处的一个僻静角落,与人们拉开了距离。

"我不认为他适合江雪。"老麦小声地说了句,他看着何夕,"我觉得你应该坚持。江雪是个好女孩。"

何夕又灌了口啤酒,他的脸上冒着热气。因为酒精的作用,他的眼珠有些发红。

"他是我的同行。"老麦仿佛在自言自语，"我也准备开家电脑公司，过几年我肯定能做到和他一样好。我们这一行是出神话的行业。别以为我是在说梦话，我是认真的。不过，有件事我想跟你说说。"老麦声音大了点，"半个月前，我认识了一个老外，他也是我的同行，很有钱。知道他怎么说吗？他对我说你们太'上面'了。我不清楚他是不是因为中文不好才用了这么一个词，不过我最终听明白了他的意思。他说他并不因为世界首富出在他的国家就感到很得意，实际上，他觉得那个人不能代表他的国家。在他的眼里，那个人和让他们在全世界大赚其钱的好莱坞以及电脑游戏等产业没有什么本质差别。他说他的国家强大不是在这些方面，这些只是好看的叶子和花，真正让他们强大的是不起眼的树根。可现在的情况是，几乎所有的人都只盯着那棵巨树上的叶子和花，并徒劳地想长出更漂亮的叶子和花来超过它。这种例子太多了。"

何夕带点困惑地看着老麦，他不知道大大咧咧的老麦在说些什么。他想要说几句，脑子却昏昏沉沉的。这些日子以来，他时时有这种感觉，他知道面前有人在同自己讲话，可就是集中不起精神来听。

他转头去看老康，他比老康个子要高，但他看着老康的时候，感觉自己就像是一个侏儒，须得仰视才行。欠老康多少钱？何夕回想着自己记的账，但是他根本算不清。老康遵照刘青的意思不要借据，但何夕没法不把账记着。"你拿去用。"老康胖乎乎的笑脸晃动着，"是小雪的意思。小雪求我的事我还能不办好？啊哈哈哈。"

烫金的"微连续原本"几个字在何夕眼前跳动，大得像是几座山，每一座都像是家里那座书山。几个月了，就像刘青预见的那样，没有任何人对那本书感兴趣。刘青拿走了一套，塞给他四百块钱，然后一语不发地离开。他的背影走出很远之后，何夕看见他轻轻叹口气，把书扔进了道旁的垃圾桶。正是刘青的这个举动真正让何夕意识到，微连续的确是一个无用的东西，甚至连带回家当摆设都不够格。天空中有一张汗津津的存折飞来飞去。夏群芳在说话："这是厂里买断妈二十七年工龄的钱。"何夕灌了口啤酒，咧嘴傻笑，二十七年，三百二十四个月，九千八百五十五天，母亲的半辈子。但何夕内心里有一个声音在说，这个世界上你唯一不用感到内疚的只有母亲。

书山还在何夕眼前晃动着，不过已经变得有些小了。那天何夕刚到家，夏群芳便很高兴地说有几套书被买走了，是 C 大的图书馆。夏群芳说话的时候，得意地亮着手里的钞票。但何夕去问的时候，管理员说篇目上并没有这套书，数学类书架上也找不到。何夕说一定有一定有，准是没登记上，麻烦你再找找。管理员拗不过，只得又到书架上去翻，后来果真找出了一套。何夕觉得自己就要晕过去了，他大口呼吸着油墨的清香，双手颤抖着轻轻抚过书的封面，就像是抚摸自己的生命，巨大的泪滴掉落在扉页上。管理员纳闷地嘀咕，这书咋放在文学类里？他抓过书翻开封面，然后有大发现似的说，这不是我们的书，没印章。对啦，准是昨天那个闯进来说要找人的疯婆子偷偷塞进去的。管理员恨恨地将书往外面地上一扔，我就说她是个神经病嘛，还以为我们查不出来。何夕简直不知道自己是怎样回到家里的，他仿佛整个人都散了架一般。他一进门，夏群芳又是满面笑容地指着日渐变小的书山说，今天市图书馆又买了两套，还有蜀光中学，还有育英小学。

这时，不远处的老康突然打了个喷嚏。"国内空气太糟。"他大笑着说，然后掏出手帕来擦拭鼻子，手帕上是一条清澈的河流，天空中飘着洁白的雪花。

我伸出手去，想挡住何夕的视线，但是我忘了这根本没有用。

…………

"老康打了个喷嚏。"老麦挠挠头说，"然后何夕便疯了。我也不明白是怎么一回事，反正我看到的就是那样。真是邪门儿。"

"后来呢？"精神病医生刘苦舟有些期待地盯着神叨叨的老麦。

"何夕冲过去捏老康的鼻子，嘴里说叫你擤叫你擤。他还抢老康的手帕。"老麦苦笑，"抢过来之后，他便把脸贴上去翻来覆去地亲。"老麦厌恶地摇摇头，"上面糊满了黏糊糊的鼻涕。之后他便不说话了，一句话也不说，不管别人怎么样都不说。"

　　"关于这个人你还知道什么？"刘苦舟开始写病历，词句都是现成的，根本不必经过大脑，"我是说比较特别的一些事情。"

　　老麦想了想："他出过一套书。是大部头，很大的大部头。"

　　"是写什么的？"刘苦舟来了兴趣，"野史？计算机编程？网络？烹调？经济学？生物工程？或者是建筑学？"

　　"都不是，是数学。"

　　"那就对了。"刘苦舟释怀地笑，顺利地在病历上写下结论，"那他算是来对地方了。"

　　这时，夏群芳冲了进来，穿着老旧的衣服，腰上系着一条油腻的围裙，整个人显得很滑稽。她的眼睛红得发肿，目光惊慌而散乱。

　　"何夕怎么啦？出什么事啦？好端端地怎么让飞机撞啦？"她方寸大乱地问，然后她的视线落到了屋子的左角。何夕安静地坐在那里，眼神缥缈地浮在虚空，仿佛无法对上焦距。他已经不是以前的何夕了，飘忽的眼神证明了这一点。

　　让飞机撞了？老麦想着夏群芳的话，他不知道是不是自己在机场报信时说得太快让她听错了。

　　"医生说治起来会很难。"老麦低声说。

　　但是夏群芳并没有听见这句话，她的全部心思已经落到了何夕身上。从看到何夕的那刻起，她的目光就变了，变得安稳而坚定。何夕就在她的面前，她的儿子就在她的面前，他没有被飞机撞，这让她觉得没来由地踏实，她的心情与几分钟之前已经大不一样。何夕不说话了，他紧抿着嘴，关闭了与世界的交流，而且看起来也许以后都不会说话了。不过这有什么关系呢？何夕生下来的时候也不会说话的。在夏群芳眼里，何夕现在就像他小时候一样，乖得让人心痛，安静得让人心痛。

尾　声

我是何宏伟。

一连两天我没有见一个客人，尽管外界对于此次划时代事件的关注激情已经到了白热化的程度。这两天里，我一直在写一份材料。现在我已经写好了。其实我只是写下了几个人的名字，连同简短的说明。但是每写下一个字，我的心里都会滚过长久的浩叹，而当我写下最后那个人的名字时，几乎握不住手中的笔。

然后，我带着这样一份不足半页的材料站到了诺贝尔物理学奖的领奖台上。无论怎么评价我的得奖项目都不会过分，因为我和我领导的实验室是因为大统一方程式而得奖的。这是人类最伟大的梦想，从某种意义上讲，是人类认识的终极。

"女士们、先生们，"我环视全场，"大家肯定知道，从爱因斯坦算起已经过去了两百多年，为了大统一理论，至少耗尽了十几代最优秀的物理学家的生命。我是在三十年前开始涉足这个领域的。在差不多十七年前，我便已经在物理意义上明晰了大统一理论，但是那时我遇到了无法逾越的障碍。实际上不仅是我，当时还有几个人也都做到了这一步，但再也无法前行。你们有过这样的体会吗？就是有一件事情，你自己心里面似乎明白了，但无法把它说出来，甚至根本无法描述它。你张开了嘴，但发现吐不出一个字，就像你的舌头根本不属于你。此后，我一直同其他人一样徘徊在神山的脚下，已经看得见上面的万丈光芒，但无法靠近一步。

事情的转机说来有几分戏剧性。两年前的某一天，我送九岁的小儿子去上学。当时，他们的一幢老图书楼正拆迁。在废墟里，我发现了一套装在密封袋里的书。后来我才知道，这套书已经出版一百五十年了，但是我发现它时，它的包装竟然完好无损，也就是说从未有人留意过它。如果当时我不屑一顾地走开，那么我敢说世界还将在黑暗里摸索一百五十年。但是，一股好奇心让我拆开了它，然后你们可以想象我当时的心情，就像是一个穷到极点的乞丐有一天突然发现了阿里巴巴的宝藏。我不知道这样一部我难以用语言来评述的伟大著作怎么会被收藏在一所小学里，不知道上天为何对我这样好，让我有幸读到这样非凡的思想。我只知道当天我简直失去控制了，我在废墟上狂奔着大喊大叫，不能自已。这正是我要找的东西，它就是大统一理论的数学表达式，甚至比我要的还要多得多。那一刻我想到了牛顿。他的引力思想并非独有，比如同时代的胡克也已发现了太阳引力，但是牛顿有能力自创微积分而胡克不能，所以只能是牛顿来解决引力问题。现在我面临的问题又何尝不是这样？书的名字叫《微连续原本》，作者叫何夕。是的，当时我的惊讶并不比你们此刻少。这是个完全陌生的名字，简直可称一文不名。后来的事正如你们看到的，在不到半年的时间里，我发表了一系列重要论文，简直可称为神速地完成了大统一理论的方程式。甚至在几个月前，我和我的小组还试制出了基于大统一理论的时空转换设备。有人说我是天才，有人说我的发现是超越时代的杰作。但是今天我只想说一句，超越时代的不是我，而是一百五十年前那个叫何夕的人。不要以为我这样说会感到难堪，其实我只感到幸运，因为我现在已经知道超越时代意味着什么。如果何夕生在我们的时代，根本轮不到我站在这个地方。在他的那个时代支持大统一理论的物理事实少得可怜，现在我们知道，必须达到一千万亿G电子伏特的能级才可能观察到足够多的大统一物理现象。而在何夕的时代，这是根本不可想象的，这也就注定了他的命运。他是个什么样的人？为何他写下了这样伟大的著作却被历史的黄沙掩埋？为解开心中的这些疑惑，我将第一次时空实验的时区定在了何夕生活的年代。我们安排了一个虚拟的观察体出现在那个过往的年代，那实际上是一处极小的时空洞。它可以出现在指定的时间和地点，从而观察到当时的事件。我目睹了事情的全部过程。如果诸位不反对的话，我想把我知道的全讲出来。"

台下没有一个人说话，甚至听不到大声的呼吸声。我轻声描述着自己近日来的经历，描述着何夕，描述着何夕的母亲夏群芳，描述着那个时代我见到的每一个人。他们在我的眼前鲜活起来了，连同他们的向往与烦恼。

我轻轻做了个手势，按照事先的约定，这是让助手们开启机器。

大厅暗下来，一束光线投放在了巨大的屏幕上。由于特意喷出的薄雾，光线在空中的轮廓很清晰。

我凝视着这束光线，无法准确描述自己此时的心情。我知道此时此刻那束光里有无数的光子，这些宇宙间最轻盈曼妙的精灵正以我们不可想象的速度飞舞着。这不算什么，每个人都看到过光子的舞蹈，但是这一次不同，因为这些光子来自很久以前，此刻，它们经过一扇神秘的大门从过去来到了现在。它们穿透的不仅是飘浮着薄雾的空气，还包括一百五十年的时间。

是的，它们穿透了亘古的时间魔障，它们飞舞着，我似乎听到它们在歌唱。它们本该在百余年前悄无声息地湮灭掉，就像它们的亿万个同类，但是，它们循着一条奇异的道路挣脱了宿命，所以它们有理由歌唱，它们在大声呼喊"我们来了"。是的，它们来了，循着那条曲折艰难的道路，向今天的人们飞舞而来。

屏幕上的图像渐渐清晰，分为一左一右两幅画面：一边是年轻漂亮的少妇夏群芳抱着她刚满周岁的胖儿子何夕坐在公园的长椅上，脸上是幸福而憧憬的笑容；另一边是风烛残年的半文盲老妇人夏群芳，正专注地给她满脸胡须、目光痴呆的傻儿子何夕梳头，目光里充满爱怜。

我尽管想忍住，但还是流下了泪水。我觉得画面上的母亲和儿子是那样亲密，他们都是那样善良，而同时他们又是那样——伤心。是的，他们真的很伤心。而现在，他们早已离开了那个他们一生都没能理解的世界，仿佛他们从来就没有来过。

"如果没有何夕，大统一理论的完成还将遥遥无期。"我接着说，"而纯粹是由于他的母亲，《微连续原本》才得以保存到今天，当然这并非她的本意，当初她只是想哄骗自己的儿子，将他从痛苦中解脱出来。现在想来，当时她以一个母亲的直觉一定已经隐隐意识到悲剧就要发生，从母亲的角度，她是多么想阻止它的。以她的文化水平，根本就不知道这里面究竟写的是什么，根本不知道这是怎样的一本著作，所以她才会将这部闪烁着不朽光芒的巨著偷偷放到一所小学的图书楼里。从局外人的观点看，她的行为难免有点荒唐可笑，但她只是在顺应一个母亲的内心。自始至终她只知道一点，那就是她的孩子是好的，这是她的好孩子选择去做的事情。我不否认在何夕的那个时代，《微连续原本》的确没有任何意义，但我想说的是，对有些东西是不应该过多讲求回报的，你不应该要求它们长出漂亮的叶子和花来，因为它们是根。这是一位母亲教给我的。母亲对自己的孩子从来都不曾要求过回报，但是请相信，我们可爱的孩子终将报答他的母亲。"

我看着手里的半页纸，上面的每一个名字都是那样令人伤心。"也许我们应该永远记住这样一些人。"我照着纸往下念，声音在静悄悄的大厅里回响。

"古希腊几何学家阿波罗尼奥斯总结了圆锥曲线理论，一千八百年后，德国天文学家开普勒将其应用于行星轨道理论。

"伽罗华在公元1831年创立群论，当时的科学大师们无人理解他的思想，以至他的论文得不到发表。伽罗华年仅二十一岁便英年早逝，一百多年后，群论获得具体应用。

"凯莱在公元 1855 年左右创立的矩阵理论在六十多年后应用于量子力学。

"数学家 J.H. 莱姆伯脱、高斯、黎曼、罗巴切夫斯基等人提出并发展了非欧几何。高斯一生都在探索非欧几何的实际应用，但他抱憾而终。非欧几何诞生一百七十年后，这种在当时毫无用处并广受嘲讽的理论以及由此发展而来的张量分析理论成为爱因斯坦广义相对论的核心基础。

"何夕独立提出并于公元1999年完成了微连续理论。一百五十年后，这一成果最终促进了大统一理论方程式的诞生。"

在接下来长达十分钟的时间里，整个大厅里没有一丝声音，世界沉默了，为了这些伤心的名字，为了这些伤心的名字后面那千百年寂寞的时光。

我拿出一张光盘："何夕在后来的二十年里一直都没有说过话，医生说他完全丧失了语言能力。但是我这里有一段录音，是何夕临死前由医院录制作为医案的，那是他的母亲去世后的第二天。我们永远无法知道那究竟是因为何夕在母亲去世之后失去了支撑，还是因为他虽然疯了，却一直在潜意识里坚持着比母亲活得更长久一点——这也许是他唯一能够报答母亲的方式了。还是让我们来听听吧。"

背景声很嘈杂，很多人在说话，似乎有几位医生在场。

"放弃吧，"一个浑厚的声音说，"他没救了。现在是十点零七分，你把时间记下来。"

"好吧，"一个年轻的声音说，"我收拾一下。"年轻的声音突然提高了音量，"天哪，病人在说话，他在说话！"

"不可能，"浑厚的声音说，"他已经二十年没说过一句话了，再说他根本不可能有力气说话。"但是，浑厚的声音突然打住，像是有什么发现。

周围安静下来。这时，可以听见一个已经锈蚀了很多年的带着潮气的声音在用力说着什么。

　　"妈——妈——"那个声音有些含糊地低喊道。

　　"妈——妈——"他又喊了一声，无比清晰。

废墟

失落的星辰

"又是一个满分？嗯？大虾子？"

"是大才子，笨。"我头也不抬地纠正波比的蹩脚发音，引起教室内的哄堂大笑。他涨红了脸，一把抓住在他身旁偷笑的荆戈，恶模恶样地要打他。

"放开他，有种对我来。"我手疾眼快地将面色苍白的荆戈拉到我的身后。荆戈是我的邻居，从小我们就玩在一块。他体弱多病，我也习惯保护他。

波比为再次被我羞辱感到气愤，他握紧了拳头，似乎想要打架。他如果不是顾忌打了我这个好学生会遭受老师最严厉的惩罚，也许拳头早就落了下来。

我毫不畏惧地看着比我高出一头的他，眼中只有轻蔑。"没种。"我嘀咕。

他真的被我激怒了。但出乎意料，他并没有动用比自己脑袋好使得多的拳头，而是反嘲我："你有种，那就让我们看看。"

我猛地盯紧他："你什么意思？"

他狂笑起来："什么意思？我们都明白啊——去废墟那里，进楼去。"

全班一下子静了下来。

荆戈的脸色更苍白了。

我胸膛起伏地望着他得意的脸色，心中很快做了决定："好，今天放学，我就去！"

我向门外走去，不去看所有人惊讶的脸色，也抛下了那个把嘴巴张成O形的波比。

没有人知道，那正是我想做的事情。我终于，要去做了。

废　墟

我站在废墟的正中央，旁边是紧紧依靠着我的荆戈。他惶惶不安地看着四周，嘴里使劲吹着泡泡，似乎这样能让他减轻点不安。

可我只有兴奋。这是证明我的机会！我知道，我是与众不同的！我抬头看看。那是一幢高大的建筑，虽然残破不堪，但还是保持了整体的完整性。我使劲地仰头，直到把头几乎抬到九十度，我看到了那个目标。

在大楼顶部那个有尖顶的四方小屋。

多美的样式啊！小屋四面墙壁上镶满了磨花彩色玻璃，汉白玉的墙壁浮现出强烈的凹凸感。阳光洒在了它的顶部，把它映射成一半金色一半黑色。辉映四周，那此起彼伏的建筑，就好像是一个王国。

那里的传说是可怕的。

可我不怕。

我从小就在这一带玩了，不仅因为我的家就在附近，也因为这里是世界上景色最优美和最有历史价值的地方。

每天都有很多人来这里参观。这里是第三次世界大战的产物。政府将这里妥善保留，就是为了告诫后人，要和平，不要战争。

因为没有人工的痕迹，这里的绿色特别好看，还有不少小动物在这里游窜。我总喜欢放学的时候，跑到这里，躺在嫩嫩厚厚的草坪上，抬头看着那一幢幢高大残破的建筑，看着建筑外墙镜面的反光，幻想里面的一切。

是的，我从来没有进去过。虽然我异常地渴望，但父母的教导、政府的再三叮嘱和这里巡逻保安的严密，让我只好用脑子来巡游这里。据说，那些大楼因为经过战火洗礼，都非常脆弱，经不起一点风吹草动。游人只能从外面观看，严禁进去探查。而为了维持其真实性，尽管民众的呼声很高，政府也不打算采取什么措施翻新整修它们。

"我们真的要进去吗？"荆戈再次征询式地问我。他站在那幢最高的建筑前，高耸的玻璃大门敞开着，里面是深远无尽的走廊，他胆怯了。

我肯定地点了点头。

他长长地叹息了一声："我要被你搞死了。"

"如果你不去，我就把你甩给那些家伙。以后，你也别指望我会保护你。"我用威胁性的口气说。看到他畏怯地缩缩脖子，我暗暗笑了。我安慰他："没什么好怕的。瞧，我们有两个人，我还带了手电和通信器。"我晃了晃强力手电和无线通信器，"只要我们上去走一圈，找点证明物，我们就成了英雄啦！而你，再也不用担心有谁会欺负你，他们只会巴结你。"我努力给荆戈灌迷魂汤。

他美美地猛点头。

我再次看了眼那寂静无声的长廊，吸了口气。

"我来了。"我低声说。然后，我挽起荆戈的手，大踏步向里走去。

探　索

"我饿了。"荆戈嘟哝着，"妈妈一定在找我，我想回家了。"

我已经没有力气去责备他了。我一屁股坐在了楼梯上。这楼真高，起码有八十层。我们最初还抱着好奇，去看看每间屋子里面有什么，却发现除了计算机，其他的东西少得可怜。我开始怀疑我的行动是个错误。

说到底，我的好奇来自我对历史的狂热。我们这个时代，没什么可挑剔的，没有战争，商品多样，可就是缺乏历史。我觉得，政府对历史不感兴趣。书店里，历史书少得可怜；学校也只在二年级教了一年的人类历史，可那也只是讲述了一些诸如古罗马、大西洲的历史，对于近代的，几乎是空白。我这个人，天生就喜欢历史。我的历史知识要超越同龄人好几个等级呢。但让我遗憾的是，我最多只能了解到第三次世界大战以前的事，三战后五十年的事，无论我怎么想方设法，在互联网上找资料等等，都没有结果。我注意到，那是个真正的空白时期，就好像那五十年消失了一样。

我对废墟感兴趣，也是因为废墟中的高楼正是在三战后建造的……那幢有着小尖顶的高楼，是我确定唯一在那消失的五十年内建造的——原因很简单，我在废墟游玩的时候，在建筑门前的铭牌上找到了每幢建筑的建造年代。

寻找失踪的年代，这个念头在我脑海中持久不断地冲击、堆砌，直到这次打赌成了它的爆发点。我知道，就算没有这次打赌，我迟早也会被这念头带来的巨大刺激带进废墟的。

"嗨，阿文，你在想什么？"荆戈推搡了我一下，打断了我的沉思。透过满是灰尘的窗口望去，第一颗星星已经出现在夜空中。"已经七点了。"荆戈抱怨说，"我真不该来这里。他们一定在看我们的笑话呢！"

"闭嘴，否则我把你一个人扔下！"我粗鲁地打断他。他不敢说话了，却有些不服气地撇了撇嘴。"继续走吧。希望我们能在一个小时内到顶楼。"我抬头看了看曲折的楼梯蜿蜒而上，"要是你不希望别人叫你懦夫，就跟上来。否则，你回家吧。"我向还在做鬼脸的荆戈抛下一句话，开始继续向上。

"我们到了？"荆戈大口喘着粗气，不敢相信地看着前方。尖顶小屋，静静地矗立在我们面前，黑色的门在月色下闪烁着诡异的光芒。我努力压抑住兴奋的心，想让自己平静。我猜的没错，这里真的是有些什么，光看四周那些巨大的变电箱就知道了。

我深呼吸，走上前，将手按在门上，使劲推。门悄无声息地开了。我和荆戈惊讶得说不出话来。错落有致的机器，墙壁上凸起的管线，还有那一排排的控制台。"我们找到大家伙了。"荆戈敬畏地抚摸着那巨大的计算机屏幕。这里看上去像整幢建筑的核心。

　　我仔细打量着房间内的摆设，发现一个有趣的现象：这里的计算机都没有键盘。我的目光沿着管线渐渐延伸到了……一个闪着微弱灯光的自供式电源？有趣，难道这里还能再启动吗？我有了一个大胆的计划……

　　"阿文，我们走吧，反正我们已经达到目的了。"看来荆戈不喜欢这个阴森的地方，他急于离开。

　　但我不这么想。这是我梦寐以求的时刻，我怎么会轻易离开？我找了个好理由："我们得找些纪念品，否则谁会相信？"我边说边向屋子一角走去。那里有个黑色的塑料制品，几排管线插在上面。那东西的面板上有一根像杠杆一样的长条块，在长条块的最上方，有个凹槽。我将一根手指放在凹槽中拨动了一下，长条轻轻摇晃了两下，我继续发力，却受到了阻碍。"荆戈，来帮我一下。"我叫荆戈。

　　他不情愿地走过来。"你在干吗？"他好奇地打量着，"这是什么？"

　　"是一个自动电源切换系统。准确地说，是个电操机构。"

　　"什么？"他看上去一头雾水。

　　我叹了口气，耐心地解释道："一般，在高级的大楼内，总会自备电源，这样当外界电源被切断，自备电源会维持大楼本身的运作。而这个东西就是用来切换电源的，俗称电操机构。你看这个杠杆旁边，是不是有个小窗？如果小窗是绿色的，那代表里面已经储有能量了。这样，当外部电源切断，自动电源切换系统会依靠储能切换到内备电源上，保证大楼的电力不会受到影响。但是，这个机构看来不知道因为什么，没有储能，所以当电源切断时候，它无法自动将电源转换成大楼自备电源。我所要做的，就是进行手动操作。拨动杠杆，使小窗跳到绿色，然后按下复位按钮，使其跳到自备电源系统，让大楼的运作恢复正常。有什么能比让大楼亮起来，更能证明我们来到这里了呢？"我一口气说完，才发现荆戈的脸上写满震惊。

他长长地出了口气："你怎么知道那么多？"

"这有什么？我自学啊！反正书店里有卖这类书。"我掩饰不住得意地说。

"你自学？天啊，难道你不知道这是不允许的吗？！你还没到择业日，是不能随意学习东西的啊！他们如果发现，会把你抓去，擦去你脑中有的一切，除非你能证明你适合干电力学。"荆戈还想啰唆，我不耐烦地打断了他："你不说，谁会知道？别废话了。来吧，帮我一起按这个杠杆。"

他张了张嘴，最后还是什么都没说，摇着头上前。

我们一起使劲地拨动杠杆。咔嗒一声，我精神一振，咔嗒……咔嗒……当杠杆被连续拨动七下后，小窗跳到了绿色。成功了！我咽了口唾沫，手指颤抖着按下了那个标着"复位"的红色按钮。

什么也没有发生。

我和荆戈面面相觑。不容我有所怀疑，我们脚下开始有着轻微的震动，传来了铁器碰撞的嘎拉嘎拉声。我们还没有醒过神，灯光刹那亮遍整幢大楼。控制台灯光闪耀，如冬眠苏醒的蛇一般活跃，显示屏也慢慢变灰变亮。

废墟，复活了。

迷

"帮我……"微弱但清晰的声音忽然传来，把正惊异于这一切的我们吓得半死。

"鬼……"荆戈嘶哑地喊了半声就软倒在地。

我的心也直打鼓，腿有点颤抖。我暗自给自己鼓气："镇静……镇静。"我定了定神，努力做出平静的样子。"谁?!"我皱了皱眉头，我的嗓音尖锐而惊慌，不管我怎么掩饰，都无法掩藏我的真实情绪。

"帮我……"那声音再次出现。

这次，我可有准备了。那声音来自……计算机!

我扫了一眼已经吓昏过去的荆戈，压制住自己躁动的心，缓步走了过去。"是谁?"我干巴巴地问，"幽灵?"

没有回答。四周安静极了。

我疑惑地甩甩头。

突然，从上方"伸"来一条"蛇"!

"啊!"我惨叫着跳开，手不由自主地捂住自己的胸膛，似乎这样可以让心脏不至于跳出来。"妈妈……"我忍不住地想哭。这时候，我才觉得自己真是个孩子。

"别怕……让我看看你……"声音再次响起，带着惊讶，"你是什么?"

我没好气地看着那个让我丢面子的摄像头，它正扭动着上下打量我。"是人，别说得那么难听。"

"哦……哦。"它又不出声了。

我喊了几声，但它都不再出声。我有些失望，也有点期待。我想我的这次探险是足够我吹嘘的了。

它忽然又出声了："对不起，我刚醒来，有点不太适应。"

"嗯，没什么，没什么。"我兴奋地有点语无伦次了，"你是什么?是第三次世界大战前制作的大型计算机吗?你是不是像书里说的，忽然受到冲击，有了智慧?"我的脑中浮现出各种各样奇怪的念头。直到听到它嘿嘿的笑声，我才发现自己有点失态了。

"我和你一样，是个人。你可以叫我莱昂。"

我忽然发现它的发音标准极了，比录音带里的都准。我想就是我们的语言老师也无法发出这么准的音。

"你叫什么？"

"我叫阿文。你怎么会在计算机里面呢？"我好奇地问。

"我是你所说的第三次世界大战前的人啊！"它似乎长长叹惜了一声。

远处传来尖利的呼啸声。

我的脸色一变："是警察！他们发现了！"

"带我走！"屏幕一阵乱闪，它的声音焦急而充满恳求。

"怎么带？我可搬不动这么重的你。"我指了指一大堆机器。

"看到控制台上的那个蓝色的东西了吗？把它插到它前方的凹槽，然后在它变成红色以后，拔出来。别忘记把左边墙角的那个箱子带走！到时候把那个蓝色的东西往箱子里一插，我就出来了。"它一气呵成，听得我喘不过气来。

警车越来越近了。屏幕一闪，我看到几个保安正在爬楼梯。"没时间了！快！"它的命令口气让我不假思索地照着它的指示做。

我整理好东西，推醒还晕着的荆戈。我们像做贼一样顺着它所说的安全通道下到底层，然后钻进了干涸的下水道。

我顶开了下水道的盖子，摇晃着爬了上来。我们已经在废墟的外围了。我朝废墟看去，那里灯火通明，警车、警察把那里围得水泄不通。

我吐了吐舌头，看看手中提着的箱子，得意地咧开了嘴，拉着还愣着的荆戈飞奔而去。

朋 友

　　我和荆戈是在家门口分手的，分手前我使劲威吓了他一通，直到他赌天咒地发誓自己绝对不会泄密时我才放他走。已经快十点了。我忐忑不安地溜进自己房间。母亲出奇地没有责骂我，她相信了我的"和荆戈一起去看电影"的鬼话，也没有对我满身的尘土和手中那个沉重的大箱子产生怀疑——我的好学生和乖宝宝身份帮了我大忙。

　　我疲惫不堪地摊倒在床上，却了无睡意，我的眼睛始终盯着我带回来的箱子。它有五十厘米高，三十厘米厚，银色的金属箱体泛出亚光，上面还镂刻着精美的花纹。我又摸了摸口袋中那块之前是蓝色现在已经变成红色的厚板。一切恍若梦境。这是真的吗？我发现的是哪个时期的人？它就存在这块红色数字集成块中？

　　对于第三次世界大战后的那段历史，人们有过不同猜测。但我肯定，自己的这个发现绝对会轰动全国的。难道当时的世界已经发展到数字化生存的地步了吗？那我们的计算机水平是否在后退？

　　我胡思乱想，脑中混乱一团，手无意识地把弄着那块数字集成块。得了，把它插进去，不就都知道了吗？！我翻身而起，不把这个谜解开，我今晚是睡不着了。

　　箱子打开了，在我意料之中，这也是一套自供电源系统。我看不出它使用什么能源，但那必定非常强大，因为经过如此长的时间，它看上去依然运作正常。箱盖实际上就是一个大背光显示屏，而箱内错综的电路中央赫然有个插槽。我慢慢地将手中的红色集成块插入槽中。轻轻的"咔"一声，两者若合符节。我屏住呼吸。箱子最初没有什么动静，忽然，整个电路像活了一样，闪光不停在箱中流动，由明至暗，再由暗至明。

"啊……"

我的心猛跳了一下，我又听见那个熟悉的声音了。

"嗨，莱昂，你好吗？"我试着打了声招呼。

它沉默了一会儿，终于出声："嗨，阿文。多谢你，让我又复活了。"屏幕闪烁不定，无数的乱线条终于排列成一张看上去是亚种人的脸，亲切，祥和，但脸色过于苍白，而且耳朵也是奇怪地呈长圆形非尖形。

我贪婪地盯着屏幕："你就是长这样子的吗？和我们有区别呢。也许是三战造成的基因变异？"

"嗯……"莱昂看上去不怎么爱说话，它沉吟着，"三战吗……我不大清楚，也许吧。"

我非常喜欢听它的发音："你说话真好听，真是标准！以前的人都是这样说话的吗？"我由衷地赞道。

屏幕上的莱昂点了点头，语气中夹杂着疑惑："难道你们不是这样说话的？"

"说得没你好罢了。"我有些沮丧。我属于学校里面语言学得好的一族，但那些麻烦的翘舌卷舌总让我的发音模糊。

莱昂沉思了会儿后对我说："你张开嘴巴，让我看看。"

我依言张开了嘴。

"怎么？有什么发现？"我"嗯嗯啊啊"地凑近它。

它皱了皱眉："似乎发声系统有些不同，不过没什么，也许是……三战遗留的影响吧。"

它忽然想起了什么，唤我道："阿文，你能给我讲讲三战吗？我是在……嗯……战争前期就休眠的，能给我讲讲以后的事情吗？"

"啊，当然……"我开始绘声绘色地叙述起来。莱昂渴切地听着。

"准确地说，是人类过于发达的科技导致了三战，几个超级大国的争斗爆发了核战争，然后大部分城市被毁灭，只留下很少的人类。人类就在这样的基础上面发展起来。由于核战争的破坏，人类对于历史只限于他们能找到的那些，而且新人类的起源也开始于有史记载的三战后五十年。至于那五十年的空白，没有人知道。"我流利地背诵我在书上看到的东西。

"哦。"莱昂照旧地叹惜了一声，"三战吗？"

我点点头："你有什么回忆吗？关于三战。"我热切地看着它。

它苦笑了下："我知道的和你一样多。我说过，我是个科学家，在你说的三战前我就使自己进入网络，以意识替代肉体了。"

"可是，那幢建筑是三战后建造的啊！你不可能没经历过三战！"我不可思议地反问。

但莱昂看上去有些迷茫："是吗？可能太久的封闭破坏了我的一部分记忆。也许，我该找点资料的。阿文，你能帮我吗？我想，是命运让你找到了我。"

望着莱昂焦急的眼神，我肯定地点了点头。

搜　索

《独立电子电脑报》十五日报道：

近日，全球都在为一个匿名作者的无私奉献所感动。这位化名为"刺客"的作者将其自行设计的全球无限搜索引擎送上了网，让所有电脑爱好者无偿使用。这套搜索引擎功能异常强大，无论你想了解什么，无论你要知道什么，只要有信息，它就必定能找到。它的信息搜集速度惊人，且以每天百兆级的速度在递增。越来越多的机构在自己的网络上加入了此引擎接口。可以预料，对于我们这个本来就历史缺乏的世界，它保存的信息是很有价值的。

　　我得意地看完了这段报道。没人知道，这是我和莱昂的杰作。莱昂不愧是个天才，我越和它相处，越佩服它。它的知识异常丰富，思维也很敏锐，这个全球搜索引擎就是在它的协助下完成的。我盼望着有一天我能长大，成为像它那样的科学家。

　　可想到择业日，我又有点沮丧，谁会知道，到那时候，我被选择的是否是我真心喜欢的呢。大人都说高科技会选定一个人最适合的走向，但我心中并不赞同这样的观点，我更倾向于兴趣决定职业。也正因为如此，我拼命地吸收各种各样我能获得的知识，渴望在择业日前确定自己的走向，这样，也许真到了那天，我的强烈的自主愿望能使我如愿以偿。

　　"嗨，阿文。"莱昂打断了我的沉思。我依照它的指导，将它接入了我们社区的电脑系统中，它这些日子如鱼得水地了解着这个世界。"你们的历史真有趣。"

　　"什么？"我愣了愣，不快地回答，"那也是你的历史。我们只是缺了五十年！"我强调道。

　　莱昂嘿嘿地笑着，看上去有点狡诈："用词不确，是我的书本上的历史，而不是我的历史。"

　　我狐疑地看着它："什么意思？"

　　"我察看了你们少得可怜的历史，发现你们的历史都是照搬书上的，也就是说，那些还保存着的正史，古代的详细，近代的少。这不是个很有趣的现象吗？特别是在计算机高速发展的时代，历史更少了，几乎找不到。而那些曾经风起云涌的网络英雄，我一个也找不到，倒是找到一堆的古罗马英雄。"莱昂自言自语道，"这意味着什么呢？"

　　我被它的话带入沉思，是啊，这意味着什么呢？我回忆我曾经看过的历史书，不得不承认莱昂说的有理。确实，我能找到的那些历史，都是很久远的古代。如果说三战毁了五十年的历史，那么，为什么三战前的历史也如此之稀少呢？再细想一下，那些历史似乎都是以报道的形式出现的，也就是说，我们几乎没有从计算机里提取过资料，一切资料都是来自报纸。可废墟里的信息多的是啊！政府，究竟想掩饰什么？

"阿文，我要进入网络查一些资料，日落前不要打扰我。"莱昂沉默了。伴随着灯光的黯淡，房间静了下来。然后是咚咚的敲门声和荆戈焦急的呼唤。

那天回来以后，我和荆戈很有默契地谁也没有说，而对于波比的询问，我只是努了努嘴，指出废墟方向那大量的警察，他就不出声了。事实明摆着，有这么多的警察，谁去那里才有鬼。我有了这样个好借口，自然不担心别人会说我胆小不守信。

而我最近放学就和莱昂泡在一起，也没怎么顾得上去注意荆戈。荆戈因为受了惊吓，连续好几天都在家待着。

今天，他这样着急来找我，要干吗呢？

"阿文！"荆戈的头发湿漉漉地贴在头皮上，看得出跑得很急，"警察！警察来了！"

唰！我拉开了窗帘。窗外，灯火通明，警察正试着敲开每家的门。我凝视着不远处一辆装有高灵敏卫星天线的车，那上面写着"LIFE KEEP"。生命维持研究院？他们也来了？

我隐约有种不安的预感。传说中的最高科技单位——生命维持研究院，他们是为了什么而来的呢？

莱昂的灯光闪烁，它就像不问世事的隐者，在网海中遨游，我得把它藏起来，绝不能让任何人伤害它。

我看向荆戈，心中已经有了决定。

入 侵

如果一个不知情的人走近生命维持研究院，他只会以为他是走近一家普通民宅。从外表看，它毫不出众，灰色水泥墙掩盖了大部分里面的景观，就算你倚墙而望，看到的，也只不过是比一般民宅多出数倍的葱葱郁郁的绿化罢了。但当你走进去，你会为里面的设施惊讶的——里面是一间间先进的无菌研究室，有着数以千计的电子设备和用之不尽的电力。

"还没有结果吗？"一个中年男子站在人头攒动、控制台密布的大厅中间，沉着脸问道。

"是的，安提那长官。"一旁的年轻人恭敬地回答，他偷偷看了眼中年男子的脸色，"我们在现场发现有人的痕迹，似乎是两个孩子。我们也提取了指纹，但现在还没有找到那两个孩子。我们借助了新开发的全球搜索引擎，相信很快会有线索的。"

"那么，那幢大楼的电脑系统，有没有仔细查验过？"

"全查过了。还处于封冻状态，除了……"年轻人有点结巴，"嗯……这个……顶楼的那部。"

被称为安提那的中年男子的眼神一下变得锐利起来。

年轻人慌得口不择言："可是，您要知道，我们查过，那里没有生命现象，没有。是的……是的。"

"是吗？"安提那紧盯着年轻人，直到他把头低得深深的，"也许，是被那两个孩子带走了？"

"长官！发现外来者！"一个一直坐在监控台前的技术人员大叫道。同时，警铃传遍整个大厅。

"什么？"人们不敢相信，从来没有人能闯过生命维持研究院的保安线的。

安提那的眼睛几乎眯成一条线："来源？"

那个首先发现外来者的技术人员呆坐着，嘴里喃喃自语："不可能——生命来自网络。"他瞪大眼睛盯着屏幕。

巨大的显示屏上显示出人们熟悉的脱氧核糖核酸的分子结构，瞬间扩大到整个屏幕，开始吞噬空白块。

安提那脸色瞬变："他在侵入大计算机的核心！切断电源！"

人们手足无措，一个技术人员慌乱地喊着："没有反应！不能切断！"他疯狂地摁着按钮。

"看哪！快填满了！"屏幕上的空隙即将被填满，再有十五秒，计算机就要被接管了。

"让开！"安提那不知道何时取来一柄太平斧，铁青着脸，走上前，将斧子高高举起，砍下。

嗖！

平静了。斧子在离电源仅一厘米的地方刹住。显示屏上的变化忽然停顿了，然后迅速退去。人们先是鸦雀无声，不敢相信这个奇迹，然后，欢呼响彻大厅。他们嘻笑着庆祝。

谁也没有注意到，安提那的脸色依然那么阴沉。

"我得在下次之前找到你。也许还来得及……"他喃喃地说，眼光飘向那忽然变阴的窗外。

复　苏

我以自己都想不到的速度在警察来以前藏起了莱昂——自然少不了荆

戈的帮忙。我们装着在打游戏，而警察也没有怀疑我们坐在屁股底下的箱子有什么异常。他们只是很有礼貌地让我签了名，然后让我在一个塑胶印泥上按下手印就离开了。

然后，荆戈什么都没来得及啰唆就被我一脚踢出房门。

这一切布置妥当后，我又打开了箱子。我的手心满是汗，刚才干得太急了，我来不及和莱昂打招呼就拔下我的电脑和箱子的连线。

"莱昂，你好吗？还在吗？"我轻轻地呼唤。屏幕没有反应。我不死心，又呼叫了一遍。

"嗨……"莱昂长长的叹息在房间内回响。我欣喜若狂。

它的眼神出奇温柔："让我仔细看看你，阿文。"

我凑到屏幕前："怎么了，莱昂？刚才警察来了。不过你放心，我不会让他们带走你。"我坚定地说。

"哪怕最后发现我是你们的对头呢？"莱昂的声音听不出是玩笑还是正经。

我笑了："哪会呢！你是我们的祖先啊，是那段失落的历史的见证呢！"

莱昂没有说话，过了会儿，才问："阿文，你喜欢你的生活吗？"

我点了点头，眼前一阵朦胧："我喜欢这个世界，有绿草，有鲜花，有蓝蓝的天空，没有战争。我还想长大后去远方旅行呢。"我越说越来劲。

莱昂又沉默了。

"你怎么了？沉默不语的。"我边说边拿起放在一旁的铝合金餐盒，开始大嚼起来。

"你在吃什么？"莱昂忽然插嘴。

"可可草啊。"我含混地说道。

"吃素不吃肉？"它眼神一闪。

我做出呕吐的样子："那是草吃的饲料！谁吃肉啊！我闻到肉味就恶心。"

"你们……都不吃肉？"莱昂的问话真奇怪。

我不解地反问："谁会吃肉？我从来没听说谁吃肉的。你不知道我们都是草食性高级动物吗？肉是可可草的饲料。"

莱昂苦笑着摇头："我以意识的状态生存太久了，都已经忘记自己的饮食习惯了。唉，反正我也活不了多久了。脱离了原来的系统，我很快会因为能源耗竭而死的。"

我的脸色大变，多日的相处，让我早已习惯了莱昂的存在。我扑过去，紧抱住屏幕："嘿，别这样。不就是能源吗？我们能找到。"

"你愿意帮我？"

我毫不思索地点头："废话。我把你带出来，可不是看着你死去的。"

莱昂沉默地看了我片刻，似乎被我的决心打动了："好吧。首先，我要复苏你过去的记忆。"

过去的记忆？！

灯光渐渐地暗下来，屏幕中闪出无数的线条。一个浑厚的低音念出奇怪的音节。可奇怪的是，我对它有种说不出的亲切感，似乎那音节天生就是该这样念的，甚至在那音节还没迸发时，我已经知道下个音节的读法。我不由自主地跟着诵读，舌头从来没有那么顺地卷过，我甚至感觉，那才是真正的我的语言。

我终于沉沉睡去。精疲力竭时，我还听到莱昂的低语："睡吧，你再次醒来时，将会发现你的心在复苏。"

新　生

"阿文最近怎么了？神神秘秘的！看来我得多关心他。"

"厂里的事情真忙。明天看来是个好天气。"

"叫你走还不走，真的很讨厌，又不能说，烦！"

"这么差的成绩，我怎么和妈妈说？唉。"

我头痛欲裂，数不清的信息在我脑中流淌。我不禁呻吟了一下："怎么回事？"说完，我被自己的声音吓了一跳，沙哑得可怕。

"我只是唤醒你本身的能力。你所听见的，都是人类心灵深处的真实想法。"莱昂的声音遥远而不可知。

我晃了晃脑袋。

"难道，我有了心灵感应？"我哼了下，"天哪，从此我要被烦死的！"

"不会，这只是初期现象，习惯后，你会发现你和正常人没什么两样，只有当你真正想探究别人心灵的时候，才会发挥这个能力。"不知道是莱昂的安慰起了作用，还是真的如他所说，慢慢地，我觉得我好多了，四周也不像起初那么嘈杂了。相反，我倒有种清静感。

我若有所思地问莱昂："你说你唤醒我本身的能力，那是说我本来就有这样的能力，只是没有开发？"

莱昂笑了："是被封闭了。你们——我是指所有人——都有这个能力，只是都被封闭了。我是从生命维持研究院那里找到的讯息。"

"那是他们干的？"

莱昂没有否认。

我忽然非常愤怒。我想象着他们是一帮无恶不作的家伙，为了掩饰自己的罪行而把所有人都蒙蔽了。他们也许是被外太空来的外星人控制了，为了不让我们发挥超能力，于是用了催眠术把我们的能力封闭……"我陶醉在自己的幻想中，直到莱昂把我的梦打破。

"来吧，阿文，你不想把他们打败吗？就像真正的英雄。让所有人都拥有和你一样的能力，这个世界会更美好的。"莱昂的提议听上去是那么诱人，我眼前似乎再次出现了鲜花、掌声和其他的一切。

我热血沸腾，跃跃欲试地看着莱昂。

他微微一笑："听我说，下一步计划是这样的……"

行　动

废墟周围，到处是警察，不时还穿插着一些有特种记号的士兵。查克在这里已经巡逻了一星期了，他几乎数遍了这里的每一幢楼，看看那些钢筋结构的大厦，能够想象以往的繁荣。

废墟中，除了那些大厦严禁翻修，其他的都被照料得很好——草坪被修剪得很精致，远处的大型钢环雕塑被擦得锃光瓦亮。至于那些建筑，虽然看起来很破旧，但是很多还保存完整。尤其是那幢伫立中央的有尖顶小屋的大厦，整幢都用钢化不反射玻璃覆盖，一直延伸到最高层；大理石光滑的路面上镶嵌缕缕金丝，一直伸至大厦中每间房间每个角落。

查克一边围着大厦绕圈子，一边警惕地注视着周围。一个黑影慢慢走近。"谁?！"他警觉地端起枪。

黑影没有出声，继续走近。

"站住，不然，我开枪了！"查克嚷道。他的手已经按住了通信仪，只要按下去，离他最近的流动哨就会赶来支援的。

"是我！查克！"黑影终于出声了，"连我都不认识了，混账。"

查克松了口气："哦，队长。你把我吓死了。"枪垂下了。

"现在，你转过身，走到门口，立正，没有我的准许不许离开。没有我的命令，任何人想要进入都必须阻止。"黑影慢慢走近，下着命令。

查克不自觉地执行。他就像个木偶站立在大厦门口，看着黑影走进大厦。

我在进入电梯后，才敢松口气，刚才真是太惊险了。我对自己的能力一点都没把握——尽管莱昂很肯定地告诉我，我能用声音进行催眠。直到那个哨兵真的听从我的话了，我才稍微定下心。

"现在，把每层楼的机房中的控制按钮都打开，对，就是那个标着'复位'的按钮。"莱昂不容置疑地说。

我气喘吁吁地一口气干到顶楼。我又来到一切开始的地方，那个有着小尖顶的四方小屋。

我感到我背包中传来了嘶嘶声，而肩上的探头也不安地扭动着。

"莱昂，你怎么样？"我担心地问道。

"没什么，"莱昂的声音有些黯淡，"只是想起了过去。我还是个像你这样的孩子的时候，我也曾经希望成为英雄。"

"你是啊，等我们成功了，你将是拯救这个世界的英雄。——和我！"我骄傲地说。

莱昂只是低笑了一声。我觉得，它的情绪似乎越来越低落了。我不知道这究竟是为了什么。

楼下传来了枪声，夜空中分外刺耳。肯定是查克和别人发生冲突了。

时间不多了！

我飞快行动起来。按照莱昂的指点，我打开了所有的开关，并把一个绿色插头插入一扇隐蔽的闸门后。莱昂说那是连接所有电脑的总开关。

"看见你脚下那些镶嵌在大理石里的金线了吗？那并非是装饰用的，那都是网络线，它们连接着整幢大楼。"莱昂向我解释道。

我惊叹着眼前的奇迹而后问道："我们下面该怎么做？"

"能源，是一切。没有巨大的能源，我无法启动整个系统。只有系统'复苏'，我才会得到力量。"莱昂说，"只有一个地方有我们要的东西。"

废弃的核能电厂，按照全球强力搜索引擎的搜索结果，三战前的世界还在这个时代留存了十八座核能电厂，其中一座就在离这座大楼五百米远的地下。它曾经辉煌过，如今，它将被重新唤醒，来开启这个时代的辉煌。

过去的，就要重现了。

远古的人类，终于要在这个世界苏醒了。

核电厂

"他们跑了。"安提那听到这个消息时，不由自主地握紧拳头，狠狠地蹦出一句："我料到了！"

"现在说什么都没用。"从角落里缓缓走出一个矮小的老人。说他矮小是因为他的个子才到安提那的腿中上位置，说他老是因为他的皮肤满是皱褶。他的蓝色的大眼睛一眨一眨，神情显得威严让人不敢轻视。

"他们还是苏醒了。我们能想到的，也许只有一个办法了。"他的连蹼的手掌分开，做了个劈的手势。

安提那神色不变地问道："还来得及吗？我们甚至都不知道他们在哪里。"

老人望向远方："他不是还带着个孩子吗？别忘记，非我族类，其心必异，无论相隔多远，血缘是无法分割的。"

我拼命地跑，下水道里回响着我跑步和喘气的声音。我翻开一个又一个窨井盖，下到下一层。然后，我继续跑，再下，再跑，直到爬过长长、长长的钢管，在晕头转向中滑到坚实的地面。

我首先听到的是有节奏的轰鸣声，然后，触摸到了冰凉的管线。我沿着管线向上摸，到了那个位置——一个凹槽。我取出了那张红色的卡，插入了凹槽中。我屏住呼吸，等待着。

一盏灯，二盏灯……由近至远，就像天边的星星，闪烁的灯越来越多。刹那，灯光照亮整个空间。我张大着嘴，脸上不知何时，流下了泪水。

奇迹！我只能用这个词来描述。我从来没看过这样壮观的景象。

通天样的反应炉伫立在我面前，让我感觉到自己的渺小。我似乎进入了钢铁丛林，高高仰头，看不到边际。一排排乳白色的管道四通八达传向各个方向，镂刻着精美花纹的操纵杆交错排列在硕大的控制台上。

控制台的灯光闪烁，像人眼一样俏皮地眨动，莱昂接入了电厂的系统中。

"谢谢你，阿文。现在我要你做的最后一件事，就是打开那个玻璃罩，按下罩中的按钮。这将接通所有建筑的电路，也会使得这个电厂重新运作起来。"它停顿了一下，用充满感激的语气道，"我不会忘记你的。阿文，真的谢谢你。"

我腼腆地笑了："说什么啊？我们还会在一起的，永远永远。"我大踏步走上前，打开了玻璃罩，大大的绿色按钮躺在里面。只要我按下去，这个时代将会感谢我的。我想着，充满使命感地将手放了上去，使劲……

"等一下！"

我愕然地望向屏幕。莱昂似乎很不开心，它皱着眉。"怎么了？"我奇怪地问。

莱昂没有理睬我，只是自言自语："也许……我该给他们一次机会？"它不断地嘀咕着，而屏幕上的莱昂的影像也抖动得异常厉害。

"你不舒服？莱昂？"我追问。

莱昂忽然笑了："没什么。生存，没有道德。"

我不解地望向它，摇晃下脑袋，先人的思维看来是和我的不同。不去想了，我再次将手放到按钮上，准备按下去。

"住手！"

与此同时，我感受到了强烈的冲击，它让我的手不得不离开按钮。我忍受着痛苦，与那不知名的力量抗衡。我转头望去。一大群人拥了进来，他们身上都有生命维持研究所的标记，领头的是一名高大的男子。

"我叫安提那。阿文，你必须住手，相信我，这样才是拯救世界。"那男子一字一句地说。

可我什么都没听见，我全部的注意力都集中到了他身后的那个人身上。我感受到了，那股超乎寻常的心灵感应力，正是从他那里发出的。

那是个老人，一个有着绿色皮肤、细小鳞片、尾巴、连蹼手指以及短腿的生物。他的眼睛充满悲哀："这就是遗忘历史的后果。我们要遭报应了。"

无数的信息向我涌来，我的脑海轰地一下，自我世界再也不复回。

结　果

偌大的核电厂内，除了机器的轰鸣，鸦雀无声。安提那和他的手下紧盯着我。而我看着老人，一言不发。老人则望向我的身后，眼神似乎飘向悠远。

打击来得太大。我无法承受我从老人那里读到的一切，但我不能不相信——它的真实性如此强烈不容怀疑。我的心中转过无数念头，接受不了整个世界的颠覆。

良久，我才颤抖着发声："这一切，都是真的？"热泪止不住地流下，我茫然地望望老人，又望望安提那。

安提那微微点头："是的。莱昂不是我们的祖先，它才是真正的地球人。"

"我不要你说！"我粗暴地打断安提那，紧咬着嘴唇，望向屏幕。莱昂面无表情。"回答我！莱昂！你来说，你究竟是不是在骗我？！"我失态地大叫。

莱昂沉默了一会儿，终于叹惜："我一直在怀疑，你的打扮虽然与我们很像，但蓝色的肤色、分叉的双舌、吃素的习惯，地球人再怎么变，也不会变异到这样奇怪的地步。而你们的历史，又奇怪地肤浅，有哪个种族会不重视自己的历史、自己的本源？直到我在你的帮助下进入了网络，进入了生命维持研究所，我才知道了一切。而更重要的一点，那就是，地球从来就没有过第三次世界大战！"

"可在我们来的时候，你们早已经灭亡了。我们只是占领一个没有人的星球。"安提那反驳道。

莱昂轻轻地笑了："别发火，年轻人，我没有说你们错。这一切……本来就是我们咎由自取。"它的眼睛眯了起来，似乎陷入了回忆。

"我们以为自己是科技的领先者，认为网络能决定一切，觉得肉体是累赘。当我发明了意识分离技术后，越来越多的人加入了网络。他们以为计算机会为他们处理得很好，以为这个世界的一切在先进技术下会运转得很好。他们做着千百岁的长生梦。直到那一天，一颗巨大的红星掠过地球，它的磁力之大强烈影响了地球，造成大部分城市被毁灭，网络在所难免受到影响。当人们真正意识到危险的时候，他们什么都没办法干，他们被困死在网络中了。可悲啊，想控制网络的人却成了网络的俘虏。仅存的一些城市也因为电力系统的紊乱而"瘫痪"。整个世界都找不到一个人来把一个按钮复一下位。呵呵。我们也许不会死，可是意识无休止地飘荡在电路中也许比死更痛苦呢。"它的声音低沉了下去，"就这样，技术毁了一个种族。"

我被它的悲哀打动了，我甚至都无法去恨它。我茫然四顾，周围的人都陷入沉思。地球上最后一个人类的故事打动了所有人的心。

"我们有着类似的故事，但我们比你们幸运。一艘装载着无数胚胎的飞船逃离了战争。"老人说，他专注地看着莱昂，"但在寂寞旅行中，陨石的撞击导致计算机部分受损，丧失了大部分我们星球的历史资料。我们还能记得的，只是我们为什么来。当计算机找到这个星球时，它按照自我程序进行判断。它认为，既然人类已经灭绝，而我们缺乏历史，那么最好的方式，就是互补——让人类的历史来填补我们空白的内心。它首先发育了十个胚胎。这十个胚胎长成后，还保留着原来种族的模样。"他嘲讽地指指自己，"但当他们会思考后，计算机告诉了他们所有的事情，让他们决定以后的事。大部分人赞成计算机的决定，他们更决定为了让后代不会怀疑，按照地球人的模式来生活——从住房到学校，甚至在每个胚胎中重新插入一个基因片段，改变了外形，并封闭了与生俱来的心灵感应能力。他们的出发点是善意的，他们希望借此让我们能重新生活。"

我指指他，犹豫不决，又想提问，又不想。

老人看出了我的疑问，他笑了："我吗？我们毕竟还是有反对者的，所以，为了尊重反对者的意见，也为了尊重过去，我们选择了一些原种胚胎，依然按照本来形体生长。同样，虽然反对者众多，但我们还是保留了人类的大部分遗迹。废墟，是其中一处。我们从留下的零星的资料中得知人类的这段历史，把它消除的最好办法就是宣称第三次世界大战。事实上，从某种角度上说，我们确实是新人类。"

老人的话完了，我却陷入矛盾中。从最初的意气风发到后来的受骗感，直到现在，我不知道是该悲伤还是该欢笑，我找不到发泄的对象。我们才是侵略的种族。"莱昂只是要讨回它的土地……"我喃喃自语。

"生存，没有道德。"一直冷眼旁观的安提那沉声说。

我浑身一震，痛苦地喊道："难道就不能和平相处吗？"

"你怎么能要求两个不同的种族共用一个世界呢？人是自私的，我们也是人。"安提那无情的话语如刀割我的心。

我猛地转向莱昂，久久与它对视。

"告诉我，莱昂，"我真诚地说，"如果，我按下这个按钮，你会怎么做？"

安提那眼神一紧，大嚷道："别相信这家伙，它是个地球人！"

莱昂瞥了安提那一眼，讥诮地说："你现在不也是地球人吗？"它转头望向我。

我仿佛又看到了那个快乐的莱昂，我确信我没有看错，它是可以信赖的。"我相信你，莱昂，无论你说什么。"我意味深长地说。

屏幕上出现了杂乱的线条，显示莱昂处于思考中。终于，它抬起了头，目光平静而安详："阿文，如果你按下这个按钮，我将唤醒我的同类。"

"我们能和平相处吗？"我紧问一句。

莱昂摇摇头："不能，我们不会重蹈覆辙，所以我们一定会将意识重新注入肉体——这不难，阿文，我不骗你，只要有合适的设备，而你们的网络在我们的意识面前根本不堪一击。当我们的人越来越多时，我们势必发生冲突。我很喜欢你，阿文，是真的。可是，生存，没有道德。而你们，我相信，在这次危机过后，也必定会毁了废墟。保留从前种族的遗迹实在是太愚蠢的行为了。"它看向安提那，安提那明显地犹豫了一下，然后轻轻点了点头。

我皱紧眉头："为什么对我说这些？"

"我不知道。或许我该骗你的，可是那又怎么样呢？对于地球的历史来说，人类实在是太渺小了。这是生存的选择，而现在这个选择在你。无论你选择什么，你要记住，你要为后果承担责任，就像我们一样。"莱昂说完后就闭紧双眼。

所有人的眼都向我望去。

我的手颤抖不停。虽然我前次被那老人的心灵感应控制住，但那是因为猝不及防，我有绝对把握在他再次使用前按下按钮。可是，我又怎么能忍心看见我的族人因为我而被屠杀呢？我在莱昂和老人间不断张望。我满脸是汗。我几乎要怨恨莱昂了，它就这么轻易地将它不愿承担的责任抛给我这么个还未成年的孩子。我该怎么做……怎么做……

当我疲惫地从控制台上走下来时，安提那大喜过望，所有人都松了口气。我都不敢看莱昂，只能在心里默默地说："对不起，莱昂，生存，没有道德。"

后　记

《地球独立报》20 日电：

今天，我们在这里庆祝祖先的节日，塔里塔尼亚，意思是一年的第一个满月。我们所能做的只有这些了，因为除了这个节日，从此，我们将骄傲地向全宇宙宣称，我们，是地球人。在此，我谨向曾经在地球上生活过的人类致以敬意，他们在这里留下了高等生物的足迹，而现在，火种传到了我们这里。无论我们飞向哪里，只要我们的种族不灭，我们和我们的子孙都将称呼自己为"地球人"！

我看完了联邦总统的整篇讲话，将目光转向桌上。那里，照片中的莱昂正向我微笑。

军队拆除了所有的废墟中的建筑还有世界各地旧线路后，要求由我来执行它的死刑。我最后一次和它一起来到废墟，那里已经没有尖顶小屋了，绿草和鲜花比以前更茂盛了。

"你为什么要死呢？"我当时迟迟不肯按下箱子内那个代表死亡的按钮，含泪问它，"我们还有很多计划的，你记得吗？很多很多的。你不是说你的意识能再进入肉体吗？你会很快乐的。"

莱昂依然笑着摇头，它的目光充满眷恋："我喜欢这个世界，这里更有人情味。可是，阿文，世界上最后一个人类难道不应该死去吗？他活着，又怎么排除那百万年的孤寂呢？动手吧，阿文。"

我终于按下了按钮，莱昂的影像渐渐淡出，直到完全消失。它最后一句话含糊不清，可我能用自己的心听见——"去实现自己的梦想，阿文。无论你游历何方，记住，我就在你的心里，与你同在。"

窗外，孩子们在欢笑，人们谅解了祖先的决定，也为世界上最后一个人类的举动所感动。我们将永远称呼自己是地球人，因为我们生活在这个地球，唯一与以前不同的是，我们将抛弃别人的历史，创造自己的历史。

每个人，都应当时刻牢记，我们要为自己的行为承担责任。生存，如此沉重；生存，需要牺牲。

◆ 第二届银河奖三等奖获奖作品

心灵密约

周宇坤

第八个心理学试验到底结束了。

尤因大夫在自己的试验记录上又画上了一个叉——在此之前，已经有了七个叉——随后以一种非常平和的眼光注视着眼前年迈的船长。然而其实他也知道，自己是在极力抑制眼神中的那丝慌乱，或者找个更加冠冕堂皇的理由，可以说是不想让自己的神情影响到自由女神的核心——老查理船长。

当他默不作声地凝视着眼前的人时，这不会意味着有什么好的兆头。

确实，一连五天，尤因大夫通过生命监测系统，无一例外地观察到了查理船长不规则的脑电波的活动，而且大有愈演愈烈之势。统计得到的数据表明，船长的心理正在受到某种不可捉摸的东西的影响。但是，船长自己似乎并没有意识到这点；或者说，他并不想让自己意识到这点。在与整个自由女神小组相处的时间里面，他依旧尽力表现出他的冷静，可是看来实在有些力不从心；而他独处的时候，更是出现了稀奇古怪的思考过程。没有任何一种脑电波图纹可以对此做出解释，而生理性的衰老造成的影响也不可能如此明显。

尤因大夫之所以要求船长来自己的医务室，是因为他深深明白自己的责任所在。这已经不仅仅是出于人道主义或者医生的职业道德，更是安全性的需要。在距离地球四十亿英里的地方，他务必保证自由女神小组中的每一位成员都处于正常理智状态。

在他的印象中，查理船长拥有良好的反应能力、判断能力、记忆能力、推理能力以及洞察力。虽然岁月在船长的两鬓染上了点点白霜，他的脸上也不再那么光滑，但是他能够不费吹灰之力，途经小行星带时向大家介绍每一颗小行星的代号与历史，对付飞行中遇到的问题，也是准确命中，无懈可击。毫不夸张地说，自由女神的远航正是在他的率领下才走到今天的这一步，来到今天的这个位置的。可是，他的这些能力——这些作为星际飞船船长所必须具有，也是使他的船员引以为荣的能力——正在逐渐丧失！

没有人还能对此表示乐观。当然，现在只有尤因大夫一个人知道。大夫心里很清楚这点。

"好像……有点问题？"老船长觉察到了什么。

尤因大夫微微一怔。

"好吧，老朋友，恕我直言，呃……所有的测试都表明，您的判断能力、反应能力、记忆能力还有推理能力……都受到了不同程度的干扰而发生了衰退。我想我应该让您知道这一点。或许，您自己也已经有所意识。"尤因大夫深深地吸了一口气，以提醒的口吻说，眼睛仍旧盯着老船长的脸。他并不想把老船长当成病人，而是把老船长当成一个需要帮助的老人。如果因脑电波异常而简单断定成员处于病危状态，那么，所造成的恶果或许会比忽略这一切更为恶劣。在这个特殊的环境里，更需要的是内省。"您在思考些什么呢？我希望您能告诉我。我会尽自己最大的能力来帮助您摆脱困境。"

尤因大夫向老朋友直言不讳地说出了自己的忠告。他应该让老船长知道，这种心绪的异常对正在充当自由女神号核心支柱的他而言，会起到怎样的潜移默化的负面作用。脑波不稳，心绪不宁，没有人能说出未来会有什么样的后果，但是在这个太阳系最遥远的区域里，任何人都可以想象到群龙无首的可怕。

年迈的船长脸上笼罩着一层阴郁，如同自由女神的躯体被黑暗与冰冷包裹着。大夫在履行自己的职责，他知道这点。大夫的忠告也是有道理的。所以，他没有必要和大夫过不去。

他伸手摸了摸额头的皱纹，抬起眼皮："知道因纽特人吗？他们可以筑起冰雪的巢屋，把它当作自己的家，我想，我也可以，如果给我一颗冰彗星的话。"老船长停顿一下，"说实话，我并不想返航。"

这些话让尤因大夫感到突然。但是他没有轻易打断，只听着对方把话继续说下去。

"我从小跟随着我的父亲远征星际，到目前为止，我在宇宙飞船上度过的岁月远远多于我在地球上的日子，并且这种情况看样子还要继续下去。我想我已经和你说过许多次了吧？请你不要仅仅把这一切归因于我必须完成我的工作。事实上远不仅如此。对于星际旅行，我有我独特的体验与兴趣。这或许是多年在这个奇特的世界里遨游所培养起来的，也可以说是我与生俱来的感觉支持着我不断向前。如果我没有记错的话，我们合作过三十次，对吗，大夫？"

老船长的目光开始投向虚空，从那里他似乎可以看到许多以前的岁月。在柔和的舱室节能灯的照耀下，他追寻着经历过的和经历着的一幕幕。

"你知道，这里是太阳系最外层的 Belta 区域，这里是冥王星以外的空间，这里是我们的天文学家推测出来却从未有人涉足的彗星的发源地。可这里也是我们此次旅行的尽头。本来，我们只要再向前一小步，就踏出太阳系的大门，真正地离开自己的家园了！——但是现在不可能了。

"按照既定的航行计划，我们将在七十二小时之后返回，返回时间没有商量的余地，除非有什么意外发生。我们的自由女神并不自由，因为她在飞行中的某些时候还需要地球的帮助。由于自由女神是依靠事先发射的燃料补给一步步走到这里的，所以我们也要如法炮制地返回地球。倘若我们不在指定的时间飞回，那么我们或许永远不能和地球为我们发送上天的回程燃料会合了。在木星的轨道上，它将以二十千米每秒的速度远离我们的既定航线。从这个意义上说，我们的按计划返航，应该是一个既定问题。

"可……为什么每当我考虑起这个既定问题时，我……总是感觉到一种神奇力量在召唤我继续前行呢？它仿佛穿越了 Belta 区域来到我的身边，它在我的内心深处激荡起的只有一个念头：深入，不断深入。我不知道它来自何方，但是，它真的与我的想法不谋而合，像是我的知音。也许，真的是我太累了……"

一种神奇的力量？您太执着了。尤因大夫皱起眉头，积极地思考分析着。心理学承认，一旦面对宇宙的庞然，渺小的人类就会体验到一种在地球上很难体验的伟力。不过，对宇宙具有如此强烈的自我意识，恐怕也只有老船长您了……片刻之后，尤因大夫面向困惑的船长竖起食指。

"在我们合作的生涯里以及这次漫长的五年之旅里，我相信我是最了解您的。我当然也知道您的癖好。这足以说明一切了：因为您自己内心根本不愿意返航，所以您的自我意识始终在内心冲突的时候进行着自我肯定。"尤因大夫单刀直入阐明他的观点。他渐渐形成自己的判断了，这样看来事情就足够清楚了：老船长不想返航，可是他必须做出返航的决定。这种个人感情和严格规定之间的矛盾，正如 K. 勒温所说的，接近回避型的冲突，造成了老船长的心理障碍。

"不，不完全是这样。"老船长似乎在辩解，"尤因大夫，我可以向你承认，我确实是以一种义无反顾的自豪心理站在这片 Belta 星区的。这里就是太阳系的门户啊！我们只要努力向前，就一定会有更大的收获。自古以来，人们对太空有所追求，不就是因为这种进取心吗？然而，我从未想到，在这里，自己对宇宙的感情会被激发得如此强烈。虽然我无法说清楚它，但是更加深入的意志确实是那股力量帮助我建立起来的。它深刻而有生气，鼓励我向着更高的境界努力……"

可宇宙是个无底洞，尤因想。把有限的生命投入无限的深渊，这不是英明之举。在某些人看来，越遥远的地方仿佛蕴含着越巨大的吸引力，使得他们心甘情愿地投入它的怀抱，粉身碎骨也在所不惜。他们的好奇本能实在是让人叹为观止。

这是老船长最远的一次航行，而且，也许是最后一次。老船长的心灵始终是渴求探索未知的世界的。平日的飞行在满足着他的欲望，但这次不同寻常。他所有的感情都在这一刻被激发而出，甚至于让他意乱神迷。尤因大夫意识到，应当尽力帮助老船长摆脱这种并不高明的念头，否则真不知道会出现什么样的结局，哪怕老船长依然记得他对自己船员所负有的责任。

"这里的世界并不完美。"尤因大夫站起身来，走到舷窗边，指着外面漆黑的空间。在 Belta 区域的边缘，已经有相当数量的冰彗星在游弋。当然，现在它们可不像以往人们所看到的飞临太阳时的那般壮观美丽，只是一只只硕大无朋的脏雪球，反射着微弱的星光，犹如面目狰狞的幽灵在游荡。

"宇宙的深处就是这般死寂。老朋友，生命只存在于像地球那样有阳光雨露滋养的星球上。地球以外的一切都将是危险的、残酷的，只有无情的甚至是我们所不知的物理化学法则在支配。在它们所塑造的无生命世界里，回过头来，您就会觉得，地球才是您的家园。"

老船长苦笑起来："我没有这样的感觉。生命在于运动而不是固守一方。"

一种希望的光芒笼罩在船长的脸上，他的眼神仿佛已遥望到无限远的地方，他带着美不胜收的心境体会着他的思想，如同回忆着美丽的童年。

离奇的思想使尤因大夫摇了摇头。他以前从不知道老船长还会有这样的想法，但现在它们都暴露出来了，并使他大伤脑筋。

好在不久我们就要飞回去了，他想。

"船长，我不需要知道您有多少理由来支持您的念头，最终，您还是自由女神上所有船员的领导者。您不可能完全按照自己的想法去做，虽然这可能对您很残酷，因为在这里，您首先是一位船长，其次才是作为个人。您务必率先考虑其他大多数船员的愿望。他们的家人在等待着他们平安回归。从整体的利益考虑，我相信您还是可以做出正确判断的。我个人自然不可能引导您继续向前，但是我也不愿意您在这种煎熬中度日。如果您还不能调整好自己的心态，冷静而理智地找回以前的感觉，那么我们的归程将困难重重，不容乐观。"

尤因知道自己的话未免有些刺耳，但他想，这也许是最为妥帖的办法了。他希冀于它能唤回老船长的理智。

老船长并没有拒绝的意思。他静静地看着尤因，似乎是赞同了。

尤因点点头，拉开手边的抽屉，从中取出一只小瓶。老船长立刻摇摇手。

"不必了。尤因大夫，我不需要镇静剂。"

"好吧。"尤因也不勉强，"老朋友，不夸张地说，您是自由女神的生命。"

"谢谢你。"

老船长走了。尤因多少觉得好受些。起码，他已经知道了船长的心态。但是他还是对自己说，在今后的七十二小时里，要密切注意老船长的行为，只有老船长才可能真正把飞船引导到正确的回归航线上。

自由女神上的晚餐历来是令人陶醉的。

老船长自然坐在餐桌的中央，尤因大夫则挑了一个侧面的位置，他觉得从这个角度可以更好地观察老船长的一举一动。另外的两位船员——天体物理学家特拉特和生物化学家丽莎则坐在其余的两个位置上。特拉特和丽莎都是年轻的科学家，同他和老船长已经是整整差了一代。不知是不是代沟的原因，年轻的一代似乎总是难以觉察到长辈的心事。

几丝疲倦从老船长苍老的脸上浮出来，他拿起刀叉的时候，动作也有些许的迟滞。程序化制作出来的食物当然让大家觉得索然无味，可这毕竟不是根本的原因。那番犀利的话，换了谁都难免会有些怏怏不乐的，尤因大夫想。其实，没有人能够真正做到襟怀坦荡；虽然相当多的人都可以广开言路，可赞扬的话与批评的话，听在耳朵里滋味总不可能是相同的。这就是人性的弱点。

特拉特总是吃得津津有味，刀叉清脆的声音却弄得丽莎很不舒服。"特拉特，你好像胃口很好。"她责怪道。

特拉特抬起头来，一副宽大的眼镜令他看起来很滑稽。"当然。在这里，除了工作，就剩下吃还有乐趣，不是吗？而且今天我在工作上极有收获。我发现，我们面前的不是一些普通的彗星，在 1651 冰彗星的周围，居然有一个奇怪的微弱引力场——就彗星大小来看，万有引力场不会那么强的。看来，我就要有新的发现了！"

特拉特眉飞色舞地说。可惜丽莎并没有理会，她的目光从特拉特身上转到老船长身上。

"船长，我有些事情想告诉您。我知道也许这会破坏您的食欲，但是出于为自由女神着想，我想，还是越早让您知道越好。否则我会食不甘味的。"

"是吗？"老船长抬起头，"怎么啦，丽莎？看来是重大的问题。"

"是的。"丽莎忙不迭地回答，"我发现我们的处境不容乐观。我们的周围存在大量的冰彗星，它们太密集了。今天下午我在舱外进行作业的三个小时内，目睹了几颗冰彗星差点撞到护盾上。"

"那不是什么大不了的事。"特拉特打断丽莎的话。"飞船有自动规避程序，而且护盾本来就是用来保护飞船的。如果在空旷的空间进行常规飞行，根本就不需要护盾。"

"不，我不是谈论护盾的必要性，而是护盾的可靠性。而且，特拉特，你自己和我说过，按照你的计算，会有越来越多的冰彗星向这个区域汇集。"

"唔……是的，我确实曾经和你谈过这点——几天前吧？"特拉特想了想，认真地说，"但我觉得即便真的有碰撞发生，对付这些脆弱的星体，我们的护盾也应该有足够的防御能力，直到我们离开这里。"

"特拉特，你知道护盾的原理吗？"

"当然知道。"

"那么，你应该知道护盾的能量分布了。在船体出现巨大的转折或者通过焊接而不是浑然一体的部位，比如舷翼的连接部位、天线底座，护盾的能量在这些地方的分布是最薄弱的。从设计原则上说，这本来不是一个问题，因为船身的面积远远要比那些脆弱部位的面积来得大，而且，脆弱的部位也绝非那么不堪一击。可问题在于，现在的 Belta 区域里彗星的密度超过了地球天文学家的估计，我们在这里视力所及，都是冰彗星。它们频繁地从上下左右越过我们的飞船，连个招呼都不打。如此频繁的穿越，特拉特，你是否认为如果真的发生碰撞，其发生在脆弱部位的可能性依旧是接近于零呢？"丽莎转向船长，"船长，我想，您应该清楚我的意思了。万一出现我们所极力避免的事件，我担心……"

老船长认真地倾听完丽莎的陈述，点了点头，轻微地。他的目光凝聚在手中的刀叉上。

"你是否担心那些脏雪球会撞坏我们的飞船，在自由女神身上穿几个窟窿？"

"这并不是最糟糕的。"丽莎看着老船长，"起码机器人机师们会尽力修补，保证让每一条线路都恢复如初。可是……如果脏雪球里冰封着我们未知的传染病菌，那些病菌很有可能在我们毫无防范的情况下闯进我们恒温如春的飞船内部，那么我们的医生恐怕就会忙得不可开交了。"说到这里，丽莎冲着尤因大夫淡淡一笑，"机器人机师们当然依旧会活蹦乱跳地工作，但我们大家谁能保证安然无恙地回到地球呢？——特拉特，你说呢？"

"哼。"特拉特张了两下嘴巴，有些不屑一顾的神色，但随即他又冲丽莎顽皮吐了吐舌头，童心未泯的样子。其实，他也深深知道宇航安全的重要性。"有些事情我觉得不值得大惊小怪，不过——"他看着丽莎，认真地肯定，"你说的确实可能发生。"

"我看最好还是不要发生，"尤因大夫插话进来，"难道有谁希望自由女神遭到这样的厄运？"

"起码我不会希望。"老船长用重重的语气说。刚才他似乎在思考。"丽莎所说的现象确实不容忽视，虽然护盾可以缓冲并排斥外来的物体，可毕竟，护盾的最初设计目的是用来对付流星体的，不是用来对付冰彗星的。为了防止丽莎所说的情况真的发生，我想我们只有两种选择，而这两种选择都将指向同一个结果。对不对，丽莎？"

老船长的语气里包含着深深的无奈，尤因大夫恍然之间领悟到老船长的言外之意：要么自由女神以更大的能量消耗来巩固护盾，要么就是尽快离开这个本应驻留七十二小时的区域，而第一种选择也终将导致自由女神提前返航。

毋庸多说，在座每个人都知道这点，然而，只有尤因大夫清楚，这正是老船长最不愿去想的，也是他难以接受的。如果真的提前返回，那么恐怕这位老人连最初的愿望都无法实现了。

"是的。船长，我的建议就是提前返航。"

老船长的眼神变得混沌起来，他试图在混沌之后隐藏起自己的不甘与不愿。

自由女神的躯体在这时突然震动起来。一种很清晰的碰撞立刻被大家感受到，并引起了大家的警觉。好像什么东西粉碎了，每个人都听到了很犀利的摩擦声。桌面上，咖啡从杯子里溅了出来。幸亏这很快就成为过去。大家面面相觑几秒钟后恍然醒悟。

"船体好像受到了外来的撞击！"尤因大夫率先跑向控制室。老船长怔了怔，但立刻跟了过去。丽莎看了特拉特一眼："我们恐怕有麻烦了！"

检查的结果很快就出来了。机器人技师开始自动修复可能存在的损坏。

"是一颗冰彗星。"老船长脸色黯淡地扫视着大家，"质量很大，不过万幸，它从我们的船体上方滑了过去，没有造成什么实质性的损伤，船体最多有些轻微的划痕。但是——我们的天线有些变形，修复恐怕需要一点时间。在这段时间我们暂时不能与地球联系了……没想到来得这么快。"最后一句好像是他的自言自语。

"自动规避失效了？"

"不，规避程序已经运作到极限了。"老船长回答特拉特的疑问。

"那么护盾呢？失效了吗？"

"丽莎刚才已经说过了，护盾不是万能的。在脆弱地方的护盾能量不足以阻挡质量如此之大的物体，何况它有相当的速度。"

丽莎接过话茬："而且，类似的险情可能会越来越频繁。"

"确实，自动规避不可能每次都成功。"尤因大夫肯定了丽莎的看法，"如果有可能的话，我们应该尽快离开这个区域。"

"这不过是一次意外。"特拉特有些埋怨，"丽莎，你把问题过于复杂化、严重化了。本来我对于宇宙可是充满美好的向往与崇敬之情的，现在倒好，被你破坏得体无完肤。而且——"

丽莎瞪了他一眼："你要知道，我也不是来观光的。我也有我的工作，说实话，我的日程比你紧张得多，但是我们可以抓紧干啊。这不会成为问题的。当然，最终的决定要由我们的船长来做。"

尤因大夫倒替老船长为难了，他更不知自己该说什么了。他不能说他也极力要求返航，这会令老朋友伤心的；可他又不能怂恿老船长让大家冒险。因此当老船长用目光征求他的意见时，他只好说："我个人无所谓，反正，我负责大家的健康，自始至终。"

他极力不去注意老船长的眼睛，但仍觉察到老船长的脸色苍白，不知情的特拉特和丽莎把目光聚焦在老船长身上。船长仿佛衰老了好几岁。

"让我休息一下。"老船长的手指深深地插进白发中，闭上眼睛，使劲地揉着自己的太阳穴，仿佛那里毫无神经。

"我需要一点时间考虑这个问题，是的，请给我一点时间！"老船长疲惫不堪地说，没有再看任何人，匆匆离去。

望着老船长远去的背影，丽莎忍不住小声地说："船长怎么啦？他有点怪怪的，以前做决定的时候都是雷厉风行的，今天……"

"你确实给他出了一道难题，"尤因大夫意味深长地说，"还是让他安静地独自决断吧，我们所要做的就是耐心等待。"

特拉特不在意地叫起来："对了，你们还去吃晚餐吗？今天的牛排真的不错。"

可是，那天除了特拉特，谁的食欲都不好。

尤因大夫陷入了困境当中。他再次观察到老船长脑电波的又一次重大异动。就他的观点来看，每一次异动都意味着老船长内心的一次冲突。这样下去其神经无疑要受到巨大的挑战。可尤因大夫也解释不完整这种异动的种种方面。

类似的情况已发生了很多次，只是他没有一丝一毫这种症状的资料，过去在医学院所学的知识几乎全都无效作废，他只能靠他的能力和经验去面对新的情况。

如果不是丽莎的建议，也许情况会好一些。

扫视着记录仪记录下来的脑电波曲线，他出乎意料地发现异动曲线居然表现出两种不同的特点。有些完全没有规则，杂乱无章，看到它们，仿佛可以感受到一场血雨腥风的战争似的；有些却显得那么井然有序，好像是一个人正常的意念在作用。

它们并不是一种病态。他仔细地观察这种脑电波曲线。就像一个有经验的猎人根据猎物的足迹追击，尤因大夫循着曲线前进。异动呈现出很强的规律性。他把脑电波的基波成分分离出来后发现，其波形完全是正常的，而且远不是一般人心绪紧张、浮躁难耐的 β 波形，而是一种相当平稳的 α 波。尤因大夫困惑不已：通常只有在人体处于冥想状态时才可能有这样良好的脑电波。

他曾经说过，老船长的表现从属于潜意识。现在他仍旧坚持这种说法。有一点他肯定，冥想状态的人脑应该不会受到外界因素的干扰，即入定作用一开始就只能体察来自内心的信息，所以外来成分只能是内心的潜意识。它当然是船长本身心愿——飞行，飞行，再飞行。

可这也仅仅是推测。在冥想状态下以 α 波为基础构筑起来的新的意识流，更深刻的内涵是他无法知晓、无法洞察的，这已经超出了他的知识领域。那么，它究竟是有益的还是有害的？很难说，尤因大夫捧着脑袋想，但是至少它干扰了老船长应有的思维。从指挥全船的角度上讲，它是有害的东西。

未知的东西太多太多，尤因大夫第一次把他随身携带的心理学全书光碟系统启动起来。他以前从未动用过它。在后来的六个小时里，他就深深地沉浸进去，为的是弄个水落石出。他把书本上所有可能有用的章节都通读了一遍，是的，那些知识都很清晰，可当他回到现实中来，他又变得迷惘起来。

他决心再次探望老船长。

"如果你非要追问的话，我可以告诉你：好几次，朦胧中我都能听到但也只是能听到一种单调的声音，像是号召，等我清醒过来却时常忘了这个声音对我说起些什么。或许这声音本身也是一种幻觉？"老船长一改眺望黑色旷野的姿态，转过脸，用疲惫的眼睛看着尤因大夫，"但是，它不是没有留下过痕迹。"

"痕迹？是什么？"

"它让我更深刻地领悟到人与自然的关系。现在当我看到满天的星斗时，我已经不仅仅满足于欣赏，我更希望主宰它们。"

"主宰？是什么意思？"

"我也不过是引用而已，暂时不太清楚。但我想，人作为万物之灵，应当熟悉他们存在的世界，去发现大自然的各种奇迹，进而主宰这些奇迹，这样人类本身就创造了更伟大的奇迹。这些可能都是它教给我的吧。"

尤因大夫有点发昏。

"我知道这让你很难理解，事实上我自己都不甚了解，可它居然在我脑子里根深蒂固了。我曾经怀疑它，但是我现在相信它。"

尤因大夫心中一激荡："它？它究竟是什么？"

"我亦说不清楚。"

"那它不过是你潜意识中的或者想象中的产物！"

"我想这不可能。"只有这句回答，船长是用肯定的语气说的，"因为我感觉到，它拥有远比我高深的智慧。"

"体现在哪里？"

"至少，它差不多主宰了我。"

尤因大夫凝视着老船长的双眸，仿佛想洞察里面的一切。可惜，他读不懂。

"好吧。我们不谈这个了。我们谈谈丽莎的建议。你是不是很难决定？"

"曾经是。"老船长苦笑一下，"但现在不是了。不久每个人都会知道，我决定提前四十八小时返航。"老船长说完，轻轻离开了。

尤因大夫心里一颤，老船长的笑容那么沉重、无奈。

果然当天晚上，尤因大夫在自己的舱室内的电子留言板上看到了老船长关于提前返航的决定。他想，特拉特和丽莎也一定看到了。不过，面对这个决定，在尤因大夫心中激起的是更多的紧张与不安。

我一定要读懂其中的内容。这是尤因大夫回到自己舱室后的最强烈的念头。这尽管不太道德，但是确有必要。他的目光落在那些脑电波曲线上，久久不肯离去。

"甚至，连船长自己都可能不了解究竟发生了什么，所以只好我亲自来查个水落石出了。可我该从何处下手？"

尤因大夫也深知这极为不易。

他曾经从事过这方面的研究，并且曾一度建议 NASA（美国航空航天局）采用脑电波来监视宇航员的心理状态，可这建议因为涉及个人隐私问题，到底没有被采纳。他记得人的喜怒哀乐都可以从脑电波上获得显示，但这仍旧微不足道，现在他面对的可是一种全然陌生的思想呢。现代医学界还从来没有能够从脑电波中探知复杂的内心世界的可靠手段（事实上，没有什么必要）。尽管医学可以根据脑电波的形态以及其他一些生理特征，判断人的基本情绪，但那毕竟是有限的、模糊的。归根结底，是因为人的基本情绪是相当有限的，从而与其相关的脑电波的特征值也就是可统计的。但是人所思考的问题是千变万化的——社会生活的各个方面，存在各种问题，激发各种感受，产生各种思维方式，从而也就出现了各种的脑电波曲线，这如何能穷尽？换言之，根本不可能凭借脑电波的波形特征值来分析判断一个人的思想。其中的特征值的数量简直是个天文数字，甚至有许多差异甚微的地方，模糊辨识技术也不能完全把它们分开。

"可我现在也只能试试运气。"尤因大夫在寻找突破口，以便脑电波翻译成可被旁人理解的语言。他注意到了实际的环境。

显然，他着眼的目标是那些有规则的脑电波。

他的首要假设就是船长在这种状态下的思维是极其简单的。他的心理学造诣使他有理由相信，在 α 波出现的过程中，大部分脑细胞进入催眠状态，人脑这时不可能进行太复杂太抽象的思维过程。即便是出现了幻视，那也极可能是一些简单的闪光或简单的图形；即便是出现了幻听，那也极可能是些单调模糊的声音。只要是这种情况，问题就可以简化许多。

尤因大夫的手指在他的个人电脑的键盘上飞快地移动。偌大的舱室内只听到单调的击键声迅速地流淌。

"我需要一个程序。"尤因大夫从容不迫地编写着。在他特殊的地位和特殊的心理驱使之下，他迫切希望知道究竟是什么在影响老船长的神经，以及究竟是如何影响的。他决心采用一种特殊的手段来窥探那种特殊的思维。

现在，尤因大夫已经从电脑中调出了以前他曾为之做出过贡献的脑电波数据库，里面所记录的脑电波特征值是令人难以置信的数字。这可是他多年研究的结晶。他从来没有抛弃它们，现在竟然派上用场了。但就是这样，脑电波对应的内容也是极为有限的。即便是这样，尤因大夫也只能孤注一掷，也许电脑可以分析出一些有价值的结果；但也许，他将一无所获。

尤因大夫就这么不知疲倦地敲击着键盘，不知疲倦地建立和数据库之间的关联，不知疲倦地把脑电波曲线送入电脑……等到他终于把一切准备就绪，电脑疯狂地呜呜运转起来的时候，特拉特像一头狮子似的，风风火火地闯进他的舱室，冲他大喊："尤因大夫，船长出事了！"

特拉特说的没错。老船长出事了，确切地说，是病倒了。

丽莎守护在老船长的身边，她穿着严实的防护服，在隔离室之内，不允许任何人进去。刚刚赶到的尤因大夫和特拉特只能在外面隔着玻璃观望，焦急的神色溢于言表。

尤因大夫看得着急，边问边找防护服，以最快的速度穿戴起来。然后他走入消毒区，像木偶似的举起胳膊，转了几个圈，蓝白色的雾气喷洒在他身上。当雾气散尽后，他急不可耐地走到丽莎身边。

"怎么回事？丽莎。"

"我暂时也不清楚。但是估计情况不那么乐观，船长好像感染了病毒。"

尤因大夫愣了一愣，他觉得这来得太突然了。船长的眼神已经有些紊乱，精神涣散之余，双颊铁青，上面似乎蒙了一层严酷的寒霜。船长蜷曲着的身躯不时剧烈颤动，虽然舱室里的温度有如春天。

"我并不知道船长怎么会进入捕捞舱的。"丽莎还不等尤因大夫问，就说起来，"今天上午，我用捕捞器捉住了一颗小规模的冰彗星，直径至少三米。当时，只我一个人在捕捞舱做采样分析，所以并没有顾及其他的动静，而且冰彗星也挡住了我的视线。我发现船长时，他已经晕倒在地板上了。我连忙把他送来这里，并呼叫特拉特，让特拉特把您叫来。我没注意到船长是什么时候进入捕捞舱的，他甚至连防护服都没有穿，我真不敢想象。"

"寒气吗？寒气不会那么厉害的……"尤因大夫自言自语。

"是的，不是寒气，"丽莎停顿一下，打开手边的一只小冰柜，从中取出一个玻璃器皿，里面一片晶莹，"因为我在他手里发现了这个。"

冰彗星？尤因大夫瞪大了眼睛。那些冰彗星的冰晶与冰凌，像颗颗细微的钻石，玲珑剔透。尤因大夫感到寒气从心底泛起。

"你说他接触了冰彗星，是不是？他在没有任何保护的情况下接触了冰彗星的物质？"

丽莎点点头："所以，我把他送到隔离室。"

尤因大夫重新回望了老船长一眼：老朋友，你竟然接触了冰彗星！在他的脑海里浮现出一幅画面：老船长带着恋恋不舍的神情站在冰彗星面前，伸出赤裸的手从冰彗星上抓下它的冰晶。一些碎裂的冰晶散落在地板上，跟随着它们，老船长也握着他的心爱之物慢慢滑落下去……

应该说，大夫的遗憾不是没有道理的。在冰彗星的头部，可能包含着休眠数亿年的可怕的病菌，在接近绝对零度的环境里，它们酣睡着，一切太平；但一旦遇到了适宜的温度，它们便会活动起来。对于它们的陌生将使受害者难逃厄运，因为没有人可以在受到伤害的瞬间就认清它们的真面目，寻找到对付它们的办法。它们或许有些性情温和，但也有些暴虐嚣张，在瞬间就可以让生命化为尘土。

现在的情形，很可能就是一种感染力极强的病菌导致的。至于它是否会致命，尤因大夫一点信心都没有。他不敢再耽搁，立刻进行全面的检查。呼吸、脉搏、血压……一切都极为不规则。

"丽莎，难道你没有注意到病菌的存在？"

"不知道，尤因大夫，我根本还没有开始我的化学分析，船长就发生意外了，太突然了。"

事实上，尤因大夫也知道，病菌其实并不在丽莎的研究领域，虽然她不是一窍不通，但她更多的注意力是放在对微生物的存在与否做出判断，将它们进行归类，并不考虑它们是否存在危险。可对于他来说，病菌是他的老对手了，从他成为大夫的那天起，两者就不共戴天。

尤因大夫绞尽脑汁来进行应急处理。他检查了老船长的手心，并没有破损，看样子病菌是直接渗透进体内的。而从整个症状判断，可能是一种类似于伤寒的病菌，如果真的如此，那可真要谢天谢地。尤因大夫在诊断之余稍有些宽心，因为有些症状他多少熟悉一些的，因而，他可以尝试用他记得的办法来消除。他尽可能给老船长最好的用药与护理。他没忘记告诉丽莎，尽快去分析病菌的有关细节。按理说，这应该由他来完成，但是现在他必须照顾老船长。丽莎慨然应允。

在以后的一个小时里，一切都进行得万分紧张。尤因大夫时刻关注着老船长的病情，当老船长的脉搏变得稳定，血压变得平和，而呼吸也渐渐慢下来时，尤因大夫终于舒了口气。老船长的状况至少没有恶化，这证明了他的思路是正确的。

当尤因大夫来到隔离室外和特拉特叙述具体的情况时，丽莎也把分析结果送来了。"我只进行了一些病菌和有机物、蛋白质的反应试验。从病菌的外形看，和地球的伤寒病菌很像，我怀疑它们是同源的。"

"干得不错。看来我们能对付它。至少目前还没有大麻烦。"尤因大夫看着报告说。

尤因大夫似乎又想到了什么："我有一个建议，从现在起，其他任何人都不要再靠近冰彗星。丽莎，如果你采样完毕，最好立刻把那颗冰彗星抛出去。船长接触的只是冰彗星的表层冰晶，我们无法断定在冰彗星的内部还蕴藏着怎样的危险。"

"我想，你们都应该知道，我们将提前四十八小时返航？"

走进主舱室的时候，尤因大夫突然向丽莎和特拉特确认这个情况。

丽莎与特拉特相视一下，点点头。

"我们都知道。"丽莎忍不住说，"可是，这有什么关系？现在船长身处隔离室，最重要的已经不是返航的问题了。我只想说，我真不明白，船长为什么要去接触冰彗星的表面！"

"这也正是我在思考的问题。"尤因大夫重重地一叹。这正是困扰他的因素。谁都知道——至少宇航员们该清楚——不得随便接触从宇宙中获得的任一物体，即便采用了严密的监测措施，也不得马虎。老船长在星际航行多年，不可能不深谙此道，可是他怎么连最基本的安全常识都遗忘了？

一个痛苦的怀疑诞生在尤因大夫的脑海里：老船长的判断能力还在严重衰退，他甚至已经无法做出非常基本的判断……尤因大夫不敢往下想，那会是令人毛骨悚然的一幕。"唉……看来问题还远未结束，相反，变得更严重了。"

特拉特不解地问："您指船长的病情吗？"

"不，不是。"尤因大夫坐下来，视线集中在舱顶的节能灯上。刺眼的光无所顾忌地照射下来。尤因大夫陷入沉思。"我正在想应该怎样和你们谈论这个问题。原本我决心保密的，因为它听起来太荒诞，但现在我觉得确有必要让你们知道。在此之前，请给我几分钟的时间来整理一下思路。好吗？"

尤因大夫闭上双眼。他想得很远很远，仿佛已经决心把那连日来让他心神不宁的一幕幕联系起来。而这时，丽莎和特拉特面面相觑，正渴望着尤因大夫把曾经让他们蒙在鼓里的东西告诉他们。

"好了，丽莎，特拉特。"尤因大夫终于打破了沉寂。他低沉的声音一迸发出来，就给周围空间带上了一种严肃的气氛。

"首先，我要指出，擅自透露病人病情，是违背一位医生的职业道德的。但是，请你们相信，我并没有把船长当作病号来看待，我把他当成一个需要帮助的老朋友。我们都不愿失去他，因此我们必须团结一心，帮助他渡过难关。"

三人目光交汇的一刹那，已达成了共识。

于是，尤因大夫开始娓娓道来。他讲述了他的八个心理试验，讲述了老船长多么热爱身边的世界不能自拔，讲述了自己掌握的情况和得出的观点，最后他提到了老船长告诉他的那种支配老船长的神秘的力量。特拉特与丽莎流露出惊异的表情。丽莎的双手紧紧地攥着，特拉特则听得站立起来，低头不语。

是的，一切听来都像是传说。

"请你们用最大的智慧去理解我所说的东西，尤其是船长告诉我的一切。现在我们不必关心究竟是什么动机促使船长去接触冰彗星，关键问题在于他如何陷入这种境地，在未来，他的判断力和理智是否还会受到更为巨大的冲击。我感到万分棘手。如果你们能给我一些新的看法，我将不胜感激。"尤因大夫以期待的眼光看着两位年轻人。

"这是心理学的问题。"丽莎犹豫了一下，"大夫，我想这已经超出了我的领域，因此我很难答复您。但是我觉得，这不像是仅仅由于个人癖好导致的行为失常。船长久经沙场，对于太阳系里每一颗星星都可谓是了如指掌，见怪不怪，没有必要对一颗普通的冰彗星产生如此巨大的兴趣。而且在以往的航行任务中，他从来没有失误过。所以没有理由在这次航行中发生如此恶劣的事件。因为……因为我们都是经受过严格训练的人物，尤其是船长。能够进入太空深处的科学工作者，都具有极强的自我控制能力和约束能力，他们不会随心所欲、感情用事。"

"话是这么说，"尤因大夫颓然倒在座椅里，"可是，他的那些幻觉……"

"幻觉？您不是说是潜意识吗？"

"唉，其实我自己也拿不准。潜意识只有当主体处于朦胧状态才会起作用，而且，一旦主体恢复到日常的活动中，潜意识就会被显意识取代的。偏偏船长的许多举动都出现在他的意识并不模糊或者不应该模糊的时候，因此用潜意识来形容是很难自圆其说的。"

"我曾经听说过有些人具有多重的人格……"

"多重人格？不，丽莎……你并不了解多重人格的特征。真正的多重人格是不可能在同一个时间出现的。在特定的时间阶段，多重的人格成分，只有一种能见诸意识层，这时，所有的情感言行，都按这一人格所主宰的方式活动，而其他人格都不存在了。这意味着多重的人格之间是不会你争我斗的，而是和平共处的。所以，具有多重人格的人物通常并不会感到人格的冲突。可是船长不是这样的，他内心有冲突，而且那冲突几乎让他痛不欲生。所以我现在最怀疑的是，那些他所说的东西，可能都是他所杜撰出来的，或者是内心过于渴望造成的幻视、幻听……等等！我应该去看看程序的结果！"

尤因大夫突然想到了什么，从座椅里一跃而起。丽莎被他的举动吓了一跳，不知所措地站在那里发呆。在她提问之前，尤因大夫已经离开了舱室，她回过神来，立刻跟了上去。只有特拉特似乎全然忽略了两人，也没有听到他们的对话，他只是伫立在那里，静静地思考，眉毛拧成了疙瘩。

一见到无数的省略号，尤因大夫就有种不祥的预感：他的程序基本上是失败了。一条条的信息在与数据库相互关联之后被显示出来，尤因大夫以沮丧的心情阅读着它们。

"……是他吗？是的，是他，是他来了……我真高兴。"

"……我们真高兴……"

"……"

"……我想要……可是我做不到……"

"……为什么……"

"因为……"

"我们会等你的……"

"为什么？"

"我们要一起……我们需要你，你也需要我们……"

"……"

"你到过……"

"没有。"

"你到过……"

"没有。"

"你到过……"

"没有。"

"……"

一连串的提问，却是同样的回答——"没有。"所有的关键字都被省略号所取代，显而易见，数据库里没有与这些关键字相应的脑电波数据。

"好像是一场对话。"丽莎小声地说。在得知了尤因大夫的程序的作用后，她也紧张地盯着这些句子。尤因大夫没有回答，只是不耐烦地往后翻页，突然一句完整的句子出现了。这恐怕是唯一一句具体完整的句子。

"你们是谁？你们从哪里来？"

是啊，你们是谁？你们从哪里来？尤因大夫自问道，像发现了线索似的疯狂地寻找下一句。

可是，没有下文。他怀疑下文在别的段落里，但当他乐此不疲地找下去，等待他的只有无穷无尽的省略号，那些句子甚至没有任何意义。尤因大夫想要放弃了。丽莎翻页至最后："还有最后一段。我们看看有没有答案。"

"……我很难过……我要走了……"

"……哪里？"

"……回家……"

"……"

"那么，我们会来的……我们一起……"

"我找得很吃力。这些对话……也许我们应该弄清楚各出自谁的内心。不过，这并不困难……真奇怪，为什么有那么多的'我们'和'你们'？"她抬起头看尤因大夫，却突然之间不寒而栗。尤因大夫正以一种怀疑的眼神盯着屏幕，像入定似的。

"你不说我还没有注意到呢。你知道吗？丽莎，我有一种感觉：可能我们所有的判断都错了。它看来不是潜意识，它的人称是复数的，思想独立。难以置信，恐怕一个全新的我们以前从不知晓的意识到来了——船长遇上了它，"他犹豫一下补充说，"也许，遇上它的还将有我们。"

"我一直在搜索我记忆中的某个碎片。它真的很不起眼，连我自己都不记得什么时候或者什么地方接触过有关它的一些知识，但是我的直觉告诉我，它或许对现在的情况有所帮助。我之所以没有和你们一起去，是因为我想照着自己的思路走下去，安安静静地在这里把那个碎片回忆起来并补充完整。"特拉特把手中的打印结果递还给尤因大夫，慢吞吞然而清楚地说，"大夫，我的看法和您差不多。这并不是潜意识的活动，两个完全不同的人格看来不是存在于一个人身上的，尤其是你所说到的一种神奇力量与之关联。如果我的推断没错的话，这并非什么精神病症，所以在你们的医学领域中找不到相关知识，但我们物理学界曾有一种说法，把它称为'宇宙心灵'。

"当然，这只是一种比喻。它的基础实际上来自量子力学里众所周知的 EPR 佯谬。可以说，那是一个跨越雷池的论断，一个无法捉摸的幻想。

"早在 1935 年，由爱因斯坦（Ｅ）、波多尔斯基（Ｐ）和罗森（Ｒ）三人提出的论文便讨论到，若量子力学是正确的，则人们可以将两个连接的粒子分开，让它们沿着相反的方向前进。而即便这两个粒子已经相隔若干光年之遥，人们还是能够以考察其中一个的行为来推测另外一个，以干扰其中一个的方式来影响另外一个。基本上，这两个粒子之间的由此及彼的交往是瞬间的，甚至比光速还要快！

"爱因斯坦以一代物理巨匠的精确的头脑思考之后，认为这种情形是不可能发生的。然而，不过三十年，理论物理学家约翰·贝尔和亨利·斯特普利用量子力学中的一个为人们所普遍接受的方程式，证明出这种超光速交往是可预期的。这在当时的理论物理学界不啻是投放了一颗原子弹。

"不同的是，原子弹爆炸之后的冲击波迟早会过去，而这个超光速交往的预言留下的痕迹却深深地印在人类的心中。后世的人们并没有停留在 EPR 佯谬的表象上，相反，他们把 EPR 佯谬更深刻地发掘开去，于是另一片洞天展现出来。它那丰富之至的内涵竟令人难以想象，更难以置信。

"最突出的就是，布莱恩·约瑟夫森博士——他因为约瑟夫森效应的发现而荣获了 1973 年的诺贝尔物理学奖——便从 EPR 佯谬中领悟出更加深刻的含义。他了解到也许宇宙的某一部分'知晓'宇宙的另一部分，即一种在某些条件下完全会发生的远距离接触……

"你们应该明白我的意思了吧？现在是——两颗心灵的接触，或者说得更加具体些，是思维的接触。思维是粒子流也是能量体，按照 EPR 佯谬完全有可能连接，且它们必然有共同点，是同出一辙的。我记得，后来物理学家们做出判断，若这种宇宙心灵真的存在，那么最有可能出现的地方，就是在宇宙空间，因为在这个空间里，一切最为原始，也最为简洁，包括人的欲望和感觉……我能说的就只有这些了。"特拉特意味深长地叹道。

"其实，在冥冥浩宇中，或许所有生物的感受都差不多。"说到这里，特拉特推了推鼻梁上的宽大眼镜。当然，特拉特的话，留给丽莎和尤因大夫的无疑是困惑和迷惘，他们几乎像听天书一般如梦如幻。

丽莎好像率先领会了特拉特的意思。为确证一下，她以不肯定的语气问："你认为船长之所以这样，是因为有另一颗心灵——或者说别的生命——在与他遥相呼应，相互沟通，彼此交流？"

特拉特摊开双手："无法肯定。说实话，连我自己都不相信真的存在宇宙心灵的沟通。不过，我相信大脑并不仅仅是存储信息的场所，它更是一部信息和能量的转换器。在某些时候，它会像无线电一样容易接通，也一样易受干扰。"

"那么，另外的一颗宇宙心灵在哪里？在这个 Belta 的区域里吗？"

"谁知道？或许它无处不在。"

"好了。"尤因大夫插话进来，"现在我最关心的是怎样才能让船长恢复如初。"

确实，这是最为现实的问题。特拉特虽然提出一个新思路，却不能解决这个问题。一时间大家又沉默了。

"听着，没必要把事情弄得那么复杂，没必要！"尤因大夫像在咆哮，他不想让神秘笼罩自由女神，神秘意味着无法控制，这会导致人心惶惶。

特拉特对尤因大夫的话不敢苟同："但是，大夫，我们不是在宇宙里吗？在这个世界里，什么不可能的事情都可能发生的。"

若在地球，这很可能是一个阳光普照大地的时刻，但对于自由女神来说，就完全不一样了。且不说在这远离地球四十亿英里的地方会有多么寂寥与寒冷，各人心中的奇怪问题就足以让人心有余悸。

12月31日。

尤因大夫看着电子日历上的这个数字，心里泛起一种难言的感觉。本来自由女神的航行是让人心动的，可现在竟使人万分担忧。他刚才去探望过船长。船长依旧是似醒非醒的状态，有时有轻微的梦呓，但不清晰。尤因大夫知道此刻再次跟踪船长的脑电波已毫无意义了。

他粗略地检查了一遍主控电脑。这时他从内心骂着自己：我居然这时候才想起要检查主控电脑。虽然对这些玩意深刻入微的控制他不很明了，但是基本的信息总还可以理解。电脑告诉他，回航程序将在中午 12：00 启动。关于程序的说明只有短短的一行字："程序校验正常。船长指令，提前四十八小时返航。通知所有船员。"——显然是老船长书写的。

如果不再有什么意外，一切都将在今天中午结束，尤因大夫想。而十几个小时之前，他还在昏昏沉沉、恍恍惚惚地听特拉特说更难以理解的东西——那听起来就像是科幻小说中的玩意。如果那颗他们不为所知的心灵对他们不利怎么办？尤其是对船长不利怎么办？他们会与它发生冲突吗？他们能在与之竞争的过程中争取到船长吗？尤因大夫觉得特拉特未免也太玄乎了。"让它们见鬼去吧。"他生气地想，"我怎么会把特拉特的话当真呢？问题并不是我们所想象的那么难以捉摸！自由女神是完全可以自动操纵的，已经编写好的程序会主宰全船的动作，而且看来船长早已经安排妥当一切，剩下的很可能只是我们自己的胡乱猜测、杞人忧天而已。"面对控制台上正常运转的仪表，他开始感到安慰了。

时间在寂寥的太空中似乎过得飞快。

尤因大夫的身体在座椅里蜷缩成一团。不用说，他确实极为疲劳，甚至还神经紧张过好一阵子。他正在默默地等待特拉特和丽莎的到来，他们应该已经完成了各自的工作。他瞪着舱壁发呆，以他们出色的工作效率，这并不难做到。

"好了好了，一切就绪了。"丽莎拍着手走进来，"我已经把那颗罪魁祸首冰彗星抛出去了。虽然挺可惜的，但我采样获得的样品足以让我在归程中'有所事事'了。我准能在回到地球之前完成分析报告。对了，船长怎么样？"丽莎关切地问。

尤因大夫失望地揉了揉眼睛："暂时还未苏醒，但是就我的检查，他已经脱离危险期了。只要让他再多休息些时间，我相信他能够渡过难关。"尤因大夫感到一阵心酸。船长毕竟是老年人了，虽说不上风烛残年，但生理机能、免疫系统的衰退确实是不可避免的。"为了防止主发动机启动时的加速度对他造成影响，我把他送进了磁悬浮舱，在那里，他不会受到任何振荡的。"

尤因大夫的话宽慰了丽莎。"我们准备返航吧。"丽莎漫无目的地看看四周。

"没问题的，船长的工作已经尽善尽美，我们只需等待。飞船将自控飞行，这正是自由女神的最大特点，只有在应付极为特殊的突发事件时，才需要人为介入。我想用不了多久船长就会像往常一样指挥全船，而一般的危情，我们也足以应付了。"

"我并不是害怕飞行。"丽莎看了看手腕上的电子表，"现在是11：30，12：00我们就要回家了，我心中一直有种说不出的感觉。"她似乎有些激动。

"这五年的飞行，仿佛是在一日之间。五年之前的情景，至今还历历在目呢。没有鲜花，没有欢送，只有飞行的使命。我离开自己的丈夫和孩子，就向着深太空进发。其实对于宇航员来说，命运是未知的东西，宇宙中存在着乐趣与危险。我或许载誉归来，或许就绝尘而去。我曾问过自己，我们四个人是否还会安然无恙地回到地球？我真的希望答案是肯定的，自由女神和我们四个人是一个整体。可现在……"

她说不下去了。早已形成的友情在这一时刻显现出来。可谁能料到并阻止已发生的一切呢？事实上没有任何预兆，他们所能做的就只能是补救而已。

尤因大夫理解地握了握丽莎的手。

时间不知不觉消逝在沉默里。

"怎么回事？都11：50了，特拉特怎么还不过来？他究竟在干什么？"尤因大夫十分奇怪，他们还有些许准备工作要做呢。

丽莎望了望毫无动静的舱门："不知道，我去看看。"她赶紧朝舱门走去。然而就在她打开舱门的一刹那，一个人匆匆闯了进来，着急得差点与丽莎撞个满怀。

"特拉特，你怎么回事？"丽莎看清楚来人，大声质问。

特拉特似乎非常激动，看样子是奔跑着赶来的。他鼻翼一张一翕，眼珠在众人脸上迅速地扫来扫去："尤因大夫，丽莎，你们还记得那个引力场吗？1651引力场！就是那次晚餐时我向你们提到的那个引力场。"一种古怪的声调激发了大家的好奇心，"你们猜，我发现了什么？我原以为那个引力场是属于冰彗星的，但今天我才发现，它其实并不是冰彗星造成的。它就是一个独立的引力场，而且在不断地扩大！"

"怎么可能这样？"尤因大夫追问说，"如果是一个万有引力场，一定有一个质量巨大的天体的存在。"

"但我观察不到任何天体。引力场像是无形地存在于空间。事实上我曾设想会不会是一个黑洞，可在这里不可能有黑洞，要不这些冰彗星早就不复存在了。"特拉特停顿一下，做了个深呼吸，"甚至，我觉得，我们不能以万有引力场来衡量它，因为我根本无法检测出这个场的具体结构，它内部的各种场量都是我们所不知的。换句话说，我只能知道它在那里，却无法确定它的参数。"

"那你为什么不早点告诉我们？"

"就在我想要来告诉你们的时候，引力场分裂了。现在，我们面前是一个引力场的两个分支，两个正在迅速变强的分支！"

如果说一个引力场还不足以使人震惊的话，那么，现在有了一个由两个自动增强的分支组成的并且完全不符合一般场理论的引力场，这简直不可思议。尤因大夫霎时脑袋里一阵轰鸣。

"难道我们遇到了 UFO？"

尤因大夫立刻打断丽莎的疑问："我情愿不用这个字眼。尽管对于不明飞行物体都可以这么称呼，但我们现在面对的根本不是一个飞行物！再说你能够想象，在太阳系的荒芜的边缘地带，居然会存在一种生物吗？我绝不相信。"

"可根据特拉特所说，引力场好像也不是天然的。"

特拉特接过话茬："是的，我还没有见过这么奇特的引力场。难道不能设想它是人为的吗？"

"特拉特，我始终很难相信你所说的一切。"尤因大夫皱着眉头说，"你为什么一定要把事物解释得那么神乎其神、玄乎其玄？"

"因为我不相信这个引力场是天然的，我认为它是具有智慧特征的，在它背后，我情愿相信是一种智慧的操纵——要不它为什么偏偏在我们即将返航的时候出现？我都观察它好几天了！"

特拉特的话令尤因大夫警觉起来：确实，我忽略了这个因素。

"那么，你到底想要说什么呢？"尤因大夫问。

特拉特推了推眼镜，小心翼翼地说："联系这几天所发生的事情，我想，这可能和船长有关。也许另外的一颗宇宙心灵，就在那一头。"

丽莎的脸色渐变。

另一颗宇宙心灵？！尤因大夫蓦地想到特拉特当初说过的东西。思绪的浪潮阵阵席卷他的大脑，难道特拉特所描述的会是真的？难道对方真的是一种生命的新形式？他认真地看着特拉特，特拉特脸上的表情显示他绝不是在开玩笑。这时，尤因大夫的脑海反而清醒许多，他想到了当务之急。

"我忽然奇怪起来，我们为什么要讨论那个引力场的由来？我不管它渊源如何，只要它想危及船长的安危，我就不答应！现在，只剩下三分钟了，我们必须做好返航的准备。争论未知的东西，现在不是时候！"

在尤因大夫的鼓动下，安全带已经紧紧地扣到众人身上，控制舱里的尤因大夫和丽莎目不转睛地看着电脑显示屏上的数据。特拉特则坐在船长的席位，以代替船长的位置。

"所有参数正常。主发动机准备启动。倒数计时一分钟。六十，五十九，……"

红色的数字跳动不止。随着每一下跳跃，尤因大夫的心也猛地抽搐一下，他相信其他人的感觉和他是一样的。

"三十，二十九，二十八，所有启动参数修正，重新倒数计时一分钟。六十，五十九，……"

安全带把欲站立起来的尤因大夫紧紧拽回去。

"出了什么事？"丽莎几乎和他同时向特拉特发问。

特拉特注视着手头数据的变化："还用说吗？那个引力场干扰我们了！在程序设定完所有参数前，飞船不会启动！"

"四十，三十九，三十八，所有启动参数修正，重新倒数计时一分钟。六十，五十九，……"

"见鬼了！"

特拉特回敬丽莎的不耐烦："不是见鬼，是那个引力场又增强了。"

接着一切又周而复始，倒数计时，修正，再倒数计时，再修正……一种无形的压力已经在所有船员的内心深处越聚越大！

"照这样子，我们永远都无法启动主发动机！"

"恐怕是这样的。现在的引力场强大得几乎会耗尽我们所有的能源，我们怎么启动得了？不仅如此，而且——"特拉特手指一动，一个绿色的不断增长的数字就在其他人的电脑显示屏上出现，"我们的速度在增大。也就是说，我们在向那个引力场滑落！"

庞大的自由女神的躯体，在深邃的宇宙中变得盈盈可握。无边黑色中有一种至高无上的力量控制着它的命运。自由女神仿佛是普通的玩具被人把持，或许那是一位智深的长者，或许只是一个顽皮的孩童，无论如何，这种控制都将是难以挣脱的。自由女神船员的过人智慧变得微不足道，自由女神沿着一条它所不愿的轨道运动。

就在它运动的某一时刻，一个白色的小点从自由女神的身体里飞蹿出来，画出一道美丽的直线，宣告了它的独立。自由女神上的三位船员清晰地看到了电脑对此的汇报。

"好像什么东西飞出去了。难道是碎片？我们快解体了吗？"特拉特不肯定地说。

丽莎的声音有些哆嗦："如果我们面前是一个黑洞的话，我想，是的。"

尤因大夫眯起眼睛，试图看得更清楚："那个白点能不能放大点？我需要清晰的图像。"

"我正这么想。"特拉特已经开始操作，"现在放大倍数，扩大五十倍。"

屏幕上的白点显示出它的轮廓。狭长的四棱柱边缘，上半部分晶莹剔透，而下半部分则由凝重的金属线条构成。它像一件精美的工业品，水平飞行，稳稳当当。

尤因大夫终于分辨出它："不是碎片！那是……磁悬浮舱！"

这是一个可怕的事实，尽管没有下文。

特拉特盯着大夫："你不会暗示那里面是……船、长吧？"

丽莎也紧张看着尤因大夫。可尤因大夫动动嘴唇，哑口无言。

他们齐刷刷地把目光再次投向那个白点。从电脑提示的数据看，那个白点与他们并不是一路的，因为它正向着另一个引力源前进。

"磁悬浮舱怎么可能被抛到飞船外去？"特拉特不敢相信。

"我不知道，"尤因大夫急促地说，"磁悬浮室是全密封的！"他解开安全带，一下子从座位上跳起来。他再也掩饰不住内心的慌乱。"我要证实这件事！"

"可以。"特拉特立刻动作，击键的声音成为舱室里唯一的声音。"电脑显示……磁悬浮室是空的，它完好无损。"

"我们现在怎么办？怎么办？"丽莎似乎在问他们两人，又似乎在问自己。

尤因大夫不知从哪里来的勇气，他撞到特拉特身边："给我数据，磁悬浮舱离飞船的距离、飞行方向、飞行速度……我去追！"

特拉特犹豫不决。

"这是唯一的办法！我启动推进器到舱外去，把船长抢回来！就这样，特拉特，给我导航！"

特拉特脸上渗出了密密的汗水。他想说，"不可能的，那会有去无回——推进器根本克服不了引力场。"但是尤因大夫勇毅的神色使他说不出来。

特拉特想点头了。

就在这时，一股声音澎湃起来，在每个人的内心鼓荡。

"自由女神的船员们，我是你们的老船长。请原谅我的不辞而别，然而我只是在做我自己的选择。"

尤因大夫蓦地一惊："船长？你在哪儿？"他抬头仰望虚空，舱板上的照明灯刺得他晃眼。

"我正在我旅行的途中，老朋友，现在我是在用心灵感应与你们对话的。为我引航的引力场已经建立，借此我可以到达我要去的地方，与那神秘的力量会合，一道跋涉宇宙空间。我可以肯定地告诉你们，我从未想到在我的命运中会出现这样的结局，听起来像科幻小说。可它们确实来自一个我们所不知的文明，这文明最大的特征似乎就是酷爱旅行。它们生命的乐趣或许就在其中了。诚如你所知道的那样，作为宇宙间自由的旅者是我一生的目标。如果我回去，NASA 不会再安排我上太空，而且连年的财政紧缩，我无法想象未来会是怎样的悲哀。要知道，我不甘心在地球上结束自己的生命，我已经把自己的生命和宇宙融合在了一起。

"我也不清楚它们凭借什么探测到我，它们居然联系上了我，连我都难以置信。尽管我对它们不甚了解，但它们所说的'去做生命该做的事情'令我折服。在我不能继续深入 Belta 区域时，它们准确无误地闯进我的心灵，帮助我的磁悬浮舱无损突破飞船障壁，又用引力场为我导航……我相信它们就是我的知音。"

"果真有另一颗宇宙心灵！从本质上说，那应该是另一种智慧文明，然而，我现在明白了之所以称之为宇宙心灵的更深层的含义，是因为它意味着不同生命之间的可交流性、可理解性。"特拉特忽然激动地对尤因大夫和丽莎说，"你们领会到了吗？"

"我一直在担心自由女神返航时的命运。如果没有一个可靠的方法来帮助你们，我将不得不放弃自己的理想。请相信我，我并不会因为个人的感情置全体船员于不顾。现在由于那力量的介入，问题已经不复存在。我想，在你们的面前也一定已经出现一个引力场，它将直接把你们引航到地球。这期间，你们或许将在一种完全不同的飞行状态中飞行——不会有危险发生，引力场可大大缩短自由女神到达地球的时间。届时，你们将回到你们的故土家园。"

丽莎眼睛里似乎有一片晶莹在闪烁："看来，船长真的为我们准备好了一切。"

尤因大夫心里却充满了离别的感伤，他轻轻摇了摇头，像在叹惋，又像在悲哀。

"别为我担心，我的朋友们。与你们在一起是我的荣幸，尤其是你，尤因大夫。我们虽然邂逅却难免离别。我这辈子都想和宇宙联系在一起，不甘心在地球上平平淡淡地消逝。在这个世界里，我们都是匆匆的过客，我们总要利用有限的时间，在生命的轨迹里留下最灿烂的片段。你们应该为我祝福才是。

"好了，引力场在增强，我们都要开始各自的航程了。我的朋友们，祝你们一帆风顺。"

宏大的声音渐渐远去了。尤因大夫屏息倾听，再没有听到什么。

"大夫，我们不必难过。正如船长所说，他到底有了自己的归宿，虽然高深莫测。"特拉特安慰尤因大夫，"我们还是做好飞行准备吧。不知几分钟后，我们要经历怎样的场面呢！"

所有的能源关闭，自由女神内一片黑暗，只有淡淡的冰彗星反射的光芒射进来，微弱之极。相互之间，他们很难看见对方。

尤因大夫热泪流淌。他也不知这是感慨还是失望。总之，一位非常亲密的朋友正离他而去，且将杳无踪影。他们曾经在一起合作过三十年，可没有人知道他将来会出现在哪一颗星星上。"我只想说，我们永远失去他了。"

"不要那么悲观嘛。"特拉特的语气忽然变得极为轻松，"我倒不这么认为。"

"特拉特，你是什么意思？"丽莎有些气愤，"在这种时候你还开玩笑。"

"这不是玩笑，难道你们都没意识到刚才发生的一切的内涵吗？——你们忘了船长是用什么方式和我们交流的吗？神秘的力量曾作为一颗宇宙的心灵出现在他世界里，而船长之前的角色不也与此时的我们类似吗？"

尤因大夫默默地想了一会儿："特拉特，你的意思是——"

"没错。宇宙心灵，无所不在。我现在才觉得，任何人都拥有一颗宇宙心灵，只是激励的程度各自不同。只要内心不放弃渴望与追求，那么我们一定可以和我们想要寻找的人交谈。船长一定是领悟到了，所以才能在与我们沟通时运用自如。"

丽莎带着按捺不住的兴奋："你说我们可以和船长再建立联系？"

"我想是的。"特拉特转而说道，"看来'宇宙心灵'的假说还未完善呢，这次返回后，我想我要为它补上这一点。"

"那么，祝你成功。"尤因大夫回复道。尽管眼前一片黑茫茫，但特拉特点燃了他内心深处的曙光。

也祝你成功，我的老朋友。尤因大夫望着外面星光变成了笔直线条，拭去脸上的泪。

◆ 第 13 届银河奖获奖作品

盗墓

王亚男

引　子

　　司马亮还从来没有遇上过这样的事。二十年来从殷周到明清，历朝历代的古墓自己不知盗挖了多少，可对这样的事他连想也没有想过。

　　说起来，盗墓这一行当可谓渊源甚久，自从孔老夫子率先倡导在坟墓上封土植树后，这一本为方便寻陵祭祖的举措也就成了招揽盗墓贼的招牌——封土的大小，树木的多寡，往往标志着墓主的身份和财富。据正史记载，早在春秋晚期"土夫子"便已出现，此后累朝不绝。尽管历代律例都规定"盗发土冢，斩立决"，然而盗墓者从未因此荒废自己的技艺，每逢乱世便大有愈演愈烈之势，前代陵墓几乎无一幸免。东汉末年，董卓拥兵自重，自凉州至洛阳，所过之处"先帝山陵悉行发之"；及至曹操揽权，竟公然在军中设立"发冢中郎将""摸金校尉"，明目张胆地盗掘陵墓。虽然如此，历代帝王将相仍然"尽锱铢，实陵墓"。汉代名臣张释之曾有精辟的论述："使其中有可欲，虽锢南山犹有隙；使其中无可欲，虽无棺椁，又何憾焉？"一代英主李世民也曾说过："王者以天下为家，何必物在陵中，乃为己有。今因九嵕山为陵……不藏金玉，人马、器皿，皆用土木，形具而已。庶几奸盗息心，存没无累。"可是唐亡之后，五代军阀温韬还是盗掘了太宗昭陵。《五代史》载："昭陵所出金器，十万人三十日犹运不绝。"由此看来，李世民并不是真的薄葬。准确地说，没有哪一座古墓是盗墓者没有染指过的，只不过限于时间和环境，以及工具的效率，他们并未将盗洞延至墓室。这部分古墓，就在考古工作者的保护和现代盗墓者的觊觎之间或大放异彩，或黯然失色。如此而已。

司马亮是个盗墓者，一个精明的盗墓者。中国的盗墓行当分为南北两大流派。北派精于对陵墓位置、结构的准确判断；南派则擅长辨别土质，为陵墓断代及鉴定文物。司马亮秉承了南派技艺之大成，他在进入墓室的方法上绝对是独辟蹊径，他从不重新挖掘盗洞，而是利用古代盗墓者开掘的洞穴，自己所做的只不过是将那些未完成的盗洞延伸加长直抵墓室。司马亮有着登峰造极的土质辨别技术，尤其擅长修复盗洞内壁，他甚至能够把盗洞形状伪装得和古代盗洞别无二致，即使是造诣深厚的考古学家也难辨真伪。有时司马亮还特意在盗洞内丢弃几枚与古盗洞同时代的铜钱，或者是一把小斧作为"罪证"，使人误认为盗案是古人所为。这些个小古董都是司马亮从文物市场上高价购得的，现在却帮了他的大忙。除此之外，司马亮在墓室中对陪葬器物的选择也极讲原则，他可不是庸碌之辈，他深知文物的价值并不在于其质地或大小，而是在于其珍罕程度和在考古界的影响，故而他从来都只拿最有代表性的器物，诸如商代青铜酒卣、梁王彭越的金缕玉衣、唐代的宫廷秘瓷以及宋太宗的谥宝香册，等等。尽管司马亮并未取走全部陪葬器物，但他常常要在墓室内营造古人盗墓的假象，而那些千百年前的窃贼多是些土寇毛贼，唯利是图，进入墓室便豆剖瓜分，将墓室搞得狼藉不堪，因而司马亮的这种做法无疑使文物不啻经历了一场浩劫。司马亮虽然熟谙考古却不钟爱文物，他盗得的文物几乎全部被偷运出境，由此获得的收入也使他银行账户上的数字跃上了八位。二十年了，他从没给警方留下任何线索和把柄，那些已然作古多年的前辈同行成了他屡试不爽的挡箭牌。司马亮也知道自己的行当是履刃而行，他曾想过金盆洗手，可金钱的魅力使他欲罢不能。但今天这件事使他认识到自己成了别人的目标，他感到一种莫名其妙的困惑。

事情发生在南京明孝陵的太子朱标墓里。那天司马亮像往常一样在深夜潜入，迅速勘察了陵墓，发现了两个清代窃贼留下的盗洞。他选择了一个相对较深的洞穴继续掘进，很快顺利地到达了墓室，这次他的目标是朱标的太子皮弁。明代以冠冕为爵位象征，在1958年发掘万历定陵时出土过帝王冠冕——金丝翼善冠，但太子皮弁尚未被发现，因此，司马亮选择了这个能给自己带来巨大财富的目标。

　　明代的亲王陵寝分为前中后三室，只比帝陵少了中室左右两侧的配殿。为了省力，司马亮选择了前室作为洞穴出口，这使他开掘的距离最短。虽然前中后室之间有石门相隔，但那根本挡不住司马亮。很快，司马亮沿着绳子下到高达四米的地宫。双脚刚一接触花斑石地面，他就戴上了活性炭颗粒吸附式防毒面具，以防吸入埋藏四百余年的腐化物产生的有害气体。至于传说中帝王陵寝中的种种机关，在考古发掘中还从未见过，因为历代统治者都希望自己的王朝千秋万代，而在没有改朝换代时，皇陵属于禁地，驻有重兵，任何盗墓者都会望而却步，因此根本没有必要设置机关暗道。就连被传得最为离奇的清朝慈禧定东陵，据发掘情况显示，也并无任何陷阱毒弩。

　　墓室里漆黑一片，黑暗中似乎有无数幽灵的眼睛在注视着司马亮，但司马亮可不在乎。他从挎包里取出了一根尺把长的短棍，握住两端用力一弯，里面传出玻璃碎裂的声音，随后那短棍竟然发出白光，原来那是一次性荧光灯。司马亮举着灯四下观看，前室里陈设简单，只有墙边放着一些出殡时用的旌幡之类，已经糟朽不堪。灯光照亮了后面两扇高大的有着八十一枚门钉的汉白玉石门，司马亮来到跟前向门缝里望去，看见那根自来石仍然从里面牢牢地顶住石门，他不由得窃喜，石门未启，说明陵寝完好，自己的愿望很快就能实现了！重达二百余斤的自来石可不是能以斧凿敲断的，司马亮自有办法，他的身上早已准备了一种钢筋制成的小东西——史书上曾记载过的一种名为"拐钉钥匙"的工具。公元1644年，清兵入关，攻陷北京，明崇祯帝自缢于景山。后来清朝统治者为笼络民心，声言大清天下得自李闯，而非故明，并且修缮明代田贵妃墓，开启墓门，埋葬崇祯，当时开启石门的工匠们使用的就是这种"拐钉钥匙"。史书仅载其名，未有图解，所以人们并不晓得此物究竟作何模样，但司马亮硬是把它琢磨出来并制作成功，为他盗墓大开方便之门。司马亮把"拐钉钥匙"伸进门缝，用钥匙头部的钩状物套住自来石用力一推，自来石就脱离了门钮竖立起来了，接着司马亮左手捏着拐钉钥匙扶住自来石，腾出右手将石门用力一推，随着一阵带着颤音的金石脆响，巨大的汉白玉石门轰然开启。司马亮闪身钻进石门，借着灯光向后室望去，然而这一望令他大惊失色！通向后室的石门正敞开着，仿佛正等待着司马亮的到来。司马亮明白，中室的石门紧闭而后室石门大开，这说明有人已经进入过后室。是古时的窃贼？司马亮带着疑惑走进后室。灰蒙蒙的尘埃弥漫了整个后室，迷蒙中须弥石棺床上静静停放着的朱红漆棺仿佛巨大的航船在雾霭中漂摇。司马亮走过去，绕漆棺转了一圈，发现并无砍砸痕迹。古代的窃贼并未到达后室，那么后室的石门是怎么打开的？尽管心怀疑虑，司马亮还是从挎包里取出自制的开棺工具，那是根尺许长的高强合金液压撬杠，可以伸缩，一端是扁的。司马亮把扁端楔入棺盖下方，按下了另一端的按钮。微型马达驱动油泵开始工作，扁端一分为二张开，将棺盖吱吱嘎嘎地抬起。司马亮瞟了眼撬杠末端的电子测力计——五百牛顿！这可不是能够撬开那被四颗镶着铜环的巨大铜钉钉牢的棺盖所需要的力量，这情景让他很快联想到——棺盖被人打开过！而且，一定不是古人，他们绝不会把棺盖恢复原位。很快棺盖被撬起，被司马亮推到了一侧，漆棺中的景象一览无余。一具被绚烂织锦包裹着的男性骸骨出现了，在它周围，无数珠宝玉器簇拥着它们昔日的主人步向另一个永恒的世界。司马亮无心欣赏这些，他向朱标头部望去，这一望不禁令他汗毛倒竖——太子的皮弁不翼而飞！死者乌亮的发髻赫然裸露在外面，只用一支短小的玉簪束着。在等级森严的封建社会，堂堂帝胄绝不可能如此入殓。腐烂了？不会，因为现场一点遗迹也看不到。司马亮俯下身仔细观察，终于发现了发髻上很不起眼的一个小孔，熟知明代礼制的司马亮立刻就判断出这是用于把皮弁固定在发髻上的金簪留下的痕迹，而且朱标面部仅存的皮肤上的勒痕也说明用来捆束皮弁的锦带的存在。司马亮认定是有人先己一步盗走了皮弁，此人想必还知晓自己的目的，因此只取皮弁而不及其他。一阵寒意袭来，司马亮不禁打了个冷战，下意识地向四处看去，似乎黑暗中真有鬼魅可怖的眼睛。果然，就在棺床的一角，一只鬼眼正射着绿光，令司马亮不寒而栗。足足过了两秒钟那鬼眼并无动作，司马亮嘲笑起自己来，盗墓高手居然会相信鬼魂这类的无稽之谈，荒唐至极。他干脆举起荧光灯向那鬼眼走去，鬼眼一动不动，司马亮看清楚后，先是松了一口气，紧接着就惊呼起来。

绿色的光发自液晶显示屏——那是移动电话的显示屏。谁把它留在这里？一定是那个先进来的人。他的目的又是什么？司马亮正待仔细思忖，就看见显示屏上的倒数计时器显示的数字正在减少。"9、8……3、2、1、0……"司马亮猛地扑倒在地，等待炸弹爆炸的巨响，可周围静悄悄的，什么也没发生。司马亮重新站起身，抓起那部手机。这回显示屏上的信息比炸弹更叫他恐惧，原来刚才倒计时的是自动拨号计时器，现在屏幕上显示的号码是"110"，下面还有一行中文短信息：明孝陵发生盗案。司马亮不由得立刻冷汗直冒，自己成了替罪羊！他忙乱地收拾起工具，又把棺盖复位，转身出了后室，沿原路迅速撤离。回去的路上，他沮丧透了，大风大浪都闯过去了，今天却在一座小小的太子墓里翻了船！

《虞美人》之谜

　　这是一辆拖着小卧车的漂亮的丰田子弹头，乳白的颜色在凄清的夜色中透出些许暖意。秦岳仔细察看了所有可能藏匿私货的地方，油箱、底盘、壁板等等都未发现夹层，而司机吴耀汉站在旁边静静地注视着，神情安详，嘴里还哼着小调。秦岳本想痛痛快快地放行，心里却隐约感到阵阵不安。根据举报，今天将有一批珍贵文物在此出境。那个自称是"爱国的文物收藏家"的举报人说会派自己的文物收藏顾问水吉来协助调查，可现在夜幕已经降临，水吉仍不见踪影。不安的感觉促使他又查了一遍，结果依然如故。"同志，我还要赶到河内谈生意，麻烦您快点吧！"吴耀汉变得不安起来。秦岳见没什么可疑，看见后面又有一辆轿车驶进检查区，也就爽快地一挥手："放行！"

　　"等等！"一个陌生的声音传来。秦岳转回头，刚到的轿车里走下一个陌生人。那人高高瘦瘦，一双仿佛永远带着睡意的眼睛藏在一副圆圆的眼镜后面，他身着灰色夹克，手里提着一只公文包。他见了秦岳，只是轻声说了声"水吉"，然后就径直走向那辆子弹头。他也像秦岳一样先认真地看了一下子弹头内外，接着又拉开卧车的门。秦岳本来想询问几句，又一想：先让你查去吧，我这专业缉私队长眼皮底下还少有漏网之鱼，等你查完就知道了。

　　卧车内部陈设很是考究，中央是个小小的吧台，周围安设了别致的紫檀转角沙发。旁边有一具雅致的书橱，下面铺着猩红的波斯羊绒地毯。看得出主人在外出旅行时也不忘享受优雅的生活，可惜的是车内四壁贴满了宝马香车的招贴画，破坏了和谐的气氛，多少显得有些不伦不类。吴耀汉跟在水吉身后解释道："我这个人平生爱车，所以才贴了这些在我的卧车里！"

水吉自信自己并没有表现出对这些招贴画的态度，吴耀汉这席话反倒引起了他的疑虑。他看着吴耀汉，发现他赔笑的脸上闪过一丝不易觉察的紧张神色。水吉跳上卧车仔细观察那些画，那些画有的是剪报，有的是杂志插页，也有广告画。水吉发现有些剪报还带有发行日期，他留意观察，发现所有剪报的叠放顺序并非与日期相符，1994 年的报纸被贴在了 1990 年杂志插页的下面，这表明这些画不是逐渐积攒的，而是一次性同时粘贴上去的。水吉用手小心地触摸贴画，吴耀汉的神色则显出慌乱。水吉越发相信自己的判断是正确的，他让秦岳给他端来一盆温水，自己把毛巾润湿了轻轻擦洗那些画，渐渐地表层的纸被温湿的毛巾揉烂除去了，下面露出了白色的塑料薄膜。吴耀汉的脸色一下变得死灰一般，水吉抽出一张薄膜看了一眼就递给秦岳。准确地说，那是双层薄膜制成的袋子，中间装着一页泛黄的竹纸，纸上有墨笔章草字迹，秦岳认出了那题目竟是《虞美人》！尽管他自己对考古并非十分在行，可中学课本也让他认识了这位南唐的风雅天子——李煜，对这首满载愁思的《虞美人》更是耳熟能详，但这真的是南唐后主的真迹吗？"不必怀疑了，事实和你想的一样，的的确确是南唐李后主的手迹，是从北宋王侯墓葬群盗挖出来的。据《南唐传》载，北宋攻灭南唐后，太祖赵匡胤封李煜为'违命侯'，囚于开封。太宗赵匡义登基后，对李煜猜忌有加，终于在李煜被羁的第三年假借贺寿之名用药酒将其毒死。《虞美人》正是李煜在太宗即位之初所作，后主以此排遣囚徒生活的抑郁苦闷。可悲的是，恰恰是这首词促使太宗下决心除掉这位亡国之君！"

秦岳不由得开始佩服水吉的考古造诣，他一边命令战士把吴耀汉看押起来，一边钻进卧车帮水吉清除那些作为伪装的画。

"这后面一定有很多诗稿，刚才那页《虞美人》是从线装诗集上拆下来的，我想整个诗集可能被全部拆开藏在里面。"水吉向秦岳介绍着。

果然每张画下面都出现了诗稿，两个小时下来总计查获诗稿三百余页。秦岳在钦佩的同时，又开始暗自埋怨自己怎么如此粗心，险些让国宝流失！

水吉走过来亲热地拍了拍他的肩膀："实在抱歉，刚才来得匆忙，还没来得及问您的姓名，请问……"

"秦岳，缉私队队长。"

"您就是秦队长呀，这名字可够熟悉了！昆明边检站屡破走私大案，你这缉私队队长可是功不可没！"

"败军之将，不敢言勇。今天要不是你来，我肯定栽在这贩子手里了！"

"这不能怪你，别忘了我的老板可是线人，算是占了先机。文物和毒品不同，虽然它不像后者那样可以见缝插针，可它的面貌千姿百态。毒品只要摆在面前几乎人人都能识别，但对眼前的文物许多人可能视而不见。在民国时就曾有妇人把唐代的镂金镯像普通的镯子一样戴在手腕上堂而皇之地携出国境，海关人员竟无人认识。我是搞文物鉴定的，自然要敏感一些。"

秦岳笑了笑："这几天你就住在公安招待所吧，有空我要好好和你聊聊，你可得多教我几招。"

"我可没资格当你的老师，咱们可以交个朋友，你是破案专家，我懂考古，我们搭档争取把幕后的人物找出来。"

审讯吴耀汉的工作倒进行得相当顺利，吴耀汉竹筒倒豆子般把他知道的都说了出来。原来这是一个组织严密的盗墓集团，成员之间只进行单线联系，吴耀汉的上线和他联系的时候都是打吴耀汉的手机，吴耀汉也从未见过上线的面。这个集团的特别之处在于它不像其他犯罪组织那样采用宝塔状的层级结构，而是由总头目直接控制所有成员，并且盗墓活动都由总头目一人指挥策划，其他人只听从临时指示的分工安排，在此过程中虽相互合作但从不过问彼此的个人情况，仅凭暗语识别。所有成员均有正当职业，仅在盗墓时协同行动，盗墓任务完成即各自离去，报酬几天以后会汇入每个人的银行账户。正因为吴耀汉交代的东西根本威胁不到整个集团，所以他也没必要过多隐瞒。秦岳四个小时的工作只获得这么一点进展，更觉得案件非同寻常。关于集团首脑的情况，吴耀汉一无所知——即使在同下属联系时，集团首脑的声音也是经过电子处理的。当然，吴耀汉的交代也不是毫无价值的，他曾经提到过集团某次盗窃成功后的一次"庆功酒会"，那次出席的有不少人。吴耀汉确信首脑一定也在其中，但不许过问的规定使他无法分辨，所有的人只顾玩乐，别的一概不谈。在大约半年之前首脑曾通过吴耀汉的手机传达了下次行动的接头暗语："松竹梅与禾，笑论染指处。"并说下次的买卖是最后一次，成功了从此大家就可以金盆洗手了。秦岳刚一高兴，马上又转为失落，吴耀汉落网的消息很快就会被集团获悉，这个暗号自然不再有利用的价值了。

"你们现在采用的暗语是什么？何时传达的？"

"'小问春故，只雕恰往'，一年前上面告诉我的。"

水吉见到秦岳的时候，他正眉头紧锁坐在云山雾罩的写字台前，面前的烟蒂你争我夺满满地占据了烟缸。水吉也不发问，拿起秦岳面前的讯问笔录坐在对面的沙发上静静地看起来，脸上不时现出笑意。秦岳终于忍不住开口了："你怎么不问我进展如何？你不是一直很关心的吗？"水吉风趣地说："我不问，你就不说了吗？刚才就是在和你比耐性呢。"

"这种时候你还沉得住气，告诉你吧，我们没能知道多少重要的东西，所有的线索都在那儿了。"秦岳说着，用下颌示意了一下水吉手里的笔录。

"真的吗？我看这些东西不仅重要，而且还是至关重要，足以判明犯罪集团下一步的行动！"

秦岳一下跳起来："什么？我再看看。"他取过笔录认真看了看，又摇着头把它扔在桌上，"我看不出这些，假设如你所说真有玄机，那么就应该在那几句暗语之中，但我看不出来。"

"让我们来仔细看看，第一个暗语'小问春故，只雕恰往'就有文章。这两句看似诗句，实则不然。我现在给你朗诵一首词，你听听有无异样：春花秋月何时了？往事知多少。小楼昨夜又东风，故国不堪回首月明中。雕栏玉砌应犹在，只是朱颜改。问君能有几多愁……"

"恰似一江春水向东流。"这首《虞美人》秦岳也能成诵，在水吉快要吟完时，他已窥见个中端倪，"我明白了，刚才的暗语是由《虞美人》每一句的首字组成的，只不过重新安排了顺序，使之富于诗意！"

"那么，然后呢？"水吉还是不慌不忙的。

"暗语是在任务执行前下达的，这说明幕后人在盗墓之前已有计划，而且暗语就隐含了他要猎取的目标。所以第二句暗语就可能是幕后人的下个猎物！我来想想，'松竹梅与禾，笑论染指处'，这两句工整严密，不像前者，不应该是藏头所成，可能有别的组织方式。松竹梅与禾……嘿！知道了，这是个字，秦始皇的秦字！你看，松竹梅人称岁寒三友，三友就是三人，三、人加上禾字正好组成一个秦字！笑论染指处嘛……我猜不出。"

"解释得好，我指的就是这个。其实这个幕后人我知道，虽然没有见过面。他叫司马亮，曾祖父曾在北京琉璃厂经营古玩店。晚清时，他祖上出过一位叫司马龙的土夫子，那个时候所有的盗墓贼几乎都知道他，因为他的手段极为高明，从不失手，做过几次漂亮的活儿，每次盗墓之后还请人绘制一幅《古陵徜徉图》，作为纪念。晚年司马龙为避战乱隐居河间府。司马亮就继承了司马龙的衣钵，加上他既懂考古又受过良好的教育，可说是青出于蓝而胜于蓝。司马亮喜欢古代掌故，这暗语就是见证。这句'笑论染指处'，正是古代典故，春秋时代莒国国君以铜鼎烹鼋，宴请宾客，一公子在席前当众将食指伸入铜鼎蘸汤尝之，这在当时是对国君的大不敬，染指一词由此而来，意指参与不该获得的利益。'染指处'指的当然是鼎，结合你刚才说的秦字，就是'秦鼎'二字。这就是司马亮的计划——盗掘秦始皇陵，为自己的盗墓生涯画一个足以震惊世界的句号。"

"仅凭'秦鼎'二字你就确定是秦始皇陵？陕西境内历代秦王墓颇多，为什么不是秦穆公、秦昭王而一定是秦始皇陵呢？"

"说起鼎，可谓中国古代封建社会最为重要、崇高的礼器。相传黄帝采首山之铜铸造九鼎，象征中华九州，鼎成之日黄帝乘龙而去，九鼎则自夏商周依次流传。于是，黄帝九鼎就成了历代统治阶级江山社稷的象征，得到九鼎就意味着获得了称帝的资本。秦穆公曾问周王九鼎轻重，被视为觊觎权力的征兆，所以又有问鼎之说。九鼎在战国之后下落不明，以后虽在一些朝代出现，但据考证都是权臣出于逢迎的目的，赝造九鼎以取悦君王。客观地说，从秦始皇扫灭六国这一历史事实来看，九鼎极有可能落入嬴政之手。好大喜功的秦始皇既然在自己的骊山陵墓中使水银为江海，又设机关驱动日月星辰出没，把九鼎作为陪葬品以标榜自己的文治武功自然在情理之中。司马亮既然说有意金盆洗手，那么他这最后一次行动必然是能让他自己满意的大手笔，秦陵中的九鼎当然是最好的选择。"

"你说得很对，秦陵的确是司马亮的最佳目标。可据我所知，现代考古探测表明，秦陵的地宫深度至少为五十米，司马亮如何能盗掘？他总不会像当年兵匪孙殿英那样明目张胆地用炸药崩吧？"

"你的历史知识也不少嘛。"水吉抽出一支烟抛给秦岳，帮他点上，自己却不吸，"你不了解司马亮，他如果想盗秦陵，自然会有办法。九鼎是中华的象征，如果偷送到国外，其价值不是用金钱衡量得了的。为了这，花再多的力气他也不会吝惜。因为一旦成功，所用的花费都可以得到数十倍，甚至上百倍的补偿。"

秦岳好像突然想起了什么似的："对了，你怎么会知道司马亮的事？这事连吴耀汉也不知道。"

"这个现在还不能告诉你，但你可以放心，对破案有用的情况我都会告诉你的，至少你现在能够确定我和你是站在一边的。"

"那可不一定。"秦岳嘴上说，其实打心里佩服水吉的学识，他相信水吉是帮自己的。

当天傍晚，应边检站的要求，云南省公安厅向陕西方面发了传真，通报了详细情况，并建议陕西临潼方面做好秦始皇陵的保卫工作。事情到了这个地步似乎该结束了，其余的事就不是秦岳需要操心的了，然而水吉变得十分忧虑，整天不出房门，饭也吃得少了，每天只是埋头帮助文物部门鉴定和整理查获的文稿。

秦陵之行

转眼就是第四天，天黑的时候，文稿的鉴定整理工作终于宣告结束。水吉回到房间里开始整理自己的行李，准备明早向秦岳辞行。

房门被急促地敲响了，水吉拉开门，满头是汗的秦岳站在外面。"水吉，被你说对了！他们的目标果然是秦始皇陵。今天临潼方面报告说秦陵的封土上发现了盗洞。"正讲着，他看见了水吉身后的行李箱，"怎么，你要走？"

"我以为这里已经没我的事了，正想明天离开。"

"别扯了，我还要请你和我一起跑一趟呢。"秦岳说着，把一份电传递给水吉。

电文字数不多，言辞却很迫切："日前秦陵封土发现盗洞，为保护珍贵文物，请速派吴案侦破人员协助调查，切切。——陕西省公安厅"

水吉看过后说："好吧，我同意。不过不是为了你，是为了司马亮，你得记着，你欠我一个人情。"

"行！等破了案，要我怎么谢你都成！"两人举起手在空中响亮地击了一下掌。

两天以后，落着淅沥小雨的古都西安迎来了秦岳和水吉。陕西方面想得还算周到，早已派车等候。开车的是名二十出头的小伙子，叫贾胄，非常健谈。从西安到临潼的路上，秦岳一刻不停地和贾胄聊着，水吉则默默地凝视着窗外飞速闪过的田野和树木，直到贾胄一个急刹车，才把他从沉思中惊醒。公路上不知何时聚集了很多的人，从装束上看得出是附近的农民，他们三三两两地越过公路，消失在路基下面。贾胄抱怨了几句，刚要启动，秦岳就阻止了他，原来水吉此时已经下了车，向路基下走去。下面的景象甚是壮观：沿公路两侧长长的路基下方堆满了小丘似的碎石，上百名农民正俯身在碎石中捡拾着什么。

贾胄、秦岳下车追上水吉，三人一齐向前走去。满地的石块很碎，但很均匀，从黑白相间的颜色立刻就可以知道这是花岗岩，在散落的石块间零星分布着乌亮的煤块，村民们捡取的正是那对他们的生活极为重要的煤块。看到这种情景，贾胄感到奇怪，哪儿来的这么多碎石？公路养护部门是绝不会这样做的，因为如此一来，道路两侧的排水渠就会被堵塞。听完贾胄的介绍，秦岳也开始在碎石堆的周围检查起来，而水吉则在一旁询问村民碎石的来历，但没有人知道是谁把如此之多的碎石倾倒在这里的。水吉捡起一块石头正仔细观察，远处传来秦岳的喊声："快过来，我发现车辙了！"

没错，确实是车辙，巨大的车辙从公路上延伸到路基下，阴雨的天气使车辙成了浅浅的水洼，泥水中清晰可辨粗大的轮胎胎纹。"这不是一般的卡车，这么大的轮胎只有重型载重汽车才有。"秦岳果断地得出结论。水吉似乎对胎纹没有多少兴趣，倒是车辙胎纹中的泥土吸引了他。他小心地弯腰下去，伸手抓起一小块泥巴捏了捏，自言自语了句什么，接着拿起根树枝向车辙深处探了探，就把泥巴用一块白纸包了起来。秦岳虽然不明白水吉的用意，却也蹲下来去抓胎纹里的泥巴。这不是普通的泥巴，是一种白色的、如同面团一般滑腻柔软的泥巴。

"这泥巴真怪啊，我从来没见过。"秦岳小声说。

水吉发现了秦岳疑惑的表情，耐心地说："这是微晶高岭土，又名白膏泥，比较少见。春秋晚期直到西汉都把它作为密封防腐填充物。你看，这种白膏泥和车辙地面的质地截然不同，而且存在于胎纹内，所以可以肯定是载重汽车的轮胎携来的。谁掘了这些石块，从哪里开掘的，目的是什么，这值得我们调查一下。"

第二天上午，水吉和秦岳同临潼方面取得联系后，就和调查盗洞的干警一起奔赴骊山秦陵，秦陵文管所的孙从游主任也参与协助。高大的封土在几千米外就赫然映入眼帘，人工夯筑的方锥形陵丘在经历了两千年风雨侵蚀后仍然巍然屹立，仿佛在向世人展示始皇帝那亘古不朽的雄奇功绩。水吉并非第一次来秦陵，可每次到来都有不同的感受，心灵都受到更加剧烈的震撼。

盗洞就在封土东面的中央，不会很深，至多三四米，洞口很大，内壁粗糙，根本没经过修整。在临潼的干警们忙着取证、拍照的时候，水吉却在人群外找了块向阳的地方席地而坐晒起了日光浴，这使秦岳大惑不解。他走过去问水吉："你们搞文物的见到盗洞也无动于衷吗？快说说你的看法吧，在这方面你这当师傅的，可不能留一手啊。"

"依我的看法，就两个字——收队！可他们能同意吗？"

"收队？这盗洞难道就不查了吗？"

"你以为这么查会有结果吗？你不是也说过秦陵深埋地下难以盗掘吗？凭这个连内壁都不修整的盗洞能挖到地宫吗？恐怕不等挖到地宫他们就已经被坍塌的洞壁埋葬而成为古人的殉葬者了。"

"那你的意思是说这个盗洞的目的在于——"

"转移视线！"

秦岳听到这里，连忙站起身："我去告诉他们，别中了计！"

"千万别说，我们不妨将计就计，不这么干，司马亮一定不会露出尾巴。再者，这也是警方的例行公事，别打击人家的积极性嘛。"

现场勘察接近尾声时，水吉才站起身来重新加入人群，他并不和干警们探讨，却与孙从游攀谈起来。孙从游早年毕业于北大考古系，对秦汉历史颇有研究，早在上世纪 90 年代考古界有人倡议发掘秦始皇陵的时候，他就力排众议，主张在文物保护和修复技术成熟之后再行考虑。他在考古界的威望使秦陵又沉寂了多年。孙从游甚是感慨地对水吉说："发掘秦陵，我何尝不想啊？可要真发掘，就必须先兴建大跨度的展厅，把发掘现场整个保护起来。我们祖宗留下的这点东西，实在经不起折腾了啊！"他顿了顿，伸手指着近处的公路，"你看这公路上来往的运煤车辆，煤灰煤渣四处飞扬，如果不建大厅，恐怕还没等我们开始研究，那些文物就已经面目全非了。"

水吉附和地点着头，突然他好像想起了什么："煤渣？那些煤是从哪儿运来的？"

"我们陕西是产煤大省，国家采，私人也采，私营煤窑也就多得出奇。在秦陵西南二十千米外，私营煤窑星罗棋布，哪儿都是。这些煤就是从那里运往外省的。"孙从游并不理会水吉的热心，接着讲下去，"我也曾多次到那里游说，劝业主们绕开陵区，或者加上帆布篷，可是我职微言轻，没用！这年头谁都只顾眼前那么点蝇头小利，要我说，那是丢了西瓜捡芝麻啊！"

"你去过私营煤窑的矿区？"水吉来了精神。

"去过，上午还去过一趟。明知是白费口舌，我也总还存有幻想。瞧，昨天的雨害得我鞋上全是泥巴！"孙从游边说边开始在旁边的岩石上蹭起了脚上的泥巴。

水吉低头看了下孙从游的鞋子，眼睛立刻睁得大大的："这、这不是白膏泥吗？"

"对呀，就是它。在古代可只有王侯将相的坟墓里才能用得上，可今天我的鞋子也金贵起来了！"孙从游更加用力地磕起来。

"孙主任，你怎么从矿区回来的？"

"贾胄开车接我回来的，我这把老骨头要是走上二十千米山路恐怕就要散架了。"

水吉若有所思地点点头："这种白膏泥在陕西分布广吗？"

孙从游得意地笑了："这可是我们临潼独有的，而且也不多，分布于地势复杂的地带，距地表一至两米，我们全县只有矿区才看得见。为了方便交通需要平整矿区，所以常有白膏泥露出地表。我这鞋泥就是矿区带来的。"

水吉变得高兴起来，连声感谢孙从游的介绍。

调查结束后，干警们向停在陵园外的汽车走去，水吉也跟在后面准备收工，偏偏秦岳在此时喊住了他："等等，这可是我头一次来秦陵，怎么也得留个影啊，来，给我拍张照！"秦岳说着，摘下颈上的相机递给水吉。

"好吧，我就帮你了却这桩心愿。"水吉接过相机摆好位置，并很快调好了光圈。就在水吉的食指即将按下快门的时候，秦岳突然提出了一个不大不小的要求，让水吉为难起来："水吉兄，帮我把秦陵的封土也收进来，那才够气魄。"

水吉望了望那高达七十余米的封土，要想把封土收进来，即使最好的广角镜头也不行啊。水吉向后退了几步，重新调整好相机，可依然不能如愿。"喂，封土不能全收进来，少收一点，将就些吧！"水吉提出个折中的办法。

"不，不行，宁可把我照小些，也要把封土全照上。这是秦陵最宏伟的标志，绝不可少！"秦岳不同意。

这家伙还真够倔强的，牛脾气，水吉愤愤地想。见秦岳不肯让步，水吉只好用笨办法——往后退吧。那封土边长超过两百米，不知要退多远，真是没辙！水吉把相机焦距调到极限，然后向后退去，足足退了有一百米，秦陵高大的封土才算勉强框进取景窗。水吉擦了下额上的汗水，开始左右移动以选择最佳角度。他刚刚向右跨了两步，右脚便突然向下一沉。水吉感到脚下的地面很空，这一点凭他多年的土质勘测经验一触便知。水吉弯下腰，把相机放在一旁，用手小心地扒开地上的浮土，不一会儿，一块圆形的木板显露出来。水吉以指节轻叩木板，传出空洞的声音。这时，在远处等得不耐烦的秦岳也跑了过来。看见水吉的发现，秦岳压住了怨言，也蹲下身和水吉一起研究起来。随着木板被轻轻地掀起，下面出现了一个洞穴，深度约一尺，一架类似摄影机的仪器安放在土坑中。秦岳和水吉几乎同时小声叫出来："全息影像投射仪！"不错，这肯定是架全息影像投射仪，多架投射仪共同工作可以在三维空间模拟真实物体所有的光影特征，从而构造一个虚拟的实体。秦岳仔细看了看投射仪，又取过旁边的相机从不同角度拍了几张照片。这时水吉已开始把木板复位，并在上面覆盖浮土了。秦岳连忙拦阻："水吉，你这是干什么？这是重要的线索，应该带回去！"

　　"我们已经有了照片，这对你这搞侦查的应该足够了。现在我们不能动它，一来会打草惊蛇，二来我也不想让本地的公安机关知道，他们死板的公式化的办案方式对司马亮没用——毕竟我们现在连他的用意都不清楚，那就不如静观其变。"秦岳犹豫了一下，没有出声。两人迅速将地面恢复了原貌，快步走出陵园，走向已等候多时的车子。

　　回到住处，秦岳立刻到附近的照相馆以最快的速度将底片冲洗出来。两个人一起端详那些照片。此刻，秦岳对电子设备的识别才能淋漓尽致地显露出来："这种全息影像投射仪是瑞士制造的，不过显然经过了人工改装。你看，这里安装了一个微型接收机和存储器，用来接收和保存以无线电信号形式发送过来的物体全息光影信息。还有仪器的脚架，改装得很是巧妙，加装了液力伸缩杆。伺服机构通过遥控装置启动，驱动伸缩杆伸长，将投射仪抬起，从而顶开木板和浮土，把镜头对准成像方位。所有设备的能源都来自这节三伏锂电池，根据电池的电量估计，接收光影信号及遥控的距离都不会太远，最多一百米。即便如此，这个投射仪的能量也只够启动一次。"

"果然是行家，确实有见地。"水吉竖起大拇指，"可是，司马亮这么做有什么目的呢？"

"这个嘛，还不清楚。但从照片判断，投射仪的镜头指向秦陵石碑方向，全息像也应该出现在陵碑附近。而且，镜头前还安设了速动屏板，类似相机的快门，从结构上看，屏板可以迅速开合。反映到全息像上的结果是，全息像出现的时间至多维持零点三至零点五秒。但存留时间这么短的全息像有什么用呢？我想这很有价值，我们要仔细研究。"

"既然现在弄不清楚其目的何在，我们先从清晰的头绪开始吧。"接着，水吉把自己和孙从游的谈话内容告诉了秦岳，最后还说，"我觉得矿区是值得注意的地方。"

听了水吉的叙述，秦岳也与水吉观点一致，同时也提出了自己的疑问："矿区的私营煤窑多如牛毛，我们怎么查？当真地毯式侦察吗？"

水吉没有回答，他取出笔记本电脑联上互联网，手指快速地敲击起键盘。十分钟后，他满怀信心地合上电脑："我刚刚查询过中国地质矿产部的网站，临潼区花岗岩的分布约为地下一百米，而煤层仅为五十至八十米。我所能做的恐怕也就这么多了。"

秦岳思索着，不时用笔在纸上写写画画，然后问道："矿区距陵园有多远？"

"二十千米，你问这干吗？"

"破案嘛，就是对案情做出种种假设，再从中选取最可能的情况进行针对性的调查。现在我们假设碎石与盗墓计划有着某种必然的联系，这说明有人在地下一百米的深度挖掘隧道，而这种工程势必十分浩繁，在陵园附近开掘是相当危险的，私营煤窑自然就成了绝好的掩护。这就可以解释为什么碎石中会有煤块。"

"精彩的假设，接着说下去。"水吉十分感兴趣。

"假设此前的推断正确，我们可以把司马亮交代吴耀汉暗语的时间，即一年以前，认为是他开始策划盗墓的时间。而根据陵园里的投射仪的电池的有效期，司马亮至多只有十个月的时间实施工程。即使他把这些时间全都用于开掘隧道，每个月至少也要开进两千米，平均每天六十至七十米。这种掘进速度在煤层中有可能实现，可对于坚硬的花岗岩层简直是天方夜谭——当然，是对于国产普通的掘进设备而言。据我所知，在花岗岩层中要想达到这个掘进速度，只有一种工具可以胜任。"

"水射流切割机！"水吉高兴得从沙发上一跃而起。

"对，水射流切割机，它喷出的高速水流切割岩层容易得像切豆腐，这种采矿设备我国尚不能生产。依据这个线索，我们就有可能找到猜想中的煤窑。"

东方泛起鱼肚白的时候，秦岳和水吉踏上了前往矿区的路，两人的装扮俨然贩煤的客商。昨夜他们从外贸局得知，以开矿为由进口水射流切割机的私营煤矿仅有一家，业主叫刘玉堂。

找到刘玉堂的煤窑并没费多少周折，他的煤窑接近矿区边缘，距秦陵相对较近。刘玉堂是个年近五十的矮胖子，一对小眼睛狡黠得让人看了很不舒服。秦岳和水吉装出准备大量采购原煤的样子，果然吸引了刘玉堂。为拉住这两个大主顾，刘玉堂带两人在煤窑附近参观。矿井外的停车场上停放着两排共计二十辆大型载重汽车，光是轮胎就将近一人高。

秦岳围着车边看边连连称赞："瑞典的沃尔沃，好车！"

刘玉堂附和地说："你还真懂行，二十多万一辆呢。"

水吉似乎对刘玉堂的生产能力抱有怀疑："刘老板，我们可不是小打小闹买煤烧炕的，三十天内我们要求供应原煤九千吨，你的煤窑有这个能力吗？"

刘玉堂说："这个不用我多说，你们跟我下井瞧瞧就知道了。"说完，他丢过来两顶安全帽。

秦岳和水吉戴上安全帽，跟在刘玉堂后面乘坐极宽大的升降机下到矿井。矿井内的采掘设备——电气运输轨道车、进口液压支撑柱等——的确令他们难以想象这是在私营的小煤窑中，即使国营煤矿也相形逊色，然而他们并没有看到水射流切割机。

刘玉堂指着正在作业的旋进式采掘机说："不是吹牛，这些全是进口的，我这矿在全矿区算是武装到牙齿的了。我们是昼夜倒班生产的，达到您的要求不成问题。说真的，要是我这矿达不到这个数，您也甭再找了，别的矿更没戏。"

水吉满意地点点头，然后不经意似的提出了问题："刘老板，你们这煤窑使用如此昂贵的进口设备，尽管产量不小，可赚的钱也未必多多少，有必要吗？"

"这就用不着我操心了，老实告诉你，这些玩意儿都是我的合伙人出资买的，我自己镚子儿没掏。我那个合伙人地道得可以，他只要求和我分管昼夜采掘，我白天采，他夜间采，白天收入归我，夜间归他。我们每天下午四点换班，他的工人都是自己带来的，说是用自己的人放心，其实他要真那么有心眼儿，就不会干这种赔本不赚吆喝的傻买卖了。"

"碰上这种合伙人真是捡了大便宜，刘老板，到时候价格上你可得放兄弟一马呀。"

"这好说，好说。"刘玉堂好像已经看到大叠的钞票在向自己招手了。

"刘老板，还没问你那财神合伙人的大名呢。"

"他叫杨华。"

秦岳和水吉漫不经心地点了下头。水吉认为了解得差不多了，就对刘玉堂说："那好，我们马上回去调集资金，过几天就来签约。下月供货，怎么样？"

"那样最好，我等着你们的消息。"刘玉堂把自己的电话号码留给两人，目送他们离开矿区。

此行收获可谓不小。回来之后两人互相交流着看法，秦岳肯定地说："问题就在刘玉堂的煤窑上。我注意过那些载重车的胎纹，和碎石堆附近的车辙完全一致。这说明我们的判断没错，碎石就是那些车辆从刘玉堂的煤窑运出来的。"

"而且，我们在刘玉堂的煤窑中并没有发现水射流切割机。还有杨华，这当然是个假名字，他利用夜间采掘的嫌疑也很大。"水吉补充道。

"不知你留意了没有，竖井那架升降机出奇地宽大，如果仅仅是为了运送上下井的工人，未免太小题大做了吧。"

"这是个重要的疑点！"

"干脆我们现在通知县公安局查封煤窑算了。"秦岳坚决地说。

"不行，我们无法保证司马亮一定在煤窑里，查封煤窑可能会使他闻风而逃，从而漏网。抓不到司马亮，我们就功败垂成了！"

"可我们也不能坐在这里傻等啊！"秦岳急了。

"我看今晚我们先睡个好觉，认真考虑一下下一步的行动方案。"说着，水吉整理好自己的被褥准备休息，"再急也不差这一晚。"

秦岳见状也不情愿地端起脸盆出去洗漱，等他回来，水吉已蒙头大睡，不时传来阵阵的鼾声。秦岳无奈地摇摇头，上床休息。

窗外射入的月光悄悄从窗口移到了门边。秦岳小心地爬起来，穿好衣服，背上挎包，蹑足迈向房门。临出门时，他回头看了眼水吉，被子下的鼾声依旧那么轻缓均匀，秦岳微微一笑，离开了卧室。

邂逅大秦

出租车距离矿区还有近一千米时，秦岳就下了车，他担心车开得太近会被人发现。在刘玉堂的煤窑附近，秦岳经过观察，选择了两百米外的一个土丘，那里是一个良好的监视地点。秦岳登上土丘，猫着腰拨开荆棘向煤窑靠拢。当他的手分开一丛茂密的稗草时，秦岳意外地发现前方匍匐着一个手握望远镜的人，他顿时一惊，他想不到这里竟然有司马亮的人。那人显然也听到了响动，慢慢转过脸来，并且将食指放在唇上示意秦岳不要出声。看到那人的脸，秦岳浑身一颤，那人竟是水吉！秦岳赶紧来到水吉近前，悄声问道："怎么是你？你什么时候溜出来的？""你洗漱的时候。""那被子下的鼾声……""一架小型单放机。""看来我们是英雄所见略同，不过你更胜一筹。"秦岳看了眼煤窑的方向，"你有什么发现吗？"

"刚才升降机将一辆载重车整个提出竖井。车上装满了长条状青白石料，那一定是秦陵地宫的物品。这之后工人们又开始给车辆安装帆布雨篷，所以我估计司马亮可能在今夜出货。"

"原来特大升降机的秘密在这里啊！你发现司马亮的隧道了吗？"

水吉摇了摇头。

"煤窑周围有人把风吗？"

"有，我观察了好久，一共有五组把风的，每组两人，巡视一周大概三十分钟，每组间隔六分钟。考虑到安全因素，我们要想隐蔽地接近煤窑，最多只有四分钟时间。"水吉说完，把手里的望远镜递给了秦岳。

秦岳看了一会儿，对水吉说："四分钟够了，我们右前方的灌木林可以隔断其他方向的视线，这样我们只要避开过来巡视的人就行。"水吉从背包里拿出两套矿工制服："先换了衣服，我们马上准备行动。"

两人穿好制服，密切观察把风人的动静。当一组巡视者刚刚消失在灌木丛那边，水吉低沉果断地说了声"走"，便向前冲去，秦岳紧随其后。跑过两百米只用了三分钟，两人这才松了口气。

矿区内很静，根本不像在进行采掘作业。竖井口的升降机旁停放着两列共计二十辆蒙着雨篷的载重汽车。刚才他们从望远镜里看到，每车两名司机，正坐在驾驶室里待命，可现在离升降机最远的那辆车上的两个司机不知何故离开了驾驶室，正站在车旁谈话。水吉向秦岳递了个眼色，两人若无其事地向两个司机走去。水吉还故意对秦岳说："这种鬼地方，谁会注意？哪儿用得着把风！""是啊。"秦岳煞有介事地应付着。两个人说着，来到了那辆车的车厢旁，那里恰是其他司机的视线死角。那两个司机扭头看了他们一眼，神色有些紧张。水吉掏出一盒"万宝路"，抽出两支丢向他们，同时轻松地说："巡视累了，歇一会儿，你们也累了吧？"说完回头看了眼秦岳，秦岳立刻心领神会地摸出打火机向司机们扬了扬，脚步却没动。两个司机以为秦岳要给自己点烟，便不加怀疑地走过来。秦岳把打火机打着火伸向走在前面的司机，那家伙本能地伸过头来，秦岳趁机挥拳猛击他的后颈，水吉也迅雷不及掩耳地用肘直捣另一个司机的腹部。两个家伙没吭一声就失去了知觉，水吉和秦岳架住他们，把他们拖进了驾驶室，自己也钻了进去。沃尔沃的驾驶室相当宽敞，正副驾驶席后有一个供休息用的长沙发椅，秦岳用绳子把两人捆好，堵住嘴后塞进了两排座位的空隙中。

旁边的车子里，司机们并未注意到这边的变化，仍在车内闲聊。

两人对视一笑，为自己干得干净利落而高兴。秦岳小声地说："想不到你文文静静的，身手还真敏捷。"水吉答道："我六岁习武，大学时还拿过全国青年武术比赛南拳冠军呢，这只是牛刀小试罢了。"说到这里，水吉打了个手势示意秦岳安静，秦岳透过挡风玻璃顺着他的目光向前看去，只见有人乘升降机从井下上来，也穿着矿工制服。那人来到车队前方，挥手示意车队向升降机移动。所有的车辆都发动起来了，第一辆车驶上了升降机，随后被运进了竖井，接着是第二辆、第三辆……秦岳他们是第十辆，也是最后一辆。驶上升降机时，两人都捏着一把汗。随着马达的启动，升降机向下沉去，穿过黑暗的竖井，到达了煤窑矿坑——这是他们来过的地方。矿坑里空无一人，难道隧道就在这里？水吉和秦岳疑惑不解。咣——当——脚下传来金属的撞击声，升降机和载重车也猛然一震。两人连忙从各自的车窗向外看去，发现升降机下方的地面正在裂开，两块巨大的、近半米厚的钢制闸门在机械的带动下向两侧滑去——这才是他们脚下真正的"地面"，覆盖着两尺厚黄土的钢制闸门。在闸门下面，一口更幽深的竖井出现了，升降机的马达再次启动，载着汽车坠入了野兽巨口一般的竖井。

又过了漫长的三分钟，秦岳和水吉终于来到了真正的井底。那是一个绝对值得惊叹的地方——高近四米的圆形隧道笔直地伸向远方，隧道里平整的车道和四壁镶嵌的把隧道照亮得如同白昼的水银灯让人很难把它和盗墓联系在一起。先前进来的载重车已沿车道排成了一队，水吉和秦岳刚加入队列，就有人敲打车门。水吉打开车窗，外面的人扔进来两张防毒面具。水吉接住，关好车窗，悄声说："他们果然今晚出货！这面具就是防止墓室里的水银造成汞中毒的。"说完扔给秦岳一张面具。秦岳接过面具，又从挎包里取出两副耳机和两只纽扣似的东西，自己戴上一副耳机，又把一只"纽扣"贴在喉部，然后把余下的递给水吉："照我的样子戴好！""这是什么？""袖珍送话器。快！"水吉学着秦岳戴好之后，外面又罩上防毒面具。水吉回过头来瞟了下后面的两个俘虏说："幸好我自己也预备了防毒面具，就便宜他们了。"说着拿出两个透明的面罩给他们戴上。

车队向前开去，水吉取出指南针测了测："这正是往秦陵的方向。"开过长长的隧道花去了车队将近五十分钟时间，现在他们看到了隧道的尽头，水吉看了看里程表，提醒秦岳："这里正好位于秦陵封土下方。"这里是两个时代的交会点，一堵厚重的青石巨墙屹立在那里，拱卫着消逝已久的尘封岁月。墙上的部分石块已被拆除，露出一个大小与隧道相仿的墙洞，犹如一只失神的眼睛在凝望着这突如其来的变故。车队继续前行，穿过厚达两米的墙洞，便是那沉睡了两千多年的大秦帝国的建立者——秦始皇的归宿。地宫内各种照明设备发出的光，使人能够看清地宫的每一个角落。秦岳和水吉相信这是自己有生以来见到过的最撼人心魄的景象：一个跨度超过三百米的辉煌灿烂的地下宫殿！

　　现在水吉才明白何以史书上会不惜笔墨极尽言语之能事地描述秦陵地宫的雄奇壮丽和巧夺天工，如今看来尚不能尽言。地宫俯视是正方形，高约十米，穹顶上面以赭石和黑色颜料描绘着神秘的宇宙，无数珠宝玉石镶嵌成的星辰点缀其中，在灯光的照耀下熠熠生辉。地宫墙壁遍施厚厚的丹漆。施丹漆是当时最为奢侈的防潮手段，两千年的潮气侵袭也只是使它剥落了薄薄的表层。四周是人工开凿的近五十米宽的环形沟渠，沟底还残留着少许水银——几台潜水泵正轰鸣着把水银排入新开掘的暗沟。水银的下落使原本藏身沟渠的一些青铜机械显露出来，还有几只表面镀金的巨大圆球也静静地躺在沟底。水吉知道，这就是史书中记载的秦始皇用水银灌注的江海，那些青铜构件就是驱动日月东升西落的机械。环形沟渠环抱着一个高高隆起、边长近二百五十米的方形石台，宛若烟波浩渺的大海中的琼岛仙山。石台上更是富丽堂皇，当年的能工巧匠们用石料在那上面建造了一座殿宇，从瓦当到斗拱，从梁架到廊柱，全部由洁白润泽的白石雕成的预制件组合而成。殿宽九间，进深九间，方圆约一百米，完全仿照秦代宫殿样式建成，其华美高贵的气质即使是古代希腊的帕特农神庙也会黯然失色。

"太壮丽了，任何语言在这里都显得苍白。这地宫将和千古一帝秦始皇的风采一同成为世界上最伟大的文化宝藏！"秦岳耳机里传来了水吉的惊叹，秦岳自己也有同感。

　　沟渠上已架起了特殊设计的临时工程桥，供人员车辆通行。有人引导着车队渐次经过桥梁驶上石头台，那座华美的宫殿在秦岳和水吉的视野里面清晰起来。由整块白石制成的、长逾二十米的雕龙丹墀直通向已经敞开的宫殿石门，石门上雕饰着肃穆的兽面铺首，口衔铜环，眼中似乎还带着悲惋的感伤；宫门前回廊内的立柱通体彩绘，那种融神权与皇权于一体的云龙纹饰带给人无限的遐想。这座殿宇完全按照当时土木结构的宫殿建造，但这些石制构件不知花费了两千多年前的工匠们多少血汗。

　　人们忙碌地出入宫殿，已然在地下与黄土为伴了两千年的宫殿仿佛一下子又被赋予了生命，只不过昔日的羽林郎已换成了贪婪的盗墓贼。宫殿内氖灯炽烈的白光夹杂着各种殉葬品反射出的缤纷璀璨的光芒，穿过宫门直射出来，照耀着那些正忙于在丹墀上铺设跳板的工人。

　　车队陆续通过跳板穿过大门进入了宫殿，现在失落了两千年的大秦帝国的文明都浓缩在这方圆一百米的宫殿里了，任何人的双眼都无法容纳如此丰富的文化内涵。宫殿地面铺着光可鉴人的纹石方砖，在空旷的大殿内，八十一根直径一点五米的明晃晃的盘龙铜柱支撑着沉重的石制殿顶，如同希腊神话中擎天的巨人阿特拉斯，历经千载岿然不动。铜柱上的盘龙并不像明清皇宫里的那样鳞爪飞扬、雍容华贵，它们更多地保留了战国时期朴素粗犷的仪式化风格，给人唯一的感觉就是孔武有力，这对于秦王的雄才大略正是恰如其分的写照。宫殿中央，一条由红色斑石铺成的御路直抵棺床，而御路的两侧，则按文东武西排列着那些曾为历世秦君谋划征战的重臣宿将的石像。这些石像同样施着彩绘，刻画入微，衣褶、礼玉、冠冕、须发无一不精，栩栩如生；有的表情凝重，有的神态张扬，有的怒目而视，有的安详坦然。每尊石像的身旁都立着一方小小的石碑，上面可以看到用小篆雕刻出的当年叱咤风云的名字：商鞅、张仪、李斯、吕不韦、白起、王翦……御路的尽头，一张汉白玉雕花棺床上，停放着一具高近两米的铜棺，一看棺壁上铸就的山河星辰以及虬龙蟠螭立刻就能知道这就是"扫六合、统海内"的始皇帝的灵柩。一些手持氧炔割炬的工人正在铜棺周围忙碌着。棺床的正前方，一方长条雕花石座上，九尊形态各异的硕大鎏金铜鼎一字排开，最大的高约三米，小的也有一点五米，鼎身上粗糙的铸造沙眼虽经打磨仍可辨认，和秦陵兵马俑坑中出土的铜剑精良的铸造工艺迥然不同，尽管如此，它们所发出的浓烈的幽古气息依然带有浑然天成的雄浑的美。那浑圆的造型以及鼎上装饰的古朴的夔龙饕餮和云雷日月说明它们的年代要比大秦久远得多。

　　"这宫殿是按秦王理政的大殿格局设计的，八十一根铜柱呈九九分布，象征皇帝为九五之尊，同《周易》中'帝在九爻'的说法吻合，正中的棺床象征御座，臣僚石像则是当年朝觐景象的再现。一切都按照'视死如生'的原则布置。这些石像和它们身上的彩绘保存如此完好，对于研究秦代服饰和礼制具有极为重要的意义，尤其是它们写实地表现了一大批历史人物，使我们能够真正了解这些股肱之臣。连后来为秦始皇痛恨的相国吕不韦都能列位于此，这是何等的胸襟！而那铜棺之内，必将让全世界为秦帝国的强盛而惊叹！至于棺床前方的铜鼎，就是传说中象征中华九州的镇国之宝——黄帝九鼎，也是司马亮的最终猎物。"水吉通过送话器向秦岳介绍着。

　　"那些拿割炬的人在干什么？"

　　"他们要把铜棺从棺床上取下来。《史记》记述，秦始皇为防止盗墓，除了探掘地宫，'穿三泉'，还把铜棺用铜汁浇铸在石床上，让窃贼无法移动。但这些手段对于被贪婪附体的'文明'盗墓贼而言还是太脆弱了。"

　　"在这种重要的时刻，司马亮一定会来吧？"水吉朝棺床前扬了扬下巴。

棺床前有一个身穿风衣的人正逡巡在九鼎前，好像在欣赏博物馆中的精品。他白皙的脸上戴着墨镜，使人看不清面容。那人欣赏之余，还不时指挥着操作割炬的工人。通过四周的扬声器可以听到他的声音："调高氧炔焰温度，加快切割速度，铜棺很厚，不会伤及棺内文物的。"

秦岳朝水吉指的方向注视了几分钟，随即果断地说："那不是真的司马亮。"

"什么？"水吉大吃一惊。

"那是全息影像。你仔细看。首先，司马亮没戴防毒面具，这可是玩命的行为；其次，他在走动时缺乏实际的质感，他说话也通过扬声器。在宫殿周围架设有许多全息影像记录仪和投射仪，它们通过导线把地宫内的全息影像传到司马亮那里，再把司马亮的全息影像传进地宫，这样司马亮无论置身何处都如同亲临地宫。我想，司马亮一定是在某个隐蔽的地方操纵着盗墓的全过程，地宫中的司马亮，只不过是外面传进来的全息影像。"

"好狡猾的司马亮，我原以为他会在现场露面。现在我们只有见机行事了。"

"在来矿区前，我已通知县公安局在附近布控。一旦发现司马亮，我就会通知他们展开缉捕，可现在不能抓人，必须等待时机。"

铜棺被从棺床上分离开来，旁边的起重车迅速将其吊起，装在最前面的载重车上。接着，显然是经过了周密的计划，工人们又聚集在九鼎前面，在"司马亮"的指挥下，他们把一个四周罩着黑布的方框形东西罩在一只鼎上，框架的八个角各有一台全息影像记录仪，它们的导线末端合成一股，联入一台笔记本电脑。

"他们在记录九鼎的全息影像，把信息存入电脑。"秦岳说，"这有什么用？他们已经拿到真正的九鼎了呀！"水吉微微摇头，没有回答。

九鼎的全息影像都被记录完成后，九鼎被分别装入九只巨大的木箱，空隙中又被填满了黄土。随后，九只木箱被吊装进了载重汽车，每车一鼎。很快，十辆车都装载了货物。扬声器里又传出司马亮的声音："货车可以撤出，货运至目的地后司机们可先行解散，其余人员将所有器材携出隧道，在今夜封闭竖井后立刻撤离解散。明天我会亲自给这次行动画上完美的句号，所有人的酬劳很快就会打入你们的银行账户。"

　　十辆载重车又被升降机提出了竖井，和井外的十辆空车编成一队，空车在前，货物在后，水吉和秦岳有意驾驶汽车排在货车的末尾。车队离开矿区驶上通往甘肃的国道，疾驰而去。

　　"他们要把货运出陕西？"秦岳担心地问。

　　"司马亮可不是那种心急的人。我们先跟着看，就算真的出省，我们也得追踪到底，总之不能丢掉这批文物。"

　　过了好久，前面的车开始减速了，秦岳也慢了下来。这时正经过一个路口，只见前面载着文物的车驶下国道，开上一条土路，而空车依旧沿国道直行，两队车分道扬镳。

　　水吉看了下指南针，对秦岳说："这是回临潼的方向！司马亮用十辆空车掩人耳目，实际却把货运到并不遥远的藏匿地点。一般盗墓者拿到文物后都希望运得越远越好，司马亮却反其道而行之。盗案发生后，警方往往把排查重点放在出境的交通要道上，希望能截获文物，殊不知司马亮却就近藏匿赃物，静候风声渐弱的脱手时机。"

　　秦岳拉掉防毒面具，没头没脑地问了一句："你是不是说过司马龙在盗墓后有请人作画留念的习惯？"

　　"司马龙？是，他是有这个习惯。"

　　"就是这个！"秦岳一拍大腿，"水吉，咱们得分头行动，我驾车跟踪文物去向，你下车想办法通知县公安局，马上改在秦陵陵园布控。明天如果有人在秦陵石碑前用遥控相机给自己留影，马上拘留收审！原因以后再告诉你，顺便把他们两个带下去。"秦岳摸出手枪交给水吉，"小心点，我不能停车，你跳车没问题吧？"

"当然。"

秦岳收小油门，放慢车速，水吉迅速拉开车门，把两个司机推下车，紧跟着自己一跃而下，秦岳从后视镜里看着他们消失在茫茫夜色中。

尾　声

第二天黄昏。残阳如血，踯躅着向地平线坠去，秦陵陵园里的游客渐渐寥落起来。一名穿着入时的商人模样的中年游客显然对这壮丽的陵墓眷恋不已。他提着一台笔记本电脑，颈上挂着数码相机，在镌刻着"秦始皇帝陵"的石碑前徘徊许久，最后仿佛终于下了决心，要以一张留影结束自己的秦陵之行。他打开笔记本电脑，把数码相机联入电脑，又借助三脚架调好相机的位置，然后自己站到碑前，手握遥控器，准备启动相机，为自己留下这具有历史意义的一瞬。就在此时，原本在远处信步的几名游客突然冲上前来，猛地扭住了他的双臂。他的面膜和假发被扯去，露出一张白皙的脸。其中一名"游客"向他出示了警官证件："司马先生，不介意的话，我来为您拍张照吧！"说完，取过遥控器一按。随着相机快门的声音，石碑前方有如一道美丽绚烂的彩虹划过，瞬间出现了九鼎的影像，精美的纹饰使所有人叹为观止。

两个月后，水吉和秦岳看到了狱中的司马亮，他的面容有些憔悴，一副怅然若失的样子。见到水吉和秦岳，他不服输地扬起头来："我败了，在即将金盆洗手之前，也许我是注定不能善终了。警官，我不知怎么称呼你，但我想知道赢我的人是如何做到的。"

"我叫秦岳，"秦岳表情很是平和，"你的做法的确高明。作为警察，我还从未听说有以这种方法盗墓的人。也许是一系列的偶然吧，我听说你的先祖司马龙在盗墓后有请人作画留念的习惯，而那天我们潜入地宫又看到你们记录了九鼎的全息影像，再联系到我们在陵园中意外发现的全息影像投射仪，我推测你可能是要仿照司马龙的做法，再现历史。不同的是你采用了全息技术，要在碑前留下一张自己和九鼎的合影。你想，仅能存留半秒的全息影像能做什么？只有作为照相的背景补充，因为相对于照相机的快门，这么短的时间足够了。其实我也仅仅是推测，然而一切最终都成为现实。还有，你刚才只说对了一半，你是败了，但胜利者是我们两个人。"秦岳指指水吉。

"我叫水吉，文物鉴赏家。我佩服你的考古知识，但你利用它做了最可耻的事，所幸的是我识破了你的暗语含义。今后你将如何，我不知道，但至少你现在有时间好好想想你的所作所为。"

"水……吉？有件事我想知道，那次太子朱标墓中的人是不是你？请你告诉我，我死也要死个明白。"

"是我。那天你忽视了另一个盗洞，你认为两个洞都是清代晚期的，然而你没有注意另外那个洞口处的泥土，那里掉落着一根竹簪。太子是绝不会使用竹簪的，那一定是窃贼当时佩戴的。你我都清楚，历代盗墓者中尚无女性的记录，所以我有理由相信竹簪属于男性盗墓者。男人使用竹簪，这说明当时是束发的年代，而男人剃发是明亡以后的事情，满清入关后有'留发不留头'的剃发令，为此还有'扬州十日''嘉定三屠'的血腥镇压，因此盗洞肯定是清代以前的，再结合盗洞内壁土质情况，我断定盗洞最早开挖于明代末期。之所以它的形状类似民国时期所挖，不过是民国时期的窃贼曾试图继续加深加大盗洞——和你的做法如出一辙，但他们并未得逞。这真是绝妙的讽刺，你居然会被迷惑。事实是盗洞距墓室的中室顶端只有两米左右，因此我毫不费力地抢先进入墓室，取走了太子皮弁，因为我知道你的目标一定是它。"

司马亮呆呆地听着，哑了一般。秦岳也不知两人在说些什么，但他没有打断水吉。司马亮就那么呆坐着，直到秦岳和水吉转身离去，他才扑在铁栅上叫道："你就是林……林……"没等他说完，两人的身影已隐没在看守所的大门后。

水吉回来后显得很疲惫，秦岳没有立刻追问他太子墓的事，他打算找个机会和水吉好好聊聊，他觉得水吉一定有什么事瞒着自己。然而到了第二天早上，秦岳发现水吉已经不辞而别了！写字台上有张字条，上面是水吉流畅舒展的字迹。

> 秦岳兄，请原谅我的不辞而别，因为我不知道几个月来我们建立的情谊能否让你为我徇一次私。我真名叫林永洁，水吉只不过是我在名字两字上分别去掉"二"（永字写法在唐代以二、水构成）和"水"得来的化名。其实我也曾是一名盗墓者，和司马亮一样盗墓颇多，我们在盗墓行当内被称为"南北双圣"。不过请相信我，我得到的文物只用来收藏，从不贩卖，并且两年前我已经将它们全部捐赠给了故宫博物院，为它们安排了最好的归宿，我将永不盗墓。本来我不想干涉司马亮，毕竟我们曾是同行，但我不能眼睁睁地看着无数的文物从他的手中流失出境，存身国外收藏机构，我必须阻止他。在他企图盗窃南京朱标太子墓的太子皮弁时，我曾抢先进入墓室取走皮弁，意在给他一个警告，可后来我才发现只有监狱的铁窗才能阻止他，于是我决定帮助你们。如今一切都已结束，我走了。希望你能徇一次私，不要找我，因为我还想用我的后半生多赎回一些流落海外的中国文物。我的盗墓经历已经足够自己在今后的日子回忆了，我一直很喜欢一首诗并经常回味：把你的影子加点盐，腌起来，风干，老的时候，下酒。

对了，顺便告诉你，我，就是那个"爱国的文物收藏家"。

同一天上午，北京故宫博物院收到了一只匿名捐赠的漆盒，漆盒内端端正正地安放着那只太子皮弁。

◆ 第 14 届银河奖获奖作品

中国太阳

刘慈欣

水娃从娘颤颤的手中接过那个小小的包裹，包裹中有娘做的一双厚底布鞋、三个馍、两件打了大块补丁的衣裳和二十块钱。爹蹲在路边，闷闷地抽着旱烟。

　　"娃要出门了，你就不能给个好脸？"娘对爹说。爹仍蹲在那儿，还是闷闷地一声不吭。娘又说："不让娃出去，你能出钱给他盖房娶媳妇啊？"

　　"走！东一个西一个都走了，养他们还不如养窝狗！"爹干号着说，头也不抬。

　　水娃抬头看看自己出生和长大的村庄。这处于永恒干旱中的村庄，只靠着水窖中积下的一点雨水过活。水娃家没钱修水泥窖，还是用的土水窖，那水一到大热天就臭了。往年，这臭水热开了还能喝，就是苦点涩点，但今年夏天，那水热开了喝都拉肚子。听附近部队上的医生说，是地里什么有毒的石头溶进水里了。

　　水娃又低头看了爹一眼，转身走去，没有再回头。他不指望爹抬头看他一眼，爹心里难受时就那么蹲着抽闷烟，一蹲能蹲几个小时，仿佛变成了黄土地上的一大块土坷垃。但他分明又看到了爹的脸，或者说，他就走在爹的脸上——看周围这广阔的西北土地，干干的黄褐色，布满了水土流失刻出的裂纹，不就是一张老农的脸吗？这里的什么都是这样的，树、地、房子、人，黑黄黑黄的，皱巴巴的。他看不到这张伸向天边的巨脸的眼睛，但能感觉到它的存在。那双巨眼在望着天空，年轻时那目光充满着对雨的企盼，年老时就只剩呆滞了。其实这张巨脸一直是呆滞的，他不相信这块土地还有过年轻的时候。

一阵风吹过，前面这条出村的小路淹没于黄尘中，水娃沿着这条路走去，迈出了他新生活的第一步。

这条路，将通向一个他做梦都想不到的地方。

人生第一个目标：喝点不苦的水，挣点钱

"哟，这么些个灯！"

水娃到矿区时天已黑了，这个矿区是由许多私开的小窑煤矿组成的。

"这算啥？城里的灯那才叫多哩。"来接他的国强说，国强也是水娃村里的，出来好多年了。

水娃随国强来到工棚住下，吃饭时喝的水居然是甜丝丝的！国强告诉他，矿上打的是深井，水当然不苦了，但他又加了一句："城里的水才叫好喝呢！"

睡觉时，国强递给水娃一包硬邦邦的东西当枕头，打开看，是黑塑料皮包着的一根根圆棒棒，再打开塑料皮，看到那棒棒黄黄的，像肥皂。

"炸药。"国强说，翻身呼呼睡着了。水娃看到他也枕着这东西，床底下还放着一大堆，头顶上吊着一大把雷管。后来水娃知道，这些东西足够把他的村子一窝端了！国强是矿上的放炮工。

矿上的活儿很苦很累，水娃前后干过挖煤、推车、打支柱等活计，每样一天下来都把人累得要死。但水娃就是吃苦长大的，他倒不怕活儿重，他怕的是井下那环境，人像钻进了黑黑的蚂蚁窝，开始真像做噩梦，但后来也惯了。工钱是计件，每月能挣一百五，好的时候能挣到两百出头，水

娃觉得很满足了。

　　但最让水娃满足的还是这里的水。第一天下工后，他浑身黑得像块炭，跟着工友们去洗澡。到了那里后，他看到人们用脸盆从一个大池子中舀出水来，从头到脚浇下来，地下流淌着一条条黑色的小溪。当时他就看呆了，妈妈呀，哪有这么用水的？这可都是甜水啊！因为有了甜水，这个黑乎乎的世界在水娃眼中变得美丽无比。

　　但国强一直鼓动水娃进城。国强以前就在城里打过工，因为偷建筑工地的东西被当作盲流遣送回原籍。他向水娃保证，城里肯定比这里挣得多，也不像这样累死累活的。

　　就在水娃犹豫不决时，国强在井下出了事。那天他排哑炮时炮炸了，从井下被抬上来时，他浑身嵌满了碎石，死前他对水娃说了一句话：

　　"进城去，那里灯更多……"

人生第二个目标：
到灯更多水更甜的城里，挣更多的钱

　　"这里的夜像白天一样呀！"水娃惊叹说，国强说得没错，城里的灯真是多多了。现在，水娃正同二宝一起，一人背着一个擦鞋箱，沿着省会城市的主要大街向火车站走去。二宝是水娃邻村人，以前曾和国强一起在省城里干过。按照国强以前给的地址，水娃费了好大劲才找到二宝。二宝现在已不在建筑工地干，而是干起擦皮鞋的活来。水娃找到他时，与他同住的一个同行正好有事回家了，他就简单地教了水娃几下子，然后让水娃背上那套家伙同他一起去擦鞋。

　　水娃对这活计没有什么信心，他一路上寻思，要是修鞋还差不多，擦鞋？谁花一块钱擦一次鞋（要是鞋油好些得三块），这人准有毛病。但在火车站前，他们摊还没摆好，生意就来了。这一晚上到十一点，水娃竟挣了十四块！但在回去的路上，二宝一脸晦气，说今天生意不好，言下之意显然是水娃抢了他的买卖。

"窗户下那些个大铁箱子是啥？"水娃指着前面的一座楼问。

"空调，那屋里现在跟开春儿似的。"

"城里真好！"水娃抹了一把脸上的汗说。

"在这里只要吃得苦，赚碗饭吃很容易的，但要想成家立业可就没门儿。"二宝说着用下巴指了指那幢楼，"买套房，两三千一平方米呢！"

水娃傻傻地问："平方米是啥？"

二宝轻蔑地晃晃头，不屑理他。

水娃和十几个人住在一间同租的简易房中，这些人大都是进城打工和做小买卖的农民，但在大通铺上位置紧挨着水娃的是个城里人，不过不是这个城市的。在这里时，他和大家都差不多，吃的和他们一样，晚上也是光膀子在外面乘凉；但每天早晨，他都西装革履地打扮起来，走出门去像换了一个人，真给人鸡窝里飞出金凤凰的感觉。这人姓庄名宇，大伙倒是都不讨厌他，这主要是因为他带来的一样东西。那东西在水娃看来就是一把大伞，但那伞是用镜子做的，里面光亮亮的，把伞倒放在太阳地里，在伞把头上的一个托架上放一锅水，那锅底被照得晃眼，锅里的水很快就开了，水娃后来知道这叫太阳灶。大伙用这东西做饭烧水，省了不少钱，可没太阳时不能用。

这把叫太阳灶的大伞没有伞骨，就那么薄薄的一片。水娃最迷惑的时候就是看庄宇收伞：这伞上伸出一根细细的电线一直通到屋里，收伞时庄宇进屋拔下电线的插销，那伞就噗地一下摊到地上，变成了一块银色的布。水娃拿起布仔细看，它柔软光滑，轻得几乎感觉不到分量，表面映着自己变形的怪象，还变幻着肥皂泡表面的那种彩纹，一松手，银布从指缝间无声地滑落到地上，仿佛是一掬轻盈的水银。当庄宇再插上电源的插销时，银布如同一朵开放的荷花般懒洋洋地伸展开来，很快又变成一个圆圆的伞面倒立在地上。水娃再去摸摸那伞面，薄薄的、硬硬的，轻敲发出悦耳的金属声响，它强度很高，在地面固定后能撑住一个装满水的锅或壶。

庄宇告诉水娃："这是一种纳米材料，表面光洁，具有很好的反光性，强度很高。最重要的是，它在正常条件下呈柔软状态，但在通入微弱电流后会变得坚硬。"

水娃后来知道，这种叫纳米镜膜的材料是庄宇的一项研究成果。申请专利后，他倾其所有投入资金，想为这项成果打开市场，但包括便携式太阳灶在内的几项产品都无人问津，结果血本无归，现在竟穷到向水娃借钱交房租。这人虽落到这地步，但一点都没有消沉，每天仍东奔西跑，企图为这种新材料的应用找到出路，他告诉水娃，这是自己跑过的第十三个城市了。

除了那个太阳灶外，庄宇还有一小片纳米镜膜，平时它就像一块银色的小手帕摊放在床边的桌子上。每天早晨出门前，庄宇总要打开一个小小的电源开关，那块银手帕立刻变成硬硬的一块薄片，成了一面光洁的小镜子，庄宇对着它梳理打扮一番。有一天早晨，他对着小镜子梳头时斜视了刚从床上爬起来的水娃一眼，说："你应该注意仪表，常洗脸，头发别总是乱乱的。还有你这身衣服，不能买件便宜点的新衣服吗？"

水娃拿过镜子来照了照，笑着摇摇头，意思是对一个擦鞋的来说，那么麻烦没有用。

庄宇凑近水娃说："现代社会充满着机遇，满天都飞着金鸟儿，说不定哪天你一伸手就抓住一只，前提是你得拿自己当回事儿。"

水娃四下看了看，没什么金鸟儿，他摇摇头说："我没读过多少书呀。"

"这当然很遗憾，但谁知道呢？有时这说不定是一个优势。这个时代的伟大之处就在于捉摸不定，谁也不知道奇迹会在谁身上发生。"

"你……上过大学吧？"

"我有固体物理学博士学位，辞职前是大学教授。"

庄宇走后，水娃目瞪口呆了好半天，然后又摇摇头，心想庄宇这样的人跑了十三个城市都抓不到那鸟儿，自己怎么行呢？他感到这家伙是在取笑自己，不过这人本身也够可怜、够可笑的了。

这天夜里，屋里的其他人有的睡了，有的聚成一堆打扑克，水娃和庄宇则到门外几步远的一个小饭馆里看人家的电视。这时已是夜里十二点，电视中正在播出新闻，屏幕上只有播音员，没有其他画面。

"在今天下午召开的国务院新闻发布会上，新闻发言人透露，举世瞩目的中国太阳工程已正式启动，这是继三北防护林之后又一项改造国土生态的超大型工程……"

水娃以前听说过这个工程，知道它将在我们的天空中再建造一个太阳，这个太阳能给干旱的大西北带来更多的降雨。这事对水娃来说太玄乎，像第一次遇到这类事一样，他想问庄宇，但扭头一看，见庄宇睁圆双眼瞪着电视，半张着嘴，好像被它摄去了魂儿。水娃用手在他面前晃了晃，他毫无反应，直到那则新闻过去很久才恢复常态，自语道："真是，我怎么就没想到中国太阳呢？"

水娃茫然地看着他，他不可能不知道这件连自己都知道的事，这事哪个中国人不知道呢？他当然知道，只是没想到，那他现在想到了什么呢？这事与他庄宇，一个住在闷热的简易房中的潦倒流浪者，能有什么关系？

庄宇说："记得我早上说的话吗？现在一只金鸟飞到我面前了，好大的一只金鸟儿，其实它以前一直在我的头顶盘旋，我居然没感觉到！"

水娃仍然迷惑不解地看着他。

庄宇站起身来："我要去北京了，赶两点半的火车。小兄弟，你跟我去吧。"

"去北京？干什么？"

"北京那么大，干什么不行？就是擦皮鞋，也比这儿挣得多好多！"

于是，就在这天夜里，水娃和庄宇踏上了一列连座位都没有的拥挤的列车。列车穿过夜色中广阔的西部原野，向太阳升起的方向驰去。

人生第三个目标：
到更大的城市，见更大的世面，挣更多的钱

第一眼看到首都时，水娃明白了一件事：有些东西你只有在看见后才知道是什么样的，凭想象是绝对想不出来的。比如北京之夜，就在他的想象中出现过无数次，最早不过是把镇子或矿上的灯火扩大许多倍，然后是把省城的灯火扩大许多倍；然而当他和庄宇乘坐的公共汽车从西站拐入长安街时，他才知道，过去那些灯火就是扩大一千倍，也不是北京之夜的样子。当然，北京的灯绝对不会有一千个省城的灯那么多那么亮，但这夜中北京的某种东西，是那个西部的城市怎样叠加也产生不出来的。

水娃和庄宇在一个便宜的地下室旅馆住了一夜后，第二天早上就分了手。临别时庄宇祝水娃好运，并说如果以后有难处可以找他，但当水娃让他留下电话或地址时，他却说自己现在什么都没有。

"那我怎么找你呢？"水娃问。

"过一阵子，看电视或报纸，你就会知道我在哪里。"

看着庄宇远去的背影，水娃迷惑地摇摇头。他这话可真是费解，这人现在已一文不名，今天连旅馆都住不起了，早餐还是水娃出的钱，甚至连他那个太阳灶，也在起程前留给房东顶了房费。现在，他已是一个除了梦之外什么都没有的乞丐。

与庄宇分别后，水娃立刻去找活儿干，但大都市给他的震撼使他很快忘记了自己的目的。整个白天，他都在城市中漫无目的地闲逛，仿佛是行走在仙境中，一点都不觉得累。

傍晚，他站在首都的新象征之一——去年落成的五百米高的统一大厦前，仰望着那直插云端的玻璃绝壁。在那上面，渐渐暗下去的晚霞和很快亮起来的城市灯海在进行着摄人心魄的光与影的表演，水娃看得脖子酸疼。当他正要走开时，大厦本身的灯也亮了起来，这奇景以一种更大的力量攫住了水娃的全部身心，他继续在那里仰头呆望着。

"你看了很长时间，对这工作感兴趣？"

水娃回头，看到说话的是一个年轻人，典型的城里人打扮，但手里拿着一顶黄色的安全帽。"什么工作？"水娃迷惑地问。

"那你刚才在看什么？"那人问，同时拿安全帽的手向上一指。

水娃抬头向他指的方向看，看到高高的玻璃绝壁上居然有几个人，从这里看去只是几个小黑点。"他们站那么高干什么呀？"水娃问，又仔细地看了看，"擦玻璃？"

那人点点头："我是蓝天建筑清洁公司的人事主管，我们公司主要承揽高层建筑的清洁工程，你愿意干这工作吗？"

水娃再次抬头看，高空中那几个蚂蚁似的小黑点让人头晕目眩："这……太吓人了。"

"如果是担心安全，那你尽管放心。这工作看起来危险——正是这点使它招工很难，我们现在很缺人手——但我向你保证，安全措施是很完备的，只要严格按规程操作，绝对不会有危险，且工资在同类行业中是最高的。你嘛，每月工资一千五，工作日管午餐，公司代买人身保险。"

这钱数让水娃吃了一惊，他呆呆地望着经理，后者误解了水娃的意思："好吧，取消试用期，再加三百，每月一千八，不能再多了。以前这个工种基本工资只有四五百，每天有活儿干再额外计件，现在是固定月薪，相当不错了。"

于是，水娃成了一名高空清洁工，被称为蜘蛛人。

人生第四个目标：成为一个北京人

水娃与四位工友从航天大厦的顶层谨慎地下降，用了四十分钟才到达它的第八十三层，这是他们昨天擦到的位置。蜘蛛人最头疼的活儿就是擦倒角墙，即与地面的角度小于九十度的墙。而航天大厦的设计者为了表现他那变态的创意，把整个大厦设计成倾斜的，在顶部由一根细长的立枝与地面支撑。据这位著名建筑师说，倾斜更能表现出上升感。这话似乎有道理，这座摩天大厦也名扬世界，成为北京的又一标志性建筑。但这位建筑大师的祖宗八代都被北京的蜘蛛人骂遍了，清洁航天大厦的活儿对他们来说几乎是一场噩梦，因为这个倾斜的大厦整整一面全是倒角墙，高达四百米，与地面的角度小到六十五度。

到达工作位置后，水娃仰头看看，头顶上这面巨大的玻璃悬崖仿佛正在倾倒下来。他一只手打开清洁剂容器的盖子，另一只手紧紧抓着吸盘的把手。这种吸盘是为清洁倒角墙特制的，但并不好使，常常脱吸，这时蜘蛛人就会荡离墙面，被安全带吊着在空中打秋千。这种事在清洁航天大厦时多次发生，每次都让人魂飞天外。就在昨天，水娃的一位工友脱吸后远远地荡出去，又荡回来，在强风的推送下直撞到墙上，撞碎了一大块玻璃，他的额头和手臂上各划了一道大口子，而那块昂贵的镀膜高级建筑玻璃让他这一年的活儿白干了。

到现在为止，水娃干蜘蛛人的工作已经两年多了，这活儿可真不容易。在地面上有二级风力时，百米空中的风力就有五级，而在现在的四五百米的超高层建筑上，风就更大了。危险自不必说，从本世纪初开始，蜘蛛人的坠落事故就时有发生。在冬天时那强风就像刀子一样锋利；清洗玻璃时最常用的氢氟酸洗涤剂腐蚀性很大，使手指甲先变黑再脱落，而到了夏天，为防洗涤药水的腐蚀，还得穿着不透气的雨衣、雨鞋；如果是擦镀膜玻璃，背上太阳暴晒，面前玻璃反射的阳光让人睁不开眼，这时水娃的感觉真像是被放在庄宇的太阳灶上。

但水娃热爱这个工作，这两年多是他有生以来最快乐的时光。这固然是因为在外地来京的低文化层次的打工者中，蜘蛛人的收入相对较高，更重要的是，他从工作中获得了一种奇妙的满足感。他最喜欢干那些别的工友不愿意干的活儿——清洁新近落成的超高建筑，这些建筑的高度都在两百米以上，最高的达五百米。悬在这些摩天大楼顶端的外墙上，北京城在下面一览无遗地伸延开来。从这里看下去，那些上世纪建成的所谓的高层建筑都是那么矮小，再远一些的就像一簇簇插在地上的细木条，而城市中心的紫禁城则像是用金色的积木搭起来的。在这个高度听不到城市的喧闹，北京成了一个可以一眼望全的整体，成了一个以蛛网般的公路为血脉的巨大的生命体，在下面静静地呼吸着。有时，摩天大楼高耸在云层之上，腰部以下笼罩在阴暗的暴雨之中，腰部以上却阳光灿烂，蜘蛛人干活儿时脚下是一望无际的滚滚云海，每到这时，水娃总觉得他的身体都被云海之上的强风吹得透明了……

水娃从这些经历中领悟了一个哲理：事情得从高处才能看清楚。如果你淹没于这座大都市之中，周围的一切都是那么纷繁复杂，城市仿佛是一个无边无际的迷宫，但从这高处一看，整座城市不过是一个有一千多万人的大蚂蚁窝罢了，而它周围的世界又是那么广阔。

在第一次领到工资后，水娃到一个大商场转了转，乘电梯上到第三层时，他发现这是一个让自己迷惑的地方。与繁华的下两层不同，这一层的大厅比较空旷，只摆放着几张大得惊人的低桌子，在每张桌子宽阔的桌面上，都有一片小小的楼群，每幢楼有一本书那么高。楼间有翠绿的草地，草地上有白色的凉亭和回廊……这些小建筑好像是用象牙和奶酪做成的，看上去那么可爱，它们与绿草地一起，构成了精致的小世界，在水娃眼中，真像是一个个小天堂的模型。最初他猜测这是某种玩具，但这里见不到孩子，桌边的人们也一脸认真和严肃。他站在一个小天堂边上对着它出神地望了很久，一位漂亮小姐过来招呼他，他这才知道这里是出售商品房的地方。他随便指着一幢小楼，问最顶上那套房多少钱，小姐告诉他那是三室一厅，每平方米三千五百元，总价值三十八万。听到这数目，水娃倒吸一口冷气，但小姐接下来的话让这冷酷的数字温柔了许多："分期付款，每月一千五百到两千元。"

他小心地问："我……我不是北京人，能买吗？"

小姐给了他一个动人的微笑："您可真逗，户口已经取消几年了，还有什么北京人不北京人的？您住下不就是北京人了吗？"

水娃走出商场后，漫无目的地在街上走了很长时间，夜中的北京在他的周围五光十色地闪耀着，他拿着售房小姐给他的几张花花绿绿的广告纸，不时停下来看看。仅在一个多月前，在那座遥远的西部城市的简易房中，在省城拥有一套住房对他来说都还是一个神话。现在，他离买下那套北京的住房还有相当的距离，但这已不是神话了，它由神话变成了梦想，而这梦想，就像那些精致的小模型一样，实实在在地摆在眼前，可以触摸到了。

这时，有人在里面敲水娃正在擦的这面玻璃，这往往是麻烦事。在办公室窗上出现的高楼清洁工总让超级大厦中的白领们有一种莫名的烦恼，好像这些人真如其俗名那样是一个个异类大蜘蛛，他们之间的隔阂远不止那面玻璃。在蜘蛛人干活儿时，里面的人不是嫌有噪声就是抱怨阳光被挡住了，变着法儿和他们过不去。航天大厦的玻璃是半反射型的，水娃很费劲地向里面看，终于看清了里面的人，那人居然是庄宇！

分手后，水娃一直惦记着庄宇，在他的记忆中，庄宇一直是一个西装革履的流浪汉，在这个大城市中深一脚浅一脚地过着艰难的生活。在一个深秋之夜，正当水娃在宿舍中默默地为庄宇过冬的衣服发愁时，却真的在电视上看到了他！当时，中国太阳工程正在选择构建反射镜的材料，这是工程最关键的技术核心，在十几种材料中，庄宇研制的纳米镜膜被最后选中了。他由一名科技流浪汉变成了中国太阳工程的首席科学家之一，一夜之间举世闻名。这以后，虽然庄宇频频在各种媒体中出现，但水娃反而把他忘记了——他觉得他们之间已没有什么关系。

在那间宽大的办公室里，水娃看到庄宇与两年前相比，从里到外都没有变，甚至还穿着那身西装。现在水娃知道，这身当时在他眼中高级华贵的衣服实际上次透了。水娃向他讲述了自己在北京的生活，最后笑着说："看来咱俩在北京干得都不错。"

"是的是的，都不错！"庄宇激动地连连点头，"其实，那天早晨对你说那些关于时代和机遇的话时，我几乎对一切都失去了信心，我是说给自己听的，但这个时代真的充满了机遇。"

水娃点点头："到处都是金色的鸟儿。"

接着，水娃打量起这间充满现代感的大办公室来。这里最引人注目的是室内不同寻常的装饰——天花板整个是一幅星空的全息图像，所以在办公室中的人如同置身于一个灿烂星空下的院子。在这星空的背景前悬浮着一个银色的圆形曲面，那是一个镜面，很像庄宇的那个太阳灶，但水娃知道，这个太阳灶面积可能有几十个北京那么大。在天花板的一角，有一盏球形的灯，与这镜面一样，这灯球没有任何支撑地悬浮在空中，发出耀眼的黄光。镜面把它的一束光投射到办公桌旁的一个大地球仪上，在其表面打出一个圆圆的亮点。那个灯球在天花板下缓缓飘移着，镜面转动着追踪它，始终保持着那束投向地球仪的光。星空、镜面、灯球、光束、地球仪和其表面的亮点，形成了一幅抽象而神秘的构图。

"这就是中国太阳吗？"水娃指着镜面敬畏地问。

庄宇点点头："这是一个面积达三万平方千米的反射镜，它在三万六千千米高的同步轨道上向地球反射阳光。从地面看上去，天空中像多了个太阳。"

"我一直搞不明白，天上多个太阳，地上怎么会多了雨水呢？"

"这个人造太阳可以以多种方式影响天气，比如通过改变大气的热平衡来影响大气环流、增加海洋蒸发量、移动锋面等等，这一两句话说不清楚。其实，轨道反射镜只是中国太阳工程的一部分，另一部分是一个复杂的大气运动模型，它运行在许多台超级计算机上，精确地模拟出某一区域大气的运动状态，然后找准一个关键点，用人造太阳的热量施加影响，就会产生出巨大的效应，足以在一段时间内完全改变目标区域的气候……这个过程极其复杂，不是我的专业，我也不太明白。"

水娃又问了一个庄宇肯定明白的问题，他知道自己的问题太傻，但还是鼓足勇气问了出来："那么大个东西悬在天上，不会掉下来吗？"

庄宇默默地看了水娃几秒钟，又看了看表，一拍水娃的肩膀说："走，我请你吃饭，同时让你明白中国太阳为什么不会掉下来。"

但事情远没有庄宇想得那么简单，他不得不把要讲授的知识线移到粗浅的底层。水娃知道自己生活在一个圆球上，但他意识深处的世界还是一个天圆地方的结构，庄宇费了很大劲才使他真正明白了地球只是一颗飘浮在无际虚空中的小石球。这个晚上水娃并没有搞明白中国太阳为什么不会掉下来，但这个宇宙在他的脑海中已完全变了样，他进入了自己的托勒密时代。第二个晚上，庄宇同水娃到大排档去吃饭，并成功地使水娃进入了哥白尼时代。又用了两个晚上，水娃艰难地进入了牛顿时代，知道了（当然仅仅是知道了）万有引力。接下来的一个晚上，借助于办公室中的那个大地球仪，庄宇使水娃迈进了航天时代。在接下来的一个公休日，也是在那个大地球仪前，水娃终于明白了"同步轨道"是什么意思，同时也明白了中国太阳为什么不会掉下来。

在这一天，庄宇带水娃参观了中国太阳工程的指挥中心，在一个高大的屏幕上映出了同步轨道上中国太阳建设工地的全景：漆黑的空间中飘忽着几块银色的薄片，航天飞机在那些薄片前像几只小小的蚊子。最让水娃感到震撼的，是另一个大屏幕上从三万六千千米高度拍摄的地球，他看到，大陆像漂浮在海洋上的一张张大牛皮纸，山脉像牛皮纸的皱褶，而云层如同牛皮纸上残留的一片片白糖末……庄宇指给水娃看哪里是他的家乡，哪里是北京，水娃呆呆地看了好半天，冒出一句话："站在这么高处，人想的事情肯定不一样……"

三个月后，中国太阳的主体工程完工，在国庆节之夜，反射镜首次向地球的黑夜部分投射阳光，并把巨大的光斑固定在京津地区。这天夜里，水娃在天安门广场上同几十万人一起目睹了这壮丽的日出：西边的夜空中，一颗星星的亮度急剧增强，在这颗星星的周围有一圈蓝天在扩散，当中国太阳的亮度达到最大时，这圈蓝天已占据了半个天空的面积，在它的边缘，色彩由纯蓝渐渐过渡到黄色、橘红和深紫，这圈渐变的色彩如一圈彩虹把蓝天围在中央，形成了人们所称的"环形朝霞"。

水娃在凌晨四点才回到宿舍。他躺在狭窄的上铺，中国太阳的光芒从窗中照进来，照在枕边墙上那几张商品住宅广告上，水娃把那几张彩纸从墙上撕了下来。

在中国太阳的天国之光下，他曾为之激动不已的理想显得那么平淡渺小。

两个月后，清洁公司的经理找到水娃，说中国太阳工程指挥中心的庄总让他去一下。自从清洁航天大厦的活儿干完后，水娃就再也没见过庄宇。

　　"你们的太阳真是伟大！"在航天大厦的办公室中见到庄宇后，水娃由衷地赞叹道。

　　"是我们的太阳，特别是你也有份儿：现在在这里看不到中国太阳了，它正在给你的家乡造雪呢！"

　　"我爸妈来信说，家里今冬的雪真的多了起来！"

　　"但中国太阳也遇到了大问题，"庄宇指指身后的一块大屏幕，上面显示着两个圆形的光斑，"这是在同一位置拍摄的中国太阳的图像，时隔两个月，你能看出来它们有什么差别吗？"

　　"左边那个亮一些。"

　　"看，仅两个月，反射率的降低用肉眼都能看出来了。"

　　"怎么？是大镜子上落灰了吗？"

　　"太空中没有灰，但有太阳风，也就是太阳喷出的粒子流。时间一长，它使中国太阳的镜面表层发生了质变，镜面就蒙上了一层极薄的雾膜，反射率就降低了。一年以后，镜面将变得像蒙上一层水雾一样，那时中国太阳就会变成中国月亮，什么事都干不了了。"

　　"你们开始没想到这些吗？"

　　"当然想到了……我们还是谈你的事吧，想不想换个工作？"

　　"换工作？我还能干什么呢？"

　　"还是干高空清洁工，但是在我们这里干。"

　　水娃迷惑地四下看看："你们的大楼不是刚清洁过吗？还用专门雇高空清洁工？"

　　"不，不是让你擦大楼，是擦中国太阳。"

人生第五个目标：飞向太空擦太阳

这是一次由中国太阳工程运行部的高层领导人参加的会议，讨论成立镜面清洁机构的事。庄宇把水娃介绍给大家，并介绍了他的工作。当有人问到学历时，水娃诚实地说他只读过三年小学。

"但我认字的，看书没问题。"水娃对与会者说。

一阵笑声响起。

"庄总，你这是在开玩笑吗？"有人气愤地喊道。

庄宇平静地说："我没开玩笑。如果组成三十个人的镜面清洁队，把中国太阳全部清洁一遍需要半年时间。按照清洁周期，清洁队需要不停地工作，这至少要有六十到九十人进行轮换。如果正在制订中的《空间劳动保护法》出台，这种轮换可能需要更多的人，也就是说需要一百二十甚至一百五十人。我们难道要让一百五十名有博士学位的、在高性能歼击机上飞过三千小时的宇航员去干这项工作吗？"

"那也得差不多吧？在城市高等教育已经普及的今天，让一个文盲飞向太空？"

"我不是文盲！"水娃对那人说。

对方没理他，接着对庄宇说："这是对这个伟大工程的亵渎！"

与会者们纷纷点头赞同。

庄宇也点点头："我早就料到各位会有这种反应。在座的，除了这位清洁工之外，都具有博士学位，那么，就让我们看看各位在清洁工作中的表现吧！请跟我来。"

十几名与会者迷惑不解地跟着庄宇走出会议室，走进电梯。这种摩天大楼中的电梯分快、中、慢三种，他们乘坐的是最快的电梯，飞快加速，直上大厦的顶层。

有人说："我是第一次乘这个电梯，真有乘火箭升空的感觉！"

"我们进入同步轨道后，大家还将体验清洁中国太阳的感觉。"庄宇说，周围的人都向他投来奇怪的目光。

走出电梯后，大家又跟着庄宇爬了一段窄扶梯，最后从一扇小铁门走出去，来到了大厦的露天楼顶。他们立刻置身于阳光和强风之中，上面的蓝天似乎比平时看到的清澈了许多，向四周望去，北京城尽收眼底。他们发现楼顶上已经有一小群人在等着，水娃吃惊地发现那竟是清洁公司的经理和他的蜘蛛人工友们！

庄宇大声说："现在，我们就请大家体验一下水娃的工作。"

于是，那些蜘蛛人走过来给每一位与会者扎上安全带，然后领他们走到楼顶边缘，让他们小心地站到十几个作为蜘蛛人工作平台的小小的吊板上。吊板开始慢慢下降，悬在距楼顶边缘五六米处不动了，被挂在大厦玻璃墙上的与会者们发出了一阵绝不掺假的惊叫声。

"各位，我们继续开会吧！"庄宇蹲着从楼顶边缘探出身去对下面的人喊。

"混蛋！快拉我们上去！"

"你们每人必须擦完一块玻璃才能上来！"

擦玻璃是不可能的，下面的人能做的只是死抓着安全带或吊板的绳索一动不敢动，根本不可能松开一只手去拿起放在吊板上的刷子或打开清洁剂桶的盖子。在日常工作中，这些航天官员每天都在图纸或文件上与几万千米的高度打交道，但在这亲身体验中，四百米的高度已经令他们魂飞天外了。

庄宇站起身，走到一位空军大校的上面，他是被吊下去的十几个人中唯一镇定自若者。他开始擦玻璃，动作沉稳。最让水娃吃惊的是，他的两只手都在干活，并没有抓着什么稳定自己，而他的吊板在强风中贴着墙面一动不动，这对蜘蛛人来说也只有老手才能做到。但当水娃认出他就是十多年前一艘飞船上的一名宇航员时，对眼前所见也就不奇怪了。

庄宇问："张大校，你坦率地说，眼前的工作真的比你们在轨道上的太空行走作业容易吗？"

"如果仅从体力和技巧上来说，相差不是太多。"前宇航员回答说。

"说得好！宇航训练中心的一项研究表明，在人体工程学上，高层建筑清洁工的工作与太空中的镜面清洁工作有许多相似之处：都是在危险的需要时时保持平衡的位置上，从事重复单调且消耗体力的劳动；都要时时保持着警觉，稍一疏忽就会有意外事故发生。这事故对宇航员来说，可能是错误飘移、生命维持系统失灵、工具或材料丢失等等；对蜘蛛人来说，则可能是撞碎玻璃、安全带断裂滑脱、工具或清洁剂跌落等等。在体能技巧方面，特别是在心理素质方面，蜘蛛人完全有能力胜任镜面清洁工作。"

前宇航员仰视着庄宇点了点头："这使我想起了那个古老的寓言，卖油人把油通过一个铜钱的方孔倒进油壶中，所需的技巧与将军把箭射中靶心同样高超，差异只在于他们的身份。"

庄宇接着说："哥伦布发现了美洲，库克发现了澳洲，这些新世界都是由普通人开发的，这些开拓者在当时的欧洲处于社会的最下层。太空开发也一样，国家在下一个五年计划中把近地空间作为第二个西部，这就意味着航天事业的探险时代已经结束，它不再只是由少数精英从事的工作，让普通人进入太空，是太空开发产业化的第一步！"

"好了好了，你说的都对！可快把我们弄上去啊！"下面的其他人声嘶力竭地喊着。

在回去的电梯上，清洁公司的经理凑到庄宇耳边低声说："庄总，您慷慨激昂了半天，讲的道理有点太大了吧？当然，当着水娃和我这些小弟兄的面，您不好把关键之处挑明。"

"嗯？"庄宇询问地看着他。

"谁都知道，中国太阳工程是以准商业方式运行的，中途差点因资金缺口而停工，现在，留给你们的运行费用没有多少了。在商业宇航中，正规宇航员的年薪都在百万以上，我这些小伙子每年就可以给你们省几千万。"

庄宇神秘地一笑，说："您以为，为这区区几千万我值得冒这个险吗？我这次故意把镜面清洁工的文化程度标准压到最低，这个先例一开，中国太阳运行中在空间轨道的其他工作岗位，我就可以用普通大学毕业生来做，这一下，省的可不止几千万。如您所说，这也是没办法的办法，我们真的没剩多少钱了。"

经理说："在我的童年和少年时代，进入太空是一种何等浪漫的事业。现在，"他拍着庄宇的后背苦笑着摇摇头，"我们彼此彼此了。"

庄宇扭头看了看那几名蜘蛛人小伙子，放大了声音说："但是，先生，我给他们的工资怎么说也是你给的八到十倍！"

第二天，包括水娃在内的六十名蜘蛛人进入了坐落在石景山的中国宇航训练中心，他们都是从外地来京打工的农村后生，来自中国广阔田野的各个偏僻角落。

镜面农夫

西昌基地，"地平线"号航天飞机从它的发动机喷出的大团白雾中探出头来，轰鸣着升上蓝天。机舱里坐着水娃和其他十四名镜面清洁工——

经过三个月的地面培训，他们被从六十人中挑选出来，组成第一分队，进入太空进行实际操作。

在水娃这时的感觉中，超重远不像传说中那么可怕，他甚至有一种熟悉的舒适感，这是孩子被母亲紧紧抱在怀中的感觉。在他右上方的舷窗外，天空的蓝色在渐渐变深。舱外隐约传来爆破螺栓的啪啪声，助推器分离，发动机声由震耳的轰鸣变为蚊子似的嗡嗡声。天空变成深紫色，最后完全变黑，星星出现了，都不眨眼，十分明亮。嗡嗡声戛然而止，舱内变得很安静，座椅的振动消失了，接着后背对椅面的压力也消失了，失重出现。水娃他们是在一个巨大的水池中进行的失重训练，这时的感觉还真像是浮在水中。但安全带还不能解开，发动机又嗡嗡地叫了起来，重力又把每个人按回椅子上，漫长的变轨飞行开始了。小小的舷窗中，星空和海洋交替出现，舱内不时充满了地球反射的蓝光和太阳白色的光芒。窗口中能看到的地平线的弧度一次比一次大，能看到的海洋和陆地的景色范围也一次比一次大。向同步轨道的变轨飞行整整持续了六个小时，舷窗中星空和地球的景色交替，渐渐具有催眠作用，水娃居然睡着了。但他很快被扩音器中指令长的声音惊醒，那声音说变轨飞行结束了。

舱内的伙伴们纷纷飘离座椅，紧贴着舷窗向外瞅。水娃也解开安全带，用游泳的动作笨拙地飘到离他最近的舷窗，他第一次亲眼看到了完整的地球。但大多数人都挤在另一侧的舷窗边，他也一蹬舱壁蹿了过去，因速度太快在对面的舱壁上碰了脑袋。从舷窗望出去，他才发现"地平线"号已经来到中国太阳的正下方，反射镜已占据了星空的大部分面积，航天飞机如同飞行在一个巨大的银色穹顶下的一只小蚊子。"地平线"号继续靠近中国太阳，水娃渐渐体会到镜面的巨大：它已占据了窗外的所有空间，一点都感觉不到它的弧度，他们仿佛飞行在一望无际的银色平原上。距离在继续缩短，镜面上现出了"地平线"号的倒影。银色大地上有一条条长长的接缝，这些接缝像地图上的经纬线一样织成了方格，成了能使人感觉到相对速度的唯一参照物。渐渐地，银色大地上的经线不再平行，而是向一点会聚，这趋势急剧加快，好像"地平线"号正在驶向这巨大地图上的一个极点。极点很快出现了，所有经向接缝都会聚在一个小黑点上，航天飞机向着这个小黑点下降。水娃震惊地发现，这个黑点竟是这银色大地上的一座大楼，这座大楼是一个全密封的圆柱体。水娃知道，这就是中国太阳的控制站，是他们以后三个月在这冷寂太空中唯一的家。

太空蜘蛛人的生活就这样开始了。每天（中国太阳绕地球一周的时间也是二十四小时），镜面清洁工们驾驶着一台台有手扶拖拉机大小的机器擦光镜面。他们开着这些机器在广阔的镜面上来回行驶，很像在银色的大地上耕种着什么，于是新闻媒体给他们起了一个诗意的名字："镜面农夫"。这些农夫的世界是奇特的，他们脚下是银色的平原，由于镜面的弧度，这平原在远方的各个方向缓缓升起，但由于面积巨大，周围看上去如水面般平坦。上方，地球和太阳总是同时出现，后者比地球小得多，倒像是它的一颗光芒四射的卫星。在占据大部分天空的地球上，总能看到一个缓缓移动的圆形光斑，在地球黑夜的一面这光斑尤其醒目，这就是中国太阳在地球上照亮的区域。镜面可以调整形状以改变光斑的大小，当银色大地在远方上升的坡度较陡时，光斑就小而亮，当上升坡度较缓时，光斑就大而暗。

镜面清洁工的工作是十分艰辛的，他们很快发现，清洁镜面的枯燥和劳累，比在地球上擦高楼有过之而无不及。每天收工回到控制站后，他们往往累得连太空服都脱不下来。随着后续人员的到来，控制站里拥挤起来，人们像生活在一艘潜水艇中。但能够回到控制站里还算幸运，镜面上距控制站最远处近一百千米，清洁到外缘时往往下班后回不来，他们只能在"野外"过"夜"，从太空服中吸些流质食物，然后悬在半空中睡觉。工作的危险更不用说，镜面清洁工是人类航天史上在太空行走最多的人，在"野外"，太空服的一个小故障就足以置人于死地，还有微陨石、太空垃圾和太阳磁暴等等。这样的生活和工作条件使控制站中的工程师们怨气冲天,天生就能吃苦的镜面农夫们却默默地适应了这一切。

在进入太空后的第五天,水娃与家里通了话,这时水娃正在距控制站五十多千米处干活,他的家乡正处于中国太阳的光斑之中。

水娃爹:"娃啊,你是在那个日头上吗?它在俺们头上照着呢。这夜跟白天一样啊!"

水娃:"是,爹,俺是在上面!"

水娃娘:"娃啊,那上面热吧?"

水娃:"说热也热,说冷也冷。俺在地上投了个影儿,影儿的外面有咱那儿十个夏天热,影儿的里面有咱那儿十个冬天冷。"

水娃娘对水娃爹说:"我看到咱娃了,那日头上有个小黑点点!"

水娃知道那是不可能的,他的眼泪涌了出来,说:"爹、娘,俺也看到你们了,亚洲大陆的那个地方也有两个小黑点点!明天多穿点衣服,我看到一大股寒流从大陆北面向你们那里移过来了!"

…………

三个月后换班的第二分队到来,水娃他们返回地球去休三个月的假。他们着陆后的第一件事就是每人买了一架单筒高倍望远镜。三个月后他们回到中国太阳上,在工作的间隙大家都用望远镜遥望地球,望得最多的当然还是家乡,但在三万多千米的高空是不可能看到他们的村庄的。他们中有人用粗笔在镜面上写下了一首稚拙的诗:

> 在银色的大地上我遥望家乡
> 村边的妈妈仰望着中国太阳
> 这轮太阳就是儿子的眼睛
> 黄土地将在这目光中披上绿装

镜面农夫们的工作是出色的，他们逐渐承担了更多的任务，范围超出了他们的清洁工作——首先是修复被陨石破坏的镜面，后来又承担了一项更高层次的工作，监视和加固应力超限点。

中国太阳在运行中，其姿态总是在不停地变化，这些变化是由分布在其背面的三千台发动机完成的。反射镜的镜面很薄，它由背面的大量细梁连成一个整体，在进行姿态或形状改变时，有些位置可能发生应力超限，如果不及时对各发动机的出力给予纠正，或在那个位置进行加固，任其发展，超限应力就可能撕裂镜面。这项工作的技术要求很高，发现和加固应力超限点都需要熟练的技术和丰富的经验。

除了进行姿态和形状调整外，最有可能发生应力超限的时间是在轨道"理发"时，这项操作的正式名称是"光压和太阳风所致轨道误差修正"。太阳风和光压对面积巨大的镜面产生作用力，这种力量在每平方千米的镜面上达两千克左右，使镜面轨道变扁上移，在地面控制中心的大屏幕上，变形的轨道与正常的轨道同时显示，很像是正常的轨道上长出了头发，这个离奇的操作名称由此而来。轨道"理发"时，镜面产生的加速度比姿态和形状调整时大得多，这时镜面农夫们的工作十分重要，他们飞行在银色大地上空，仔细地观察着地面的每一处异常变化，随时进行紧急加固，每次都出色地完成了任务。他们的收入因此增长很多，但这中间获利最多的，还是已成为中国太阳工程第一负责人的庄宇，他连普通大学毕业生也不必雇用了。

但镜面农夫们都明白，他们这批人是第一批也是最后一批只有小学文化程度的太空工人了，以后太空工人的文化程度最低也是大学毕业。但他们完成了庄宇交给他们的使命，证明了太空开发中的底层工作最重要的是技巧和经验，是对艰苦环境的适应能力，而不是知识和创造力，普通人完全可以胜任。

但太空也在改变着镜面农夫们的思维方式，没有人能像他们这样，每天从三万六千千米居高临下地看地球，世界在他们面前只是一个可以一眼望全的小沙盘，地球村对他们来说不是一个比喻，而是眼前实实在在的现实。

镜面农夫作为第一批太空工人，曾在全世界引起了轰动。但随着近地空间开发产业化的飞速发展，许多超级工程在太空中出现，其中包括用微波向地面传送电能的超大型太阳能电站、微重力产品加工厂等，可容纳十万人的太空城也开始建设。大批产业工人拥向太空，他们都是普通人，世界渐渐把镜面农夫们忘记了。

几年后，水娃在北京买了房子，建立了家庭，又有了孩子。每年他有一半时间在家里，一半时间在太空。他热爱这项工作，在三万多千米高空的银色大地长时间地巡行，使他的心中产生了一种超脱的宁静，他觉得自己找到了理想的生活，未来就如同脚下的银色平原一样平滑地向前伸展。但后来的一件事打破了这种宁静，彻底改变了水娃的心路历程，这就是他与著名天体物理学家金的交往。

近地轨道的第一所太空低重力疗养院建立后，金便成为第一位疗养者。但上太空过程中发生的超重反应差一点要了他的命，返回地面也要经受超重，所以在太空电梯或反重力舱之类的运载工具发明之前，他可能回不了地球了。事实上，医生建议他长住太空，因为失重环境对他的身体是最合适不过的。

金开始对中国太阳没什么兴趣，他从低轨道再次忍受加速重力（当然比从地面进入太空时小得多）来到位于同步轨道的中国太阳，是想看看在这里进行的一项关于背景辐射强度各向微小异性的宇宙学观测。观测站之所以设在中国太阳背面，是因为巨大的反射镜可以挡住来自太阳和地球的干扰。但在观测完成，观测站和工作小组都撤走后，金仍不想走，说他喜欢这里，想多待一阵儿。中国太阳的什么东西吸引了他，新闻界做出了各种猜测，但只有水娃知道实情。

在中国太阳上生活的日子里，金最喜欢做的事就是在镜面上散步，让人不可理解的是，他只在反射镜的背面散步，每天散步的时间长达几个小时。空间行走经验最丰富的水娃被站里指定陪金博士散步。这时的金已与爱因斯坦齐名，水娃当然听说过他，但在控制站内第一次见到他时还是很吃惊，水娃想象不出一个瘫痪到如此程度的人怎么能取得这么大的成就，尽管他对这位大科学家做了什么还一无所知。在散步时，他丝毫看不出金瘫痪，也许是有了操纵电动轮椅的经验，金操纵太空服上的微型发动机与正常人一样灵活。

金与水娃的交流很困难，他虽然植入了由脑电波控制的电子发声系统，说话不像上个世纪那么困难了，但他的话要通过实时翻译器译成中文水娃才能听得懂。按领导的交代，为了不影响博士思考问题，水娃从不主动搭话，博士却很愿与他交谈。

博士最先是问水娃的身世，然后回忆起自己的早年，他向水娃讲述童年时在阿尔班斯住的那幢阴冷的大房子，冬天结了冰的高大客厅中响着瓦格纳的音乐；还有那辆放在奥斯明顿磨坊牧场的马戏车，他常和妹妹玛丽一起乘着它到海滩去；还有他常与父亲去的齐尔顿领地的爱文豪灯塔……水娃惊叹这位百岁老人的记忆力，更让他吃惊的是，他们之间居然有共同语言，水娃讲述家乡的一切，博士都很爱听，走到镜面边缘时还让水娃指给他看家乡的位置。

时间长了，谈话不可避免地转到科学方面，水娃本以为这会结束他们之间难得的交流，但并非如此，用最通俗的语言向普通人讲述艰深的物理学和宇宙学，对博士似乎是一种休息。他向水娃讲述了大爆炸、黑洞、量子引力，水娃回去后就啃博士在上世纪写的那本薄薄的小书，再向站里的工程师和科学家请教，居然明白了不少。

"知道我为什么喜欢这里吗？"一次散步到镜面边缘时，博士对着从边缘露出一角的地球，对水娃说，"这个大镜面隔开了下面的地球，使我忘记了尘世的存在，能全身心地面对宇宙。"

水娃说："下面的世界好复杂的，可从这里远远地看，宇宙又是那么简单，只是空间中撒着一些星星。"

"是的，孩子，真是这样。"博士点点头说。

反射镜的背面与正面一样，也是镜面，只是多了如一座座小黑塔似的姿态和形状调整发动机。每天散步时，博士和水娃两人就紧贴着镜面缓缓地飘行，常常从中心一直飘到镜面的边缘。没有月亮时，反射镜的背面很黑，表面是星空的倒影。与正面相比，这里的地平线很近，且能看出弧形，星光下，由支撑梁组成的黑色经纬线在他们脚下移动，他们仿佛飘行在一个宁静的小星球的表面。遇上姿态或形状调整，反射镜背面的发动机启动，这小星球的表面就会被一簇簇小火苗照亮，更使这里显出一种美丽的神秘。在这小小的世界之上，银河在灿烂地照耀着。就在这样的境界中，水娃第一次接触到宇宙最深层的奥秘，他明白了自己所看到的所有星空，在大得无法想象的宇宙中也只是一粒灰尘，而这整个宇宙，不过是百亿年前一次壮丽焰火的余烬。

许多年前作为蜘蛛人踏上第一座高楼的楼顶时，水娃看到了整个北京；来到中国太阳时，他看到了整个地球；现在，水娃面对着他人生第三个壮丽的时刻，他站到了宇宙的楼顶上，看到了他以前做梦都不会想到的东西，虽然他获得的知识还很粗浅，但足以使那更遥远的世界对他产生一种难以抗拒的吸引力。

有一次水娃向站里的一位工程师说出了自己的一个困惑："人类在 20 世纪 60 年代就登上了月球，为什么后来反而缩了回来，到现在还没登上火星，甚至连月球也不去了？"

工程师说："人类是现实的动物，20 世纪中叶那些由理想主义和信仰驱动的外太空探索是没有长久生命力的。"

"理想和信仰不好吗？"

"不是说不好，但直接创造经济利益更好。如果从那时开始人类就不惜代价，做飞向外太空的赔本买卖，地球现在可能还在贫困之中，你我这样的普通人反而不可能进入太空，即使只是在近地空间。朋友，别中了金的毒，他那套东西一般人玩不了的！"

水娃从此变了，他仍然与以前一样努力工作，表面平静地生活，但显然在想着更多的事。

时光飞逝，二十年过去了。这二十年中，水娃和他的伙伴们从三万六千多千米的高度清楚地看到了祖国和世界的变化。他们看到，三北防护林形成了一条横贯中国东西的绿带，黄色的沙漠渐渐被绿色覆盖，家乡也不再缺少雨水和白雪，村前干枯的河床又盈满了清流……这一切也有中国太阳的一份功劳，它在改变大西北气候的宏大工程中起了很大的作用。除此之外，这些年中国太阳还干了许多不寻常的事，比如融化乞力马扎罗山的积雪以缓解非洲干旱，使举行奥运会的城市成为真正的不夜城……

但对于最新的科学技术来说，用这种方式影响天气显得过于笨拙，且有太多的副作用，中国太阳已完成了它的使命。

国家太空产业部举行了一个隆重的仪式，为人类第一批太空产业工人授勋。这不仅仅是表彰他们二十年来辛勤而出色的工作，更重要的是，这六十位只有小学和初中文化程度的青年进入太空工作，标志着太空开发已对所有人敞开了大门，经济学家们一致认为，这是太空开发产业化的真正开端。

这个仪式引起了新闻媒体的极大注意，除了以上的原因，在普通大众心中，镜面农夫们的经历具有传奇色彩，同时，在这个追逐与忘却的时代，有一个怀旧的机会也是很不错的。

当年那些憨厚朴实的小伙子现在都已人到中年，但他们看上去变化并不是太大，人们从全息电视中还能认出他们。他们中的大部分人已通过各种方式接受了高等教育，其中有一些人还获得了太空工程师的职称，但无论在自己还是公众的眼里，他们仍是那群来自乡村的打工者。

水娃代表伙伴们讲话，他说："随着电磁输送系统的建成，现在进入近地空间的费用，只及乘飞机飞越太平洋费用的一半，太空旅行已变成了一件平常而平淡的事。但新一代人很难想象在二十年前进入太空对一个普通人来说意味着什么，很难想象那会是怎样令人激动和热血沸腾的事，我们就是那样一群幸运者。

"我们这些人很普通，没什么可说的，我们能有这样不寻常的经历是因为中国太阳。这二十年来，它已成为我们的第二家园，在我们的心目中它很像一个微缩的地球。最初，我们把镜面上的接缝当作北半球的经纬线，说明自己的位置时总是说在北纬多少度、东经西经多少度；到后来，随着我们对镜面的熟悉，渐渐在上面划分出了大陆和海洋，我们会说自己是在北京或莫斯科，我们每个人的家乡在镜面上也都有对应的位置，对那一块我们擦得最勤……在这个银色的小地球上我们努力工作，尽了自己的责任。先后有五位镜面清洁工为中国太阳献出了生命，他们有的是在太阳磁暴爆发时没来得及隐蔽，有的是被陨石或太空垃圾击中。

"现在，这块我们生活和工作了二十年的银色土地就要消失了，我们很难用语言表达自己的感受。"

水娃沉默了，已是太空产业部部长的庄宇接过了话头说："我完全理解你们的感受，但在这里可以欣慰地告诉大家，中国太阳不会消失！我想你们也都知道了，对于这样一个巨大的物体，不可能采用上世纪的方式，让它坠入大气层烧掉。它将用另一种方式找到自己的归宿：其实很简单，只要停止进行轨道理发，并进行适当的姿态调整，太阳风和光压将最终使它超过第二宇宙速度，从而使它离开地球成为太阳系的小行星。许多年后，行星际飞船会在遥远的地方找到它，那时我们也许会把它变成一个博物馆，我们这些人会再次回到那银色的平原上，一起回忆我们这段难忘的岁月。"

水娃突然显得激动起来，他大声问庄宇："部长先生，你真的认为会有这一天，你真的认为会有行星际飞船吗？"

庄宇呆呆地看着水娃，一时说不出话来。

水娃接着说："20世纪中叶，当阿姆斯特朗在月球上印下第一个脚印时，几乎所有的人都相信人类将在十到二十年之内登上火星。现在，别说火星了，月球也再没人去过，理由很简单，那是赔本买卖。

"20世纪冷战结束后，经济准则一天天地统治世界，人类在这个准则下也取得了巨大的成就。现在，我们消灭了战争和贫困，恢复了生态，地球正在变成一个乐园。这就使我们更加坚信经济准则的正确性，它已变得至高无上，渗透到我们的每个细胞中，人类社会已变成了百分之百的经济社会，投入大于产出的事是再也不会做了。对月球的开发没有经济意义，对行星的大规模载人探测是经济犯罪，至于进行恒星际航行，那是地地道道的精神变态。现在，人类只知道投入、产出，并享受这些产出了！"

庄宇点点头说："本世纪人类的太空开发仍局限于近地空间，这是事实，它有许多更深刻的原因，已超出了我们今天的话题。"

"没有超出，现在，我们有了一个机会，只需花很少的钱就能飞出近地空间进行远程宇宙航行。太阳光压可以把中国太阳推出地球轨道，同样能把它推到更远的地方。"

庄宇笑着摇摇头："呵，你是说把中国太阳作为一个太阳帆船？从理论上说是没问题的，反射镜的主体薄而轻，面积巨大，经过长期的光压加速，理论上它会成为人类迄今发射过的速度最快的航天器。但这也只是从理论而言，实际情况是，一艘船只有帆并不能远航，它上面还要有人，一艘无人的帆船只能在海上来回打转，连港口都驶不出去，史蒂文森的《金银岛》里对此有生动的描述。要想借助光压远航并返回，反射镜需要精确而复杂的姿态控制，而中国太阳是为在地球轨道上运行而设计的，离开了人的操作，它只能沿着无规则的航线瞎飘一气，而且飘不了太远。"

"不错，但它上面会有人的，我来驾驶它。"水娃平静地说。

这时，收视统计系统显示，这个频道的收视率急剧上升，全世界的目光正在被吸引过来。

"可你一个人同样控制不了中国大阳，它的姿态控制至少需要……"

"至少需要十二人，考虑到星际航行的其他因素，至少需要十五到二十人，我相信会有这么多志愿者的。"

庄宇不知所措地笑笑："真没想到，我们今天的谈话会转移到这个方向。"

"庄部长，二十多年前，你不止一次地改变了我的人生方向。"

"可我万万没有想到，你沿着那个方向走了这么远，已远远超过我了。"庄宇感慨地说，"好吧，很有意思，让我们继续讨论下去吧！嗯……很遗憾，这个想法是不可行的。中国太阳最合理的航行目标是火星，可你想过没有？中国太阳不可能在火星上登陆。如果要登陆，将又是一笔巨大的开支，会使这个计划失去经济上的可行性；如果不登陆，那和无人探测器一样，有什么意思呢？"

"中国太阳不去火星。"

庄宇迷惑地看着水娃："那去哪里，木星？"

"也不是木星，去更远的地方。"

"更远？去海王星？去冥王……"庄宇突然顿住，呆呆地盯着水娃看了好一会儿，"天啊，你不会是说……"

水娃坚定地点点头："是的，中国太阳将飞出太阳系，成为恒星际飞船！"

与庄宇一样，全世界顿时目瞪口呆。

庄宇两眼平视前方，机械地点点头："好吧，就让我们当你不是在开玩笑，你让我大概估算一下……"说着，他半闭起双眼开始心算。

"我已经算好了。借助太阳的光压，中国太阳最终将加速到光速的十分之一，考虑到加速所用的时间，大约需四十五年时间到达比邻星。然后借助比邻星的光压减速，完成对半人马座三星系统的探测后，再向相反的方向加速，用几十年时间返回太阳系。这听起来是个美妙的计划，但实际上只是一个根本不可能实现的梦想。"

"你又想错了，到达比邻星后中国太阳不减速，以每秒三万多千米的速度掠过它，并借助它的光压再次加速，飞向天狼星。如果有可能，我们还会继续蛙跳，飞向第三颗恒星、第四颗……"

"你到底要干什么？"庄宇失态地大叫起来。

"我们向地球所要求的，只是一套高可靠性但规模较小的生态循环系统和……"

"用这套系统维持二十个人上百年的生命？"

"听我说完，和一套生命低温冬眠系统。在航行的大部分时间我们处于冬眠状态，只在接近恒星时才启动生态循环系统——按目前的技术，这足以维持我们在宇宙中航行上千年。当然，这两套系统的价格也不低，但比起人类从头开始一次恒星际载人探测来，它所需资金只有其千分之一。"

"就是一分钱不要，世界也不会允许二十个人去自杀。"

"这不是自杀，只是探险，也许我们连近在眼前的小行星带都过不去，也许我们会到达天狼星甚至更远，不试试怎么知道？"

"但有一点与探险不同：你们肯定是回不来了。"

水娃点点头："是的，回不来了。有人满足于老婆孩子热炕头，从不向与己无关的尘世之外扫一眼；有的人则用尽生命，只为看一眼人类从未见过的事物。这两种人我都做过，我们有权选择各种生活，包括在十几光年之遥的太空中飘荡的一面镜子上的生活。"

"最后一个问题：在上千年的时间里，以每秒几万甚至十几万千米的速度掠过一颗又一颗恒星，发回人类要经过几十年甚至几个世纪才能收到的微弱的电波，这有太大意义吗？"

水娃微笑着向全世界说："飞出太阳系的中国太阳，将会使享乐中的人类重新仰望星空，唤回他们的宇宙远航之梦，重新燃起他们进行恒星际探险的愿望。"

人生的第六个目标：
飞向星海，把人类的目光重新引向宇宙深处

庄宇站在航天大厦的楼顶，凝视着天空中快速移动的中国太阳。在它的光芒下，首都的高楼投下了无数快速移动的影子，使得北京仿佛是一个随着中国太阳转动的大面孔。

这是中国太阳最后一次环绕地球运行，它已达到了第二宇宙速度，将飞出地球的引力场，进入绕太阳运行的轨道。这人类第一艘载人恒星际飞船上有二十个人，除水娃外，其他人是从上百万名志愿者中挑选出来的，其中包括三名与水娃共事多年的镜面农夫。中国太阳还未启程就达到了它的目标：人类社会对太阳系外宇宙探险的热情再次高涨了。

庄宇的思绪回到了二十三年前的那个闷热的夏夜，在那个西北城市，他和一个来自干旱土地的农村男孩登上了开往北京的夜行列车。

作为告别，中国太阳把它的光斑依次投向各大城市，让人们最后一次看到它的光芒。最后，中国太阳的光斑投向大西北，水娃出生的那个小村庄就在光斑之中。

村边的小路旁，水娃的爹娘同乡亲们一起注视着向东方飞行的中国太阳。

水娃爹喊道："娃啊，你要到老远的地方去吗？"

水娃从太空中回答："是啊，爹，怕是回不了家了。"

水娃娘问："那地方很远？"

水娃回答："很远，娘。"

水娃爹问："比月亮还远吗？"

水娃沉默了几秒钟，用比刚才低许多的声音说："是的，爹，比月亮远些。"

水娃的爹娘并不觉得特别难受，娃是在那比月亮还远的地方干大事呢！再说，这可是个了不起的年头，即使是远在天涯海角的人，也随时都可以和他说话，还可以在小电视上看见他，这跟面对面没啥区别。但他们不会想到，随着时间的流逝，那小屏幕上的儿子将变得越来越迟钝，对爹娘关切的问话，他要想好长时间才能回答。他想的时间开始只有几秒钟，以后越来越长，一年后，爹娘每问一句话，儿子将呆呆地想一个多小时才能回答，最后儿子将消失，他们将被告之水娃睡觉了，这一觉要睡四十多年。在这以后，水娃的爹娘将用尽余生，继续照顾那块曾经贫瘠现已肥沃起来的土地，过完他们那充满艰辛但已很满足的一生。他们最后的愿望将是：在遥远未来的一天，终于回家的儿子能看到一个更美好的家园。

中国太阳正在飞离地球轨道，它在东方的天空中渐渐暗下去，它周围的蓝天也慢慢缩为一点，最后，它将变为一颗星星融入群星之中，但早在这之前，恒星太阳的曙光就会把它完全淹没。

曙光也照亮了村前的这条小路，现在它的两旁已种上了两排白杨，不远处还有一条与它平行的小河。二十四年前的那天，也是在这清晨时分，在同样的曙光下，一个西北农家的孩子怀着朦胧的希望在这条小路上渐渐远去。

这时北京的天已经大亮，庄宇仍站在航天大厦的楼顶，望着中国太阳最后消失的位置，它已踏上了漫长的不归路。中国太阳将首先进入金星轨道之内，尽可能地接近太阳，以获得更大的加速光压和更长的加速距离，这将通过一系列复杂的变轨飞行来实现，其行驶方式很像大航海时代逆风行驶的帆船。七十天后，它将通过火星轨道；一百六十天后，它将掠过木星；两年后，它将飞出冥王星轨道成为一艘恒星际飞船，飞船上的所有人将进入冬眠状态；四十五年后它将掠过半人马座，宇航员们将短暂苏醒。自中国太阳起程一个世纪后，地球才能收到他们发回的关于半人马座的探测信息，这时，中国太阳正在飞向天狼星的路上，由于半人马座三星的加速，它的速度将达到光速的百分之十五。再过六十年，也就是自地球起程一个世纪后到达天狼星，当中国太阳掠过这个由天狼星 A、B 构成的双星系统后，它的速度将增加到光速的十分之二，向星空的更深处飞去。按照飞船上生命冬眠系统能维持的时间极限，中国太阳有可能到达波江座 -ε 星，甚至可能（虽然这种可能性很小很小）最后到达鲸鱼座 79 星，这些恒星被认为可能有行星存在。

谁也不知道中国太阳能飞多远，水娃他们将看到什么样的神奇世界，也许有一天他们对地球发出一声呼唤，要等上千年才能得到回音。但水娃始终会牢记母亲行星上的一个叫中国的国度，牢记那个国度西部一片干旱土地上的一个小村庄，牢记村前的那条小路，他就是从那里起程的。

树之心·第一个微笑

彭思萌

一

本来那天不应该是我去收拾三号台的。

可当时代号 273 出故障了，据他传输的错误代码显示，他的毛病是内存溢出导致的。近三十天来，他这个问题频频发生，现在我这位老搭档正翻着两只白眼，脑后的重启灯一明一灭，他傻站在那里不动了。

于是任务顺移给了代号 274——也就是我，我只好从临街那一侧以正常步速走了过去。

三号台是一张双人小桌，在小院的窗户下。小桌一侧的客人已经按键离开，桌上留下的咖啡只消耗了百分之十，我把咖啡杯收到餐盘内，正准备离开，却注意到了桌对面还坐着个人。

那是一位女性自然人，年纪很轻，穿着白衬衫和牛仔背带裤，细碎的长发挡着脸。她双手捂脸，肩膀耸动，有透明的液体从手掌外漏到下面的浓缩咖啡里。

"她流泪了。"

这是一个非常罕见的判断，我还是迅速做出反应，马上从胸前的围巾口袋里掏出十二张纸巾，递了过去。

女孩一把抓住那些纸巾，然后她晃了晃头，甩开头发，露出了两只弯弯的、蓄着泪水的眼睛。

这个女孩的相貌在人群中属于前百分之二十的水平，我迅速做了一个估算。

我在旁边站了一会儿，她的哭声像下雨一样，忽大忽小，难以预测趋势。

五分钟后，我收到了十八号台的点单信号，就站起来准备走了。

没想到她一下子放声痛哭起来。

这又是一个很难处理的状况，我的几条线程互相冲突，最后按照遭遇意外情况处理了这个点单信号——我把这个请求转给了已经恢复正常的273。看着他快步向客人走去，我转过身来。

"你在这儿坐一会儿。"女孩用下巴点了点对面的座椅，抽抽搭搭地说。

本来，给客人端茶送水才是我的主要工作，但客人的其他合理要求我也应该尽量满足，我的系统略一斟酌，同意按照女孩的要求做。于是我关掉自动巡航，进入了自主模式，走到她对面坐了下来。

"陪我说说话。"女孩肿着两只眼睛，眼巴巴地望着我说。

我全神贯注，盯着她。

"我们是在班级旅行的时候认识的，一开始我还没怎么注意到他……"一个一个词语从她的嘴里蹦了出来，我听她讲完了她从二十一岁到二十四岁，有一个男孩掺和着的那段人生。

"……过了很久很久，我发现他不再回复我的消息，也不再出来和我见面，我费了很大的劲，约他出来，他竟然跟我说……"

"说什么？"我很配合地发问。

她摇了摇头："他说的话都没意义……关键是他走了。"

她的眼神直了，看着我面前放回的那杯只喝掉了百分之十的咖啡。

我在那里一直坐到我今天自主模式的一小时额度用完，被迫强行重回自动巡航模式。这时我只好留下一句"请继续享用美食"，就奔向了已经排成长队的收拾桌子请求——代号 273 竟然把这些任务重新踢回给我，现在任务全都堆在了我的身上。

二

我们的咖啡馆店名叫"树"，小店不大，一共只有二十张桌子，一边临街，一边靠花园。在灵犀城，"树"咖啡馆也算颇有特色。现在是春天，四面的窗户都开着，咖啡豆的香味飘得整条街都是。

咖啡馆的老板是一位男性自然人，他不常来，店里由他的三名机器人员工打理：服务员 273、另一个服务员 274（也就是我）和咖啡师 275，我们的外形都是高高瘦瘦的年轻小生，同一批出厂，样貌与自然人非常相似，价格便宜，服务周到，性价比高。我们这种服务型机器人，一直是灵犀城里许多咖啡馆和餐馆的标配。

一个月后，窗边的金鱼草开花了。老板总是坚持亲自打理它们。这些有着一簇簇塔状花序的粉色的金鱼草，老板格外喜爱。可能正是因为有这些花，院子窗边的客人比之前多了。

这一天，273 过去为客人点单，然后又折回了等候点上，瞥了我一眼。我不知其意，以前从未有过处理这奇怪信息流的经验。就在这时，我收到了三号台的点单信号，于是我走了过去。

我看着这位女顾客，记忆存储库瞬间被唤醒，这店里每天人来人往，但对我流过泪的只有这位年轻女士了。我又看到了那张可以排进前百分之二十的美丽脸庞，这次我注意到，她的眼睛特别弯，曲度超过百分之九十八的人类，她看到我走过来了，那眼睛就更弯了一些，弯到无限接近百分之九十九点九。我想，她这是在笑。

按照人类的社交准则，我应该回以一个笑容。这里的顾客都是这样做的，一个客人对另一个客人笑一笑，另一个则回敬一个笑容。他们能在零点几秒之间完成这种社交礼仪确认，我的速度要慢一些，一秒钟之后，情感反馈模式生效，我笑了，但那笑容只是一个程式化的笑。女孩看到了我的笑容之后，她的笑容迅速褪去了，取而代之的是皱着眉头，那代表疑惑。我知道哪里出了问题，这是因为我缺乏深层的情感模式。任何一切非必要的功能设计都会增加我们的制造成本，能献上礼貌的微笑，也就够了，那种真的能打动人类的笑容，因为成本很高，就不需要了，这个逻辑很通畅。

我再走近两步，毕恭毕敬地鞠了一个躬，用标准口音问道："您想要喝点什么？"

"一杯美式。"她轻声说。

我向主机发送了请求，然后看着她，如果她不给我其他指令，我就要返回等待位置了。

她沉默了三点二秒，然后慢慢说道："你能……能在这儿陪我坐一会儿吗？"

我像上一次一样在她对面坐了下来。

"我不知道为什么跟你说这些，但我又能跟谁说呢……"她喃喃地说道。

"这个星期我过得不好。我们一起来这个城市工作，我在这里没有朋友，身边只有他，但现在，他走了……"她开始呜咽。

我看着她哭，没有闲着，我在分析她的哭声，然后在云端数据库检索历史数据，并做出对比，找到参考结果。最终，我判断出了一个结果：她感到悲伤。

这种简单判断对搭载了基本情绪处理模块的我来说不是难事。不过她为什么会这样呢？我该怎么办呢？

我能怎么办呢？

我不知该如何处理这股极度模糊的信息流，最后调用了最惯用的"点单"模块，按照系统推荐的结果，点了一份甜品给她。

她继续呜呜咽咽地说着话。过了一会儿，273过来了，他在那姑娘面前放下一块蛋糕，然后看了我一眼，转身走了。我知道，他之前只见过一次我坐在客人的位置上，而且也是坐在这个女孩对面，这让他觉得有点不同寻常。

姑娘用哭肿了的弯眼睛看了一眼面前的蛋糕，说："我没有点这个呀。"

"这是我店赠送的戚风蛋糕，以此感谢我们忠实老顾客的惠顾。"我流畅地说出了赠送免费点心后固定的礼节性解释。

她看了我一眼，这个眼神长达三点七秒，然后她说："谢谢。"

她拿起小勺，默默地埋头吃起了蛋糕。

她没有再哭，安静地吃着，直到整块蛋糕消失得干干净净，只在盘子里留下些细沙似的糖粉。

她站起来，跟我道谢，然后付钱结账。

"谢谢惠顾，欢迎再次光临。"我选择以最悦耳的声音说出了这句标准回复。

"虽然我不知道你能不能听懂，但我感觉好多了，谢谢你。"她说道。

"不用谢。"我识别出了"谢谢你"，就针对这句话做了回复。

她站起来从店里走了出去，而我收起她用过的盘子，继续工作。

三

她就这样走了，之后一个星期都没有再来。但是以前从未发生的情况出现了：我一有计算资源的空当，就会把这段记忆翻来覆去地回调。我不知道为什么要这样做，大概是因为我系统里的那个能够不断解决工作问题、提升工作效率的学习模块在驱使我吧。这样做，或许可以尝试让这个一直情绪低落的顾客高兴一点。不过从这两段不太长的记忆里，我实在解读不出多少新鲜的东西，只有她的悲伤是永远的答案。

我为了理解女孩的情绪，穷尽了我那点计算资源，却还是走不出这团迷雾。

对于当时的我来说，这件事太难了，我那初级的情绪处理模块变得不够用了。我只是一个服务型机器人，人们设计我是为了针对客人的各种状况给他们推荐合适的商品。我所要做的，只是卖咖啡、卖甜点，赚点小费，不得罪客人就好了，用不着获取他们的真心喜爱。我不是那种伴侣机器人，那种高端货不仅搭载了相当高级的情绪处理模块，还有从天量数据中提取的应对各种情绪、情况的丰富经验，而且他们的学习能力也强得多，越多练习的话就会越熟练。然而这种复杂奇妙的事情，对于我这种店小二来说，基本是一片空白，实在太难了。

我跟273和275交流了这件事。晚上我们回到宿舍——或者说仓库，在黑暗中我们靠着墙静静地坐着的时候，我跟他们说起这件事，说我投入了太多的计算资源和时间，试图理解这个女孩的问题，帮她排解忧伤。

他们认为我是遇到了某种"问题解决故障"，而且这种故障相当罕见，他们表示从没有听说哪个机器人遇到过这种故障，机器人不应该耗费过多的资源去解决一个孤例，我们的资源应该更多用来升级、学习、提升服务效率，以免被新出厂的机器人淘汰掉。

这两个老友都承诺不把这件事告诉老板，因为谁知道老板会不会把我粗暴地送修了事呢？这种可能是存在的，被拖去修理一通之后，我的记忆、心智都可能遭遇很大的改变。我们三个可都听说过不少这种事——很多机器人因为出了故障，被粗暴地送去修理，回来之后就变得又呆又傻，完全不像以前的样子了。

这两个老友一致判断我可以自己处理好这个故障，只是会有一段不太可控的时间而已。

我也这样判断。

又过了一个星期，那个女孩又来了，还是坐在靠窗的位置上。她跳过273，直接叫了我。

我慢吞吞地走了过去，准备听她跟我说些什么。其实我不是很愿意和她交流，毕竟，谁知道她会不会让我的故障更严重呢？

"谢谢你的蛋糕。"她的眼睛又弯了起来，百分之九十七。

过了片刻，她又说道："我最近没那么伤心了，不要为我担心。"

"什么是担心？"我问道。

"担心，就是挂念我，就是替我的伤心而伤心。"

我不说话了，我开始思考，难道我的故障就是"担心"吗？

"虽然最近我感觉好多了，可我还是想跟你说说话……我没有耽误你的工作吧？"她轻轻地说。

"没事，我有一个小时的自由活动时间。"我说。

"那就好，请坐。"她指了指对面的座位。

"您要不要先点单？"我按照工作程式说话。

"哦，差点忘了，请给我一杯白咖啡。"

我向服务台发送信息，然后坐了下来。

女孩又开始说话，她刚换了工作，环境和收入都好一些了，于是搬家离开了之前的地方。那个男人的影子渐渐淡去了，虽然她偶尔还是会想到他……她说到这里的时候，眉毛微微颦住，还会轻轻地叹气。我又捕捉到了那种悲伤，而且这情绪始终存在着，我试图处理这个问题的线程又多了起来。

我专注地听着，只是偶尔回答一两句。程式化的谈话内容之外，我存储的话语样本极为有限，我很难进行比较复杂的应对。不过她并没有对这种单调提出异议，她说话时停下来的次数很少。最后，她说虽然自己现在还不那么振奋，但总有一天会好起来的。

273 过来给她送上了一块圆圆的小蛋糕，说了声"请慢用"，就转身走了。

女孩抬起头看着我。

"一块舒芙蕾蛋糕，多谢我们忠实的老顾客的惠顾。"我用唱歌一样的声音说道。

这一次她没有露出疑惑，她的眼睛弯了起来，又对我说："谢谢。"

我的一条线程让我试图回以一个笑容，但我没有这样做过，另外一条线程阻止了这一行为：我已经预判我的程式化笑容会让她不快。

我看着她一言不发地吃完蛋糕、告别离开。

四

我不再怀疑我出了故障，我已经理解了，我并没有出故障，我的异常状态，其实是"担心"。我检索过了，这是人类的一种正常情感，是一种对某件事放心不下的情感。

虽然我这样一个机器人店小二会产生人类的情感这事，很是奇怪，但我确实没有出故障。我又开始想办法，想继续解决女孩的问题。

我在网上检索了很久，终于确定，必须想办法升级一下自己的情感处理模块。我的情感处理模块的核心算法不够高级，我首先得理解她的问题，才能帮她从那种悲伤的情绪中脱离出来。

我在机器人开发者社区里搜寻，找了很多免费的情感插件，然后我自己解锁安装权限，给自己装上这些插件，再不断回放跟女孩相处的记忆，看自己是否能更深地理解女孩的情感。

失败，失败，总是失败……人类的经验对我来说太过跳跃了，这不是0或1的简单判断，我连该选的选项是什么都摸不着。我始终没有搞清楚，为什么这个女孩会因为一个人离开了她就陷入悲伤，而她又要怎样摆脱这悲伤。

我为这事尝试了很久，非工作时间的全部线程都切到这事上面，还疯狂地骚扰273和275。

最后，这两位老友给我出了个主意：去找老板。

"你这已经属于严重问题，你得冒点险去解决，你光找那些免费模块是不行的，不然那些程序员靠什么赚钱？"275说。

"专业的情感模块都是很贵的，一定得花钱才能买到，咱们没有钱，老板才有。"273说。

"对，你只要说服老板，让他觉得做这事有利可图，就能成……就像上次我说服他换一台高级咖啡机一样。"275说。

这两位老友的话，条理清晰，符合逻辑，我决定试一试。

五天之后，老板终于来上班了，他在店里东转转西转转，最后又浇他的金鱼草去了——这活儿他不让我们来，总是要自己亲手干。

我走了过去，认真地说："老板……"

我使用了最通用的嗓音，但听起来还是很怪异，总是出现时断时续的电流音。

"我希望能把情感处理模块升级到最新的Deep Felling X。"我直接说出我的诉求。

看他注意到了我，我就继续说道："在上个月的工作中，我记录下了我跟顾客的互动模式，并与装载了Deep Felling X的服务案例做了对比，不同的情绪感知和处理能力，对顾客消费量的多少影响非常大。请看，这是我做的对比报告……"

我抬起手指，在空气中投射出两幅全息图表和两段录制视频，让老板看到两者直观的区别。

老板睁大眼睛，煞有介事地看了一会儿，然后挠了挠头，嘀咕着："那这个 Deep Felling……X，要多少钱？"

"原价每套一万五千元，现在正在活动期内，您买两套给我和273同时升级，只要两万元。虽然是比较大的一笔投资，但您能够在三个月内靠额外收入收回成本。"

"哦……"老板望着那些图表看了一会儿，"我想一想，你把这两个图表发给我。"

老板一般不会跟钱过不去，我相信我的预测没有错。

果然，第二天我就收到了这套模块。

不过，273 对也要装这套模块抵触情绪很大，他迟迟没有装载。

我也犹豫了好一会儿。我不知道升级了这套模块之后的我会变成什么样。一个能理解人类感情的我，还是我自己吗？我会不会因为失去了行事的规矩而变得乱来一气？

然而我太想理解那个女孩的问题，太想看到悲伤从那个女孩身上褪去，解决这个问题的线程一天二十四小时不停侵占着我的运算资源，成了我的第一优先意志。在这种情况下，对一部分自我和记忆的损毁的担忧，已经不算什么了。

我最终还是调出了装载界面，按下了那个小小的确定按钮。

一圈明亮的光晕吞没了我的视野。

五

很难形容装载了情感模块之后的感受……

我虽然依旧待在咖啡馆里上班，但我所见、所感受到的一切，都不一样了。

事物从呆滞的方块，变成了流淌的水流，不，不是具象的形状，而是一种感觉……我很难描述这种感觉，因为在这之前，我似乎都没有过这种感觉，那是一种更高级的抽象思考。

顾客们对我来说，不再像以前那样，只是一个个身上挂着"男""女""漂亮""有钱""抠门""不爱吃甜食"等标签的来掏钱消费的生物体，而变成了一个个难以言说的个体。

对，这些是我打的比方，我会打比方了。

273 最后也放弃了抵抗，装载了这套系统。于是，我和 273 之间的话语突破了那些固定的话术模块，我们每天都因为见到的男男女女大发感慨、啧啧称奇。

那个每天早上来点一杯咖啡的中年男子，原来一直在看股票新闻，心事重重；那个经常带着女朋友来约会的小伙子偶尔也会带其他几个不是女朋友的女孩子来约会，他似乎带着一点愧疚和刺激；那群来吃下午茶的阿姨，有一个穿金戴银，另外两个不停说着酸话挖苦她，还有一个不谙世事地打哈哈。273 对最后那个打哈哈的阿姨的判断，跟我不一样，他觉得那并不是一位单纯的阿姨，而是一位很有智慧的阿姨。

我们每天都会讨论这些人，我们觉得他们都是很有意思的人，似乎每个人都自带了一个新奇的世界。

世界似乎本就应该是这样的，然而为什么直到现在才成了这样呢？

我们依然在为客人们服务，同时也能灵活地跟他们聊天，他们都对我们刮目相看，甚至有些人给我们取了绰号，这是以前从来没有发生过的。要是我们早一点装载那个高级的情感处理模块，该多好……不过也无所谓了，我们都很享受现在的状态。我想说服老板，给 275 也装一个 Deep Felling X，让他也进入我们的世界里。不过这个理由就比较难编了——一个咖啡师为什么需要高级的情感处理能力呢？

我一直在踌躇琢磨。

直到有一天，我又被叫到了窗边的三号台。

我远远地就看到了那双弯弯的眼睛，那双眼睛好像弯月一样明亮。我这才想起来，我已经好久都没有回放我们的录像了，不过没有关系，我现在可以理解她了，我可以排解她的悲伤了。这个问题就像之前我遇到的无数的问题一样，已经被我解决了。我想象着她让我坐在她对面，对我露出笑容，我和她谈天说地，就好像……来这里的那么多对男女一样，我第一次想到，原来我也可以那样。

"你好。"她对我说。

我正准备回以一句幽默的回答，跟她侃侃而谈，却突然注意到，在她那张桌子的对面，坐着一个男人。

他不是女孩当时哭泣时我见到的那个男人，而是一位我没有见过的男人。这位男士穿着蓝色的帽衫，脸庞干净，看起来十分温和。他充满柔情地注视着女孩，那眼神是我可以理解但用我那人造玻璃的眼睛永远都无法做到的。

我又看了看女孩，她依然眼睛弯弯地望着我。

"我专程来谢谢你。"她笑着轻声说道。

我感觉怪怪的，好像所有的线程都降速了，所有的硬件都生锈了，好像我也要像 273 那样内存溢出了。

然而我的系统经过快速检查，认为实际上没有任何故障。我在这种似故障非故障的奇特感觉里待了一会儿，慢慢感到了另一种温暖的东西，取代了这种僵硬。那种温暖的东西让我用尽全身的力气，调动了我的面部材料组织。

　　我回以她一个微笑，带着暖意的、我的第一个微笑。

云鲸记

阿缺

飞船进入比蒙星大气层时，正是深夜。我被播报声吵醒，拉开遮光板，清朗的月光立刻照进来，睡在邻座的中年女人晃了下头，又继续沉睡。我凑近窗子向下望，鱼鳞一样的云层在飞船下铺展开来，延伸到视野尽头。一头白色的鲸在云层里游弋，巨大而优美的身躯翻舞出来，画出一道弧线，又一头扎进云里，再也看不见。

窗外，是近万米的高空，气温零下五十多摄氏度。不知这些在温暖的金色海里生长起来的生物，会不会感觉到寒冷。

我用额头抵着窗，只看了几秒，便产生了眩晕感，手脚都抖了起来。为了阿叶，我鼓起勇气，咬着牙，穿越星海来到这颗位于黄金航线末端的星球，但这并不代表我克服了航行恐惧症。在漫长的航行中，它无时无刻不在折磨着我。

幸好，这已是最后一程，我马上就能拥抱阿叶了。

飞船穿越厚厚的云层，降落在比蒙星七号港口。这个由纯钢铁建成的庞然大物，直插云霄，上千个船坞不停地吞吐着飞船，其中，超过百分之九十的飞船都是货船。这个港口就像是一个巨型水蛭，每一个船坞都是快速收缩的吸盘，吮吸这颗星球的资源——从矿石到木材，从走兽到鱼群，甚至连金色海的海水，都被从外空间垂下的高轨甬道一刻不停地抽走。

人类走出群星，靠的正是这种永无止歇的榨取和掠夺。

"你来比蒙星打算做什么？"出港疫检时，消瘦的检察官一边问我，一边低着头看我的个人信息。他的头发很短，掺着星星点点的白。

"我来带回我的女朋友。"

"噢，她在这颗星球上做什么？"

"她是行星生物学家，主要在比蒙星上研究云鲸的生理习性。"

检察官抬起头，做出一个夸张的表情，说："真厉害！这里的人都是来淘金的，你女朋友与众不同。不过她做这么厉害的事，你为什么要把她带回去呢？"

"因为她去世了，"我沉默了一会儿，"我要把她的骨灰带回地球——她的家乡，我们相遇的地方。"

检察官闭上嘴，上下打量着我，好半天才说："可是，先生，你知道根据《星际疫情防范法》，公民若在哪颗星球上死亡，无论是正常还是非正常，都必须埋葬在当地。如果你带着骨灰，是不能从港口通过的，也不会有人愿意跟你坐同一艘飞船。"

"我知道。"

检察官看了我一会儿，叹口气，在我的通关材料上盖下了电子章。我向他道谢，提着包走向过关通道。

"先生，祝你好运。"他在我身后说，"你会需要的。"

刚出港口，我就看到了迈克尔。

尽管我们从未谋面，但我一眼就在人群里认出了他——这得多亏阿叶的社交主页。阿叶是那种向世界敞开怀抱的女人，每天都会在主页上更新动态，有他们在实验室里相遇的照片，在酒吧里聊天的照片，在云鲸背上穿梭云层时大声欢呼的照片……多少个夜里，我把这些全息照片点开，光和影勾勒出他们的模样，在我面前栩栩如生，却又触不可及。

现在，他穿着旧夹克，举着一个牌子，上面歪歪斜斜地写着我的中文名字。他是一个高大的男人，但面色很憔悴，他几天没刮脸了，胡子拉碴。

我向他走过去，他看到我，指了指外面，然后转身拨开人群向外走。我跟在他后面。

我们没有说话，我们也不会说话。对于这个男人，我一直矛盾——我不知道该恨他，责怪他得到了阿叶却没有照顾好她，还是应该给予他同情，一起缅怀我们共同的爱人。他肯定也有同样的矛盾。所以沉默是我们最好的选择。

我跟着他走出灯火通明的港口，黑暗向我们涌过来。他开着科研谷的飞车，飞车有些破旧，反重力引擎发动了好几次才喷出稳定的淡蓝色离子流，悬在低空半米处。我坐上副驾驶，感觉有点挤，就把座位调低。迈克尔看了，想说什么，但最终没有开口，专心开着车。

我突然意识到，阿叶要是跟迈克尔一起外出科考，也是坐在我现在的位置。她如此娇小，所以座位会调得很高。这个联想让我鼻子一酸，格外压抑，我只能扭头看着车窗外。

我们正在快速远离城市，进入山野，地势由平缓变得陡峭，山石嶙峋，群峰突起。车贴着地形，上上下下。车灯一闪一闪，微弱地照亮前路，在浓黑的夜里如一只迷途的萤火虫。

科研谷名副其实，十几层的大楼倚山谷而建，混凝土做主体，外围以钢铁加固，但已经很老旧了，估计是比蒙星刚被发现时建的。历经了数百年风沙和潮湿的侵袭，钢铁锈得厉害，有些与两岸岸坡接驳的地方都出现了裂缝。

时近深夜，山风很大。我们穿上防护服，下了车，夜风拍打在我们身上。我呼吸着头盔内供氧泵输出的氧气，但仍感觉到了风中的咸味，一愣，看向西边。

虽有浓云聚集，月光还是穿过云层，微微照亮了这个夜晚。但西边，是一大团黏稠无比的黑暗，似乎连光线都被吞噬了。

金色海。

原来科研谷离金色海海岸不远，难怪潮湿得这么严重。

我远眺了好久，迈克尔咳嗽了一声，我才跟着进了他宿舍。

他收拾出一张床，说："今晚你睡我这里，我出去住。"

"阿叶的——"我顿了顿，"阿叶呢？"

迈克尔转身出去，不一会儿抱着一个被黑布包裹住的金属盒子进来，放在桌子上。

我知道盒子里面是阿叶的骨灰，一时有些站立不稳。

"骨灰不能过海关，我给你联系了别的船。你什么时候走？"

"明天早上。"我的声音如同梦呓。

"好，他们早上会来接你。"迈克尔退出房间，把门合上。

我捧着骨灰盒，坐在床边。即使已经有过无数次预想，但真的看到鲜活美丽的阿叶变成灰烬，收拢在冰冷的盒子里，我还是觉得一切都不真实。

"放心，"我把骨灰盒放在脸侧，轻声说，"阿叶，我带你回家。"

我在床上辗转，试了很多种方法入眠都没有效果后，索性起床。这时已经是凌晨，整栋大楼的灯都熄灭了，但我路过一间还亮着灯的实验室时，透过窗子，看到了迈克尔落寞的身影。

他独自坐在实验室的墙角里，面无表情，手上拿着啤酒，不时灌一口。他脚边已经横七竖八倒了十来个空酒瓶了。

我摇摇头，离开了大楼。外面并不冷，我便只戴了面罩，走到海边，坐在沙滩上。风很大，吹散了云，吹得我透体发凉。潮水起伏，有时会舔到我的脚。金色海的海水，在夜里是温暖的。

比蒙星有六颗卫星会在夜晚反射恒星的光，但很少人能看到六月凌空的奇景。今晚我也没有这个运气，西边天空垂着三轮月亮，另外三轮被云遮住了。

月下有一群云鲸，在海和天之间游弋着，几头幼鲸上下追逐，发出悠扬的鲸咏。它们速度不快，在天空中如同一片片风筝，但当它们飞过我头顶，投下巨大阴影时，我才意识到这是这颗星球上最为庞大的物种。我仰望着它们向东飘去，掠过科研谷，消失在一片黑暗里。

真好，它们可以飞翔。

可惜人类的狩猎船飞得更快，且无处不在，云鲸再也飞翔不了多久。

太晚了，我起身回去。迈克尔还在实验室里，他已经喝醉了，枕着墙壁沉沉入睡，嘴里在说着什么，但含混不清。

我扶他回宿舍，把他扔在床上，自己也累极了，趴在桌子上。时差带来的困倦让我很快入睡，又很早醒来。天还没亮，我就抱着阿叶的骨灰来到大楼顶层，在晨风中等待。

离开房间的时候，迈克尔还在熟睡。我想，我再也不会见到他了。

一艘"鬼三"级飞船悬在楼顶，跳下来一个秃头大汉和一个穿得破破烂烂的瘦子。透过呼吸面罩，我看到瘦子的右眼眶是空的，有些瘆人。他用那只独眼上下打量我，问了我的名字，说："就是你要回地球？"

我在晨风中瑟瑟发抖，连忙点头。

"迈克尔呢？"

"在里面睡着。"

瘦子点点头，说："上去吧，找个空位坐着，远着呢，得好几天。"见我露出疑惑的目光，续道，"我们要去二号港口，那里有熟人，检查松些。"

我把骨灰盒抱在怀里，准备登船。

"等等。"秃头突然拦住我，朝我怀中扬了扬下巴，"这里面装的是什么？"

他的手臂比我大腿还粗，裸露在清晨的寒风中，肌肉虬结，上面还有一道伤疤。我抬头与他对视。他冷着脸，说："怎么？想惹麻烦？"

　　独眼瘦子干笑两声，过来拉开秃子，说："迈克尔给了钱，管他带的是什么，只要不是炸弹，我们就顺路给运回地球。"

　　秃子哼了一声，扭头上了飞船。独眼凑到我耳边，小声说："别跟人说这里面是骨灰，我们跑偷猎的，迷信得很，最怕晦气的东西。"

　　"你怎么不怕？"

　　"呵呵，比起晦气，"独眼笑起来，"我更怕没钱。"

　　"鬼三"级的飞船很小，只有二十几平方米大，像个扁平的房间。现在，这个房间被数百个金属桶塞满了。我弯腰走到角落里，一屁股坐下来。周围还有七八个人，也跟我一样，木然着脸，抱膝而坐。这些都是要偷渡的人，出于各种各样的原因，我不知道，我不关心。

　　秃子坐在驾驶位，独眼则笑嘻嘻地数那些铁桶，越数脸上笑意越浓，说："一共三百二十二桶，光头，这一笔我们要挣疯了。"

　　"你都数了十几遍了。"秃子启动飞船，专心驾驶，头也没转过来。

　　"数多少遍都乐意。现在行情好了，云鲸血涨到了十个联盟点一斤，一桶就是一百五十个联盟点，这一趟，"他用手指敲着金属桶壁，算了半天，"能挣四万多呢。到时候我们一人一半分掉。"

　　"阿泽的那份呢？你想吞掉？"

　　"他死都死了，我帮他个忙，帮他把钱花了。"

　　"不行，要不是他，我们估计早就被那怪物给吞了。他还有家人，拿四成给他那个瞎眼老娘吧。"

　　"四成太多，一成就够了。"

　　"也行。"

　　瘦子点点头，又笑嘻嘻地数起来。

　　我终于明白过来，原来我旁边这些全是保温桶，里面装的都是云鲸的血。

即使远在地球，我也听说过云鲸血的交易。在浩瀚的金色海里，有一种被称为"F937"的神奇元素，其单质能抵消重力。现在被广泛应用的反重力引擎，都是利用了这种元素。F937 的获取，有两种途径——一种是直接从海水中萃取，但萃取所需的环境极端苛刻，比蒙星根本达不到，只有靠高轨空间站抽取海水，在真空零重力实验室中操作。一千立方米的海水，大概能萃取出十微克的 F937 单质。另一种途径，便是从云鲸血中提炼。

云鲸是一种神奇的生物，人们刚发现它们时，对它们的习性感到既费解又着迷，这种兴趣至今还吸引着生物学家前赴后继地来到比蒙星——其中包括阿叶。

云鲸出生在遥远的科尔星海洋里，每年一度的卫星掠过时，星球引力会被抵消，云鲸便从海洋里一跃而起，进入星际空间。它们会在漫长的黄金航线上洄游，途径七颗行星，靠张开身上的薄膜获取加速度，同时躲避神出鬼没的龙狰兽，直至游到比蒙星的金色海中，进行第二次蜕变。这条艰辛的航线上，有无数故事发生，无数云鲸的尸体静静漂浮。成功抵达的云鲸少之又少，蜕变后的云鲸没了薄膜，却能吸收海水中的 F937，融入血液，凭此彻底摆脱重力的束缚，游弋天际，栖于风中，眠于云间。

而正是这 F937 含量百万倍于普通海水的血液，给云鲸带来了灭顶之灾。人类驾驶着全副武装的飞船，捕杀云鲸，用抽水泵抽干它们的血液。不到百年，比蒙星上的云鲸被屠得险些灭绝。幸好随后联盟把云鲸列入保护物种，出台了禁猎令，只供研究，它们的生存状况才略有缓和。但仍然有不少偷猎者在活动。显然，我所在的这艘船，目的正是偷猎云鲸，将其血运到黑市售卖，顺便接收我这样的偷渡客，挣点外快。

从这艘船里云鲸血的数量来看，至少有十头云鲸被抽成了干尸。

想到这里，我耳边隐隐传来了昨夜听到的鲸咏，如幽魂呜咽。我下意识抱紧阿叶，往角落里缩了缩。

这个动作救了我一命。

一阵巨大冲撞袭击了飞船。我所在的这一侧墙壁，被生生撞出了凸起，旁边一个贴墙睡觉的男人正好被凸起击中。在这场碰撞中，他的脑袋输给了金属，于是，我看到他的头上绽开了一朵血色的花。

如果不是我刚才缩了头，这朵花也会在我头上开出来。

飞船被撞得在空中剧烈翻滚，金属桶满天横飞，有两个人被当场砸死，我的左腿也被砸中，骨折的声音在一片混乱中清晰可闻。我紧紧抓住护杠，好歹没掉进这一片翻滚中。秃头的反应也很迅速，撞击的一瞬间，他趴在操作台上，同时打开了平衡调制器。

飞船两侧的一百七十个制动引擎逆着翻滚的方向开启，以最大功率运转，共同抵消撞击带来的冲量。

三秒钟后，飞船稳在空中。

"可恶，是它！"秃子满脸是血，大吼道，"它一直跟着我们！"

但没人回应他。

独眼歪歪斜斜地躺在座位上，断裂的操纵杆贯入了他的腹部，而真正的致命伤，是一个金属罐的撞击造成的——伤口很诡异，右边太阳穴凹了进去，像是新开的一只眼睛。

第二次撞击转瞬即至，但这次秃子有了准备，操纵飞船猛地下沉，飞船与那巨大的阴影堪堪滑过。

透过破碎的舷窗，我看到了一头云鲸。

一头愤怒的云鲸。

我发誓，在此之前，我从来没有把愤怒这种情绪跟云鲸联系在一起。在所有的研究报告里，云鲸都是温驯的，面对屠杀只会逃窜，一边被抽干鲜血一边悲鸣。它们曾经对人类表示友好，当血流得足够多之后，也仅仅学会了防范。这是我第一次见到它们攻击人类。

我感到呼吸困难，向四周看了一圈，扑过去把骨灰盒抢到怀里，幸好，它没有被损坏。然后我戴上了呼吸面罩。这时，天空中的云鲸已经滑行到百米外，巨尾一摆，画了一道弧线，调转方向，向飞船俯冲过来。

秃子喊了几声独眼，确信独眼已经死了，他再回身环顾，满舱狼藉——金属桶被撞破，淡金色的云鲸血淌了一地。其他偷渡的人全在撞击中丧生，只有我活着，但他的视线扫过我，没有任何停留，仿佛我跟那些尸体无异。

我从他眼中看出一丝不祥。

"不要啊！"我大喊。

但秃子听也未听，双眼充血，大吼一声："你要赶尽杀绝，老子跟你拼了！"他用力按住加速器，飞船嗡嗡震动起来，旋即向前猛蹿。

"鬼三"级飞船不大，厉害的是它的机动性，它能很快加速到极限。它在三秒内把自己变成了一颗子弹，破风呼啸。我也在这三秒内扑进了救生舱，按下按钮，缓冲泡沫立刻布满了全身。

而那头云鲸，丝毫不惧。它的身躯上流满了金色的血液，像有一个太阳从它体内喷薄出来。它张嘴嘶吼，四野震动，巨尾如蒲扇般摆动，俯冲过来。越来越近，它是如此巨大，一轮眼睛就高过了我，飞船的体积甚至比不过它的头。

我听阿叶说过，当云鲸难得暴躁时，瞳孔会由白色转变成罕见的灰色。但现在，我看得清清楚楚，面前这头云鲸的双瞳，是纯黑的。

黑得如同梦魇。

下一瞬间，云鲸与飞船相撞。

救生舱还未弹出，我在缓冲泡沫中天旋地转，意识迅速流失。昏迷之前，我唯一记得的事情，就是把阿叶的骨灰盒紧紧抱在怀里。

阿叶离开我的那天，我也是这么紧紧抱着她的，仿佛再用力一点，阿叶就会被勒进我的怀里，骨头相连，血液相融，再也不会离开。

但她不动声色地，一点一点挣开我的怀抱，后退一步，说："以后你好好照顾自己。天冷了记得加衣服，饿了要叫外卖，最好自己做着吃。别宅在家里了，设计是做不完的，多认识别的女生，你去跟她们聊天气、食物和艺术，她们就会照顾你。"

"我不要她们，我只要你。"

或许是我可怜兮兮的样子打动了她，她犹豫了一下，说："那你跟我一起走吧。"

我几乎就要答应了，可当一艘去往天鹅座 KP90 的飞船升起来，它巨大的引擎轰鸣声传来时，我的眼角跳了跳，肩膀下意识地缩起。

阿叶说："你克服不了飞行恐惧的，而我要去遥远的比蒙星，每天都要用到飞船。我在空中的时间比踩在地上的时间多，你适应不了。"

"再给我一点时间。"我哀求道，"再过半年？再过半年，要是我还克服不了，不能跟你一起去，我就让你走，好不好？"

"我已经给了你五年，你还是每次听到引擎的声音就会颤抖。你不要勉强，在地球上待着也没错，远航时代之前，人们都是在地球上过完一生的。"

"那你为什么不能……"

"我说过了，因为，"她打断我的话，抬起头，视线穿过伦敦港独特的透明穹顶，穿过如萤火虫般起起落落的飞船，投到了夜幕深处，"因为我的征途是星辰大海呀。"

她的眼里盈出星星点点的渴望。在我看来，夜空是如此深不可测，但在她眼里，想必它如瑰玉般迷人。我知道她的离去已不可挽回，但还是做了最后的努力，握住她的手，说："宇宙这么危险，你要是出事了该怎么办呢？"

"不要紧，那是我的归宿。"她把我的手指一根根掰开，提起行李，走了几步，转头看见满脸沮丧的我，笑着说，"那我给你一个任务吧，要是我真的死在群星间了，你就把我的骨灰带回来，带回地球。"

说完，她向我扬了扬眉毛："要记得哟。"她转身走向登机口，人潮迅速淹没了她。

那时我伸出手，穹顶的星光落在手指上。我就这样僵立了很久，似乎这样一直伸着手，阿叶就会从人群里钻出来，再次拥抱我。但直到人群散去，直到星光敛隐，我都没有再见到她。我再也没有见过她了。

我睁开眼睛，泪水在脸上流淌，模糊了视线。浑身痛楚弥漫，我弓起身子，大口呼吸，过了好一阵子才弄清此时的处境。

救生舱掉在一片荒野里，已经散架，但缓冲泡沫替我抵消了大部分冲击。我挣扎着看去，不远处有一座硕大的山丘。此时已经入夜，四野空旷而黑暗，这说明我至少昏睡了十个比蒙时。我的呼吸面罩还能用，但定位器出了问题，我全身有十几处伤口，其中包括左腿小腿骨折。我在身上摸了半天，没发现致命伤口，刚要松口气，又立刻紧张得屏住呼吸——我没有摸到骨灰盒。

阿叶不见了。

我发出一声惊惶惨叫，一下子站起来，随即又因左腿爆发出的剧痛摔倒。我用手撑着，在干硬黑暗的地面上摸索。

阿叶，阿叶，我怎么能失去你？我怎么能辜负你嘱托给我的最后一件事？

但我摸到的，永远是硬土、枯草，间或有石头划破手指。我感觉不到疼痛。我摸索了一会儿，眼睛渐渐适应黑暗，隐约见到前方有一团阴影。我凑过去，三只蓝幽幽的眼睛突然张开，像夜空里突然点燃了三团火焰。我吓了一跳，手上一软，又摔在地上——我看到一张毛茸茸的脸，三只眼睛在脸盘上均匀地铺开，中间是一张密布着两圈利牙的口器，眼睛放出的蓝光还残留在牙齿上，流转泛光，一股腥臭涌出来。

这是三目兽，学名是克科尔罗盘尼兽，或者是克科尔肉斑兽——名字很拗口，我没有记住。要是阿叶在，她一定对它的名字脱口而出，并让我赶紧跑。这种习性暴躁的肉食性动物，最擅长做的事情，就是用外圈牙齿咬住猎物，用内圈牙齿把它们的肉剐下来吞进去。

我不能死在这里，我要把阿叶找回来！

我两手撑着，外加一只脚蹬地，向后拖着身体。三目兽不紧不慢地跟着，三只眼睛在夜里闪出蓝光，形成了一个诡异的正三角形。

它在试探，在确定我是否落单。它短小但强健的六条腿行走在地上时，发出令人头皮发麻的沙沙声。

退了几分钟，我的背部靠到那座山丘，再也无路可退。

三目兽的六条腿全部弯曲，脸盘中间的口器大张，发出嘶嘶声。它要扑过来了。我在地上摸到一块石头，颤巍巍地拿在手里。这时，我身后传来一声巨大的吼叫，如同飓风从深渊中狂啸而出，带着颤音，让我心胆欲裂，刚抓稳的石头又丢了。

我转头去看，借着夜空露出的星光，看清了这座本来黑黝黝的山丘——这哪里是山丘？明明是一头鲸！

那头追踪飞船并将之撞毁的云鲸。

此时，它张开了巨嘴，滚雷般的吼声从那黑暗的食道里奔涌而出，沿着肥大的舌头，震碎了这个夜晚。三目兽的腿部灵活地反向弯曲，瞬间向后弹跑，嗖的一声消失在夜色里。

我也被鲸吼掠起的风吹得歪倒，但倒下之前，瞥见了熟悉的东西。

骨灰盒。

它在云鲸舌头右侧的下颌处，被几块软骨卡住了。我不顾危险，扑过去，但这时云鲸闭上了嘴。似乎这一声吼叫花光了它所有的力气，它一动不动，在黑夜里重新恢复了山的姿态。

"张嘴啊。"我努力站起来，但踮起脚也够不着它的下唇，只能勉强够到下颌。它的下颌上长满了瘤状凸起，每个都有我的脑袋大，拍上去软绵绵的，像某种囊。

它无动于衷。

"你张张嘴，把阿叶还给我。"我用石头去扔云鲸，试了半天也毫无反应。我累得气喘吁吁，坐在这头庞然巨兽面前，才反应过来我刚才的举动有多么可笑。

在云鲸看来，大概就像一只蚂蚁在拼命用灰尘砸人类的脚一样。它甚至懒得张嘴吹口气把我赶走。

我再醒过来，天已经亮了。头顶一轮烈日，东边天幕垂着一颗小一点的，南边还有两颗。灼热的阳光在皮肤上流淌。

但我不是被热醒的，而是被饿醒的。

我爬起来，首先去撬云鲸的嘴，但又是徒劳无功。我这才发现，它身上布满了可怖的伤口，有的伤口血都凝固了，有的伤口还在冒着金色的血。按照秃子的话说，它早先就跟飞船交过手，然后千里跟踪，再直接撞毁飞船，就算它有再强的生命力，到此时也撑不住了。我把耳朵贴在它身上，很认真才能听到它身体里传来的细微震动，像脉搏，又像潮汐。

它还在微弱地呼吸，但应该撑不了多久，昨晚，它还用最后的嘶吼救了我。不过我转念又想，恐怕也不见得是救我，它如此恨着人类——多半是巧合，三目兽袭击我的时候，它正好到了生命的尽头，只能对着漆黑夜幕和惨烈世界发出最后的怒吼。

试了一阵，饥饿感更加强烈了，我爬到云鲸的背上，举目四眺。

我正好是在荒原的低陷处，周围像小型盆地一样渐渐往上斜。我环视一周，发现盆地外散落着飞船的零件。

我爬过去，在零件里翻找，万幸找到了一些压缩食物。我狼吞虎咽之后，还发现了几件散乱的防护服，居然有一件还能用，我连忙穿上——虽然比蒙星的大气层挡住了绝大多数有害的宇宙射线，但肌肤直接裸露在四轮太阳的暴晒之下，也很危险。

穿上衣服后，我感觉恢复了些力气，又从零件中找了一块断掉的钢板，断面很尖。我用手试了一下，足够锋利。

我一瘸一拐地回到低陷处。太阳更烈了，地面上的石头都被晒得灼热，云鲸白色的身躯竟散射着阳光。

"大哥，别怪我呀。"我拍了拍云鲸的下颌，拿起钢板，"你不把阿叶还给我，我只能用你和我都不喜欢的办法了……"

云鲸沉默着，呼吸断断续续。

我咬咬牙，两手扣住钢板，闭眼就刺向云鲸。在刺到它的皮肤之前，我停下了，我算了算位置，从下颌挖要多花很多功夫，按照骨灰盒卡住的地方，最直接的路线应该是从它右眼下侧下手挖。

我爬到它背上，这一路，那些密布的伤口更加触目惊心。尤其是脑袋上那条伤痕，简直像是被铁犁犁过一样，粉色的肉翻开，一些白色的虫已经开始滋生。

这应该是与飞船对撞造成的。

我暗自叹息，小心爬到它脑袋右侧，坐在它的眼皮上。

"对不住了，我知道人类对你们很残忍，那个秃子和独眼抽了三百多桶血，估计杀了十几头鲸，说不定其中有你的亲人。但是我没有在你们身上花过钱，没有买卖，就没有杀害。对对对，我没有伤害过你们。"我颤巍巍举起钢板，断口上阳光流转，我继续念叨，"但我一定要把阿叶带回去。你不知道，我真的很爱她，虽然我没有留住她，但这是她求我的最后一件事，我一定要完成。你能理解的，是不是？"

它能理解吗？它不能，我心里很清楚，它目睹了所有的杀戮，对于我这样的种族，只有仇恨，所以瞳孔才会变成完全的黑色。

但无论它能不能理解，这一刀，一定要插下去。阿叶，我默念这个名字，阿叶，阿叶，我带你回家。

这时，云鲸睁了睁眼。它没有把眼睛全部睁开的力气，只是睁开了一条缝，但这一刻，我看到了它灰白色的瞳孔——瞳孔不再是黑色了，仿佛云鲸的恨意随着生命一起都在流失殆尽。

这一抹瞳孔露出的神色，我很熟悉。

因为那是阿叶离开我之后，我每次照镜子都能看到的眼神。

有些痛楚，有些哀伤。

阿叶离开我的第一天，我觉得生活并没有什么改变——除了屋子空了一些。我依然在家里干活，用全息投影和光感手套来设计"大风"级飞船的布线和驾驶舱排列。

第二天，我起来得很晚，开始玩游戏。我化身中世纪的刺客，不停地杀杀杀，饿了就吃冰箱里的食物。有些食物是阿叶做的，我把它们倒掉，吃速冻的。我从下午玩到凌晨，游戏的健康系统检测我的身体已经极度疲劳，于是将我强制下线。

第三天，我一直在沉睡，做了很多梦。梦里光怪陆离，梦里没有阿叶。

第四天，我拉开窗帘，阳光迎面扑来。我打算出去走走，于是换上了衣服，穿好鞋子，乘电梯下楼。但走到楼底的出口处，我浑身颤抖，不敢踏入阳光之中。

第五天，朋友实在忍不住，组了局，拉我出门。他特意叫了个女孩，女孩挺漂亮，对我的收入很满意，还能懂我的那些冷笑话。我们聊得很愉快。傍晚时，我送女孩回家，但进她家门之前，一股战栗袭来，我的脚无论如何迈不进去。"怎么了？"她回头看我，手指绕着乌黑发尾。我落荒而逃。

第六天，我在社交网站上把阿叶从黑名单中移出，发现她已经将状态从"恋爱"改为"单身"。她上传了最新照片，有一张照片是她和一头云鲸的合影，全息影像里，她笑得格外开心。我伸手去摸，只有冷冰冰的空气。

第七天，我缩在阳台的角落里，在紫罗兰和玉兰花中间，呜咽不已。晚上，我照镜子时，眼睛勉强睁开，里面一片阴影——就像这头云鲸一闪而过的眼神。

这是失恋的标准程序。无论人类怎么进化，从在地球上爬行到乘飞船遍布宇宙，文明开枝散叶，有些东西从来都没有更改。

比如失恋，比如同病相怜。

"见鬼了！"我暗骂一声，把钢板扔在旁边，拍拍云鲸的眼皮，"你快点死，死了我再动手！"

云鲸浑然不动，但还是传来若有若无的呼吸。在这样脱水和流血的情况下，它活不到明天早上，到时我再把骨灰盒挖出来。

但挖出来之后呢？这里荒无一人，通信系统也坏了，我该怎么回到人类居住区呢？

我摇摇头，把这个忧虑抛出脑袋，翻个身躺在云鲸背上。

傍晚，四轮太阳垂在天边，荒野上蒙了一层奇异的瑰红色，仿佛泛起的雾。空气有些燥热，远处的云很稀薄，也压得低，在傍晚霞光的浸染下，像一抹红色的笔轻轻点过。除了太阳，还隐约看得到几颗卫星的轮廓，其中一颗有由陨石带组成的环，静静旋转。

真是美啊！我在心里默默赞叹，难怪阿叶会抛开地球的舒适，来到如此荒芜的星球。

太阳次第沉下，光线一缕缕收进去。我用手枕着后脑勺，右腿平放，左腿屈起，看着四轮斜阳一个个消失，瑰丽的景象渐渐被黑暗吞噬，我突然恍惚起来。

"我们真是难兄难弟啊，"我拍了拍身下的云鲸，"都被困在这里了。"

云鲸依旧无声无息，有一阵我都以为它没有呼吸了，但一阵风吹过来，把灰尘带进它的鼻腔中，它吭哧打了个喷嚏，然后继续保持着沉默。

一个垂死的人、一头垂死的鲸，在异星球的黄昏中，等待黑夜的降临。

与黑夜一同降临的，还有暴雨。

雨从夜幕中落下来，初时还细小温润，很快就狂暴起来了，大滴大滴，打在身上生疼。我坐起来，瞧了瞧天色，雨丝毫没有停歇的迹象，于是我从云鲸背上爬下来，躲到它的颌下。

乌云集卷，电闪雷鸣，雨越来越大，在我脚下都积成了水洼。这里是个凹地，地势低，四周的雨水全部汇聚到这里。按照这趋势，不到一个比蒙时，水就要漫过我的脖子了。

我刚想离开这里，一道闪电划过，照亮了一个黑暗的影子。

三目兽！

它站在凹地边缘的坡上，浑身被雨水打湿，三只眼睛更加幽蓝，它居高临下地看着我。

昨晚被云鲸吓走之后，这头三目兽并没有放弃，此时趁夜色又来了。但它只是观望着，不敢下来，应该是忌惮云鲸。

如此我就不上去了，继续坐在云鲸颌下。但水越来越高，漫过我的腰，我不得不站了起来，准备爬到云鲸背上。

一声尖锐的啸叫突然响起，听得我浑身一颤，牙齿发酸。那是三目兽的嚎叫，在雨夜中远远荡开。我心里升起一丝不祥。

果然，这声嚎叫引来了更多的三目兽。它们在凹地边站成一圈，蓝幽幽的眼睛望着我，两圈利齿被蓝光沾染，像是一个个噩梦。我心惊胆战地数了一下，数到二十头的时候，就停了下来。

它们的目标恐怕不只是我，还有这头云鲸，毕竟这是上千吨肉。我扶着云鲸下颌上的瘤状凸起，心惊胆战地想。

最先的那头三目兽谨慎地从坡上走下来，涉着水，绕云鲸走了一圈。它眼中的蓝光游移不定，突然，它上前，一口咬住了云鲸的侧面，然后立刻跳开。只这一瞬，云鲸便被撕下了一块肉，金色的血流下来。

三目兽仰起头，云鲸肉落进它脸中间的口器里，两圈牙齿张合着，把肉绞成了碎片。它吃完了，云鲸仍然一动不动。三目兽再次发出一声嚎叫，坡上的同伴都迈步而下。

完了完了，我几乎站立不稳，早知道会葬身在野兽腹中，还不如直接在飞船上被炸死。

这时，我手上传来了怪异的感觉——云鲸下颌上的瘤状凸起渐渐膨胀起来了。我惊讶地看去，没错，这些凸起本来只有我脑袋大小，很快就涨大了四五倍。而同时，地上本来已漫至我腰间的水开始变浅，只过了几秒，就重新退回到我的膝盖。

云鲸在吸水！

三目兽们也被惊到了，停止前进。夜幕深处云层卷过，这个雨夜里最剧烈的惊雷爆发出来，与此同时，一直沉默的云鲸张嘴怒吼，威势更胜雷声。地上的水在一瞬间被吸得干干净净。

我在云鲸张嘴时，猛扑进它嘴里，向它右边下颌爬过去。阿叶，阿叶，我念着这两个字，顶住云鲸怒吼时夹带着的腥臭的风，扑到骨灰盒前。骨灰盒卡得太紧，我不顾左腿骨折的痛，用脚蹬住云鲸墙壁似的口腔内侧，使出吃奶的劲，终于把骨灰盒拉了出来。

这时，云鲸闭上了嘴，彻底的黑暗袭来。我向它的食道滑去，还没进去，冰凉的水又将我包围。一阵天旋地转，我已经失去了思考能力，凭着本能抱紧骨灰盒。

我被水流裹挟着，打转，上升，突然冲出了云鲸的嘴，像喷泉里的鱼一样冲向夜空。

是云鲸在喷水。

我上升了七八米，又摔下来，落在云鲸背上，惊魂还未定，我又感到了一阵摇晃。这次的摇晃，来自云鲸的身体，它喷出了所有的水后，身体离开了地面，但离地还没一米高，就又落了下去。大地震了震。

这一瞬，我流出了眼泪。我爬到它眼睛旁，用力拍着，声音嘶哑，吼道："飞呀，飞起来啊！"

云鲸睁开眼睛，粗重的呼吸如同喘息。

"你是云鲸啊，要么死在海里，要么死在天上，不能被这些畜生吃掉啊——飞起来！"

它喷出长长的气息，鸣声悠扬，身体再次震动。大雨滂沱之下，这头鲸飘离地面，越升越高，突然加速向斜上方飞去。地上的三目兽被震慑住了，在积水中缩成一团，发出胆怯的呜咽。

"这就对了！"我趴在云鲸背上，抓紧它眼睛旁的褶皱，泪流满面，哈哈大笑，"飞起来了，飞得越高越好！"

它一路冲进云层，继续往上。浓云中有闪电划过，其中一道枝状闪电离我们特别近，我吓得闭上了眼睛。云鲸摆动尾巴，加快速度，穿过厚厚的云层，如跃出海面，停在了云海之上。

我睁开眼，被眼前的景象震撼得不能呼吸。暴雨雷电在身下远去，云海上一片平静，六轮月亮排成一条线，悬挂天边，清辉迎面扑来。

"阿叶，"我把骨灰盒举起来，"你看到了吗？我们飞到天上了！我再也不害怕了，我也飞起来了！你看到了吗？"

对于飞翔，阿叶有一种近乎执拗的迷恋。

尽管她有一双无敌长腿，但她觉得这是她身上最没有用的部位，因为她厌恶走路。

"我承认腿在人类进化中的作用，我们从海里爬到陆地上时，鳍进化成双腿，这确实是自然的奥妙，但为什么进化之路就此止住了呢？"她一边说着，一边愤愤不平地敲打着自己的腿，"现在，我们已经从陆地飞到了天空，却依然是靠一双腿！"

我无言以对，只是心疼她的腿——那么修长、白皙，仿佛由古老的玉砌成。

"我们应该飞起来啊，小豆豆。"阿叶叫着她给我起的小名，"我们应该像云鲸一样飞起来，在天之下，在云之上，而不是一步步踩在泥泞的地上。小豆豆，你都不知道我的脚有多疼……"

听到这句话后，我分外心疼，花了一个月工资给她买了一双高跟鞋。

那是奢侈品专柜里最中心的一双鞋，顶级设计师制作，镶钻带彩，奢华高调。当阿叶从盒子里拿出它们时，我看到她的脸都被照亮了，但我不知道是因为她高兴，还是只是钻石彩带的光华照耀。

"傻瓜。"阿叶把鞋放下，"你买这种鞋，我没地方用啊。"

但很快，这双鞋就派上用场了。

阿叶在太空新生物种研究所工作，主要研究云鲸习性，大部分研究经费由疆域公司赞助。秋天的时候，疆域公司举办庆功晚宴，作为一群工科男女中唯一形象出众的研究员，阿叶自然要出席。

她一袭盛装，踩着高跟鞋出门，并叮嘱我十一点的时候去接她。

然而，九点半的时候，我就接到了阿叶的电话。外面下着大雨，我好不容易赶到疆域公司大厦时，看到阿叶站在公交站牌下，一脸沮丧，漏下来的雨水打湿了她的裙摆。她赤脚踩在泥水里，周围全是驶过的车辆和藏在黑伞下面行色匆匆的人们。

后来我才知道，在舞会上，疆域公司提供了一种透着淡淡金色的饮料。阿叶饮了一小口，口感清凉，入喉却温润。她正好奇是什么饮料时，疆域公司的一个中层走过来，微笑地同阿叶说话。

"像你这样漂亮的女孩子，"他轻轻晃着手里的酒，金色液体泛着光泽，"很难想象会一天到晚待在研究所里。"

阿叶漫不经心地回道："在实验室工作也很有趣的。"

"也是，感谢你们的工作，不少外星新物种的研究成果，都能够被直接商业化。"西装革履的男人微笑起来，举起手里的酒杯，"比如这种酒，你知道里面掺了什么吗？"

阿叶从他的微笑里看到了一丝残忍，还未回话，就听他继续说道："是云鲸血。你们研究出来的成果——云鲸血里的微量F937，配合适当的酒精，不但能让口感更好，也能改善体质。哈哈，当然了，这是不能大规模使用的，但在这样的高档酒会上，我们会准备这样的美酒，以招待尊贵的……"

后面的话阿叶没有听清，因为她感觉到胃里传来的抽搐。她强忍着去了卫生间，干呕一阵，但什么都没有吐出来。于是她给我打了电话，失魂落魄地下楼，下楼时鞋跟断了，脚被扭伤。

我当时不知道这些，只觉得心疼，上前抱住了她。她在我怀里颤抖，小声哭泣。

离我们一米之外的街道旁，污水横流，那双断了跟的高跟鞋被淹没在水里。

云鲸的飞行时高时低，有时它高踞云上，有时它自己钻进云中滑行，把我露在云层的表面。

那些烟雾般的云就在手边，我伸手去摸，云便被划得散开，又很快在我身后合拢，像是泛起了涟漪。六轮月亮都垂得很低，又大又圆，看久了会让我有一种马上就要飞到月亮上的错觉。月光在云上散射成星星点点，很像海面上的波光。

或许，对云鲸来说，云也是它们的另一种海吧。

我沉浸在美景带来的震撼中，过了好久才恢复过来，对身下的云鲸问道："喂，你要去哪里啊？要不找个地方放我下来？"

　　云鲸当然不会回答我。它如此恨着人类，肯定不会落在人类居住地，而我一直待在城市里，没有野外生存能力——更别说荒芜且布满危险的比蒙星腹地了。

　　这么一想，我倒是没什么可忧虑的了，反正自己无力改变，随遇而安吧。

　　云鲸闭上眼睛，睡着了，在云上稳稳地飘着。我也被一股睡意袭击，打了个哈欠，躺在它背上，也很快入睡。

　　我醒来时，已经第二天了，云开雨霁，我们飘在晴朗的天空下。身下已经由荒野变成了森林，比蒙星上的植物比地球要茂盛，且颜色绚烂。云鲸飞行了一夜，显出疲态，开始下降，庞大的身子掠过树林，压断了许多树枝，一些兽类也被惊走。最后它落在一条河里。

　　这河还不及它的身躯宽，它潜不下去，一边用瘤状囊吸水，一边发出哀鸣。

　　它的声音充满了痛苦，我站起来，巡视一圈，才发现它背上的伤口已经溃烂了，肉虫密布。如果不是有呼吸面罩，我肯定会闻到令人作呕的腐臭味。

　　我取下挂在腰间的钢板，割掉腐肉，把拼命往肉里钻的虫子拽出来。这种虫子恶心极了，肉色的，肥嘟嘟的，没有眼睛却长满了脚，像是肥大版的猪肉绦虫和蜈蚣的结合体。如果是平时，我一定会远离这种恶心的生物，但现在，在这个陌生的星球上，在这样绝望的处境里，云鲸是我唯一的依靠了。

　　在我清理了烂肉和上百条腐虫后，云鲸停止了哀鸣，只吭哧吭哧地呼吸。我则累得浑身是汗，又累又饿，摸遍了全身也没找到食物，身下的河水也不能喝。我精疲力竭地躺下来，喘着气。过了好一阵，云鲸再次起飞，比之前稳了很多。

飞起来吧，我迷迷糊糊地想，飞回地球，带阿叶回家。

接下来的一天一夜，我处于一片昏沉中，一动不动地躺着，眼睛时而睁开时而闭上，看天空从明到暗，再到明。这是身体因饥饿做出的应激反应，减少消耗，我屈从于它。

如果不是一阵鲸鸣响起，恐怕我会陷进这种昏沉中，再也醒不来。

我勉强睁开眼，撑起身子，看到这头云鲸身边不知何时飞来了十几头小很多的云鲸。它们簇拥在下方，呜呜鸣叫，声音并不凄厉，却浑厚，在天地间远远传开。

看体型，它们恐怕还是未成年的云鲸。它们随母亲穿过漫长的黄金航线，在星月光辉下游历，但来到黄金海之后，它们还未长大，母亲就被人类捕杀，它们只有鸣叫着在云海间游弋。这非常危险，如果遇到狩猎飞船，它们唯一的下场便是死亡。

但好在，它们先遇到了我们。

我身下的云鲸也昂首嘶鸣，作为回应。这是我跟它在一起这两天多时间里，头一次听到它的鸣叫中带着温情的感觉。

小云鲸们纷纷发出鲸咏，在它周围上下翻飞。我发现它们不管怎么飞，都没有高过我所在的位置。

"嘿，大灰，看不出来，"我艰难地敲了敲云鲸的脑袋，干涩的嘴角扯出一抹笑容，"原来你混得不错啊，这么多小弟。"

说完我便愣住——我给它取了名字？

我第一次见到阿叶时，就在心里给她取了这个名字——我也不知道为什么，或许是看到湖边柳叶摇摆，或许是预见了日后她飘零远去的结局。

但她知道我给她取了名字后，郑重地告诉我，以后不要随便取名，因为这是一种赋予，赋予其独有的属性，所以取了名字，便有了责任。

后来阿叶住到了我家里，给我的每一个盆栽、每一个电器和每一张桌椅都取了名字。我记得很清楚，电脑叫方方，书柜叫詹米，洗衣机叫滚滚，卧室的门叫小黑，马桶叫阿缺，沙发叫长脚……她逐一取完名字后，看着我说："你就叫小豆豆，因为你喜欢吃豆子。现在这里每一个物品都被我取了名字，都是我的了，你放心，我会对你们负责，一直照顾你们的。"

但后来比蒙星征召云鲸研究员时，她义无反顾地报了名。她离开的时候太匆忙，甚至没有来得及向她的方方、詹米、滚滚、阿缺和长脚道一声别。

我把骨灰盒放在耳边，风声簌簌，像是里面传来了低语。我听了一会儿，听不太清，便侧过头，看向四周的小云鲸。

云鲸都通体泛白，如同云汽凝结，但细看的话还是会发现各不一样。我闲得无聊，就一一给它们都取了名字：比如两个鳍特别长的，就叫大雁；有头飞得特别快的叫闪闪；旁边那头鲸尾特别短小的，叫作小短短……

呜！

一声惨嘶突然打断了我的兴致，我挣扎着朝声音发出的方向看去：名叫小短短的小云鲸被炮弹击中，但炮弹没有产生爆炸，而是散出几十个电极，贴在小短短的背上。炮弹背后有一根线，我顺着线看过去，云缓缓散开，露出一直藏在云后面的城堡般的飞船。

是"大风三"级飞船。

咚！一声巨大的声响从飞船上传来，是强电压输出的声音。几乎是同时，小短短浑身一震，停止惨嘶，被电得晕了过去，飘在空中。随后两艘"鬼四"级飞船从"大风三"级飞船里射出来，悬在小短短两侧，探出怀抱粗的探头，扎进小短短的身体里，高压泵发出轰隆隆的声音，云鲸血被抽出来，顺着探头后面的管道流进飞船里。

这种泵的功率很大，只要半个小时，就能把小短短的血完全抽干。云鲸没有了富含 F937 的血，也就失去了在天空的支撑，会轰然坠地——是的，人类在榨干它们生命的同时，也剥夺了它们的信仰。

剧痛让小短短醒了过来，但残余的电流依然让它大部分身体麻痹，挣脱不开。

它摆动短小的尾巴，发出一阵阵的哀鸣，声音凄惨，像是哀求，又像是挽歌。

"停下来啊！"我的眼睛都快裂开了，我拼尽全身力气大喊，但风太大，吹散了我的呼喊。我只能用脚踩大灰的背，嘶着嗓子叫道："快跑啊，还愣着干什么？！"

云鲸们似乎这才反应过来，鸣叫着向四面飞去，但"大风三"级飞船里像产卵般射出几十艘小飞船，分工有序地各自追击。

从他们的熟稔程度来看，他们都是专业的偷猎者，这些云鲸只怕一头都逃不掉。

大灰瞳孔的颜色开始变浓，荫翳加深，它长鸣一声，逃窜的小云鲸们似乎听到指引，向它这边汇聚过来。然后它猛地向下倾斜，开始下坠，其余的鲸也跟上。

它的下坠让我猝不及防，我一下没抓稳，从它的背上摔下去。耳畔风声呼啸。这下完了，我只来得及抱紧骨灰盒，闭上眼睛，但意料中的粉身碎骨并没有到来。

我摔在一片温暖的海水里。

金色海。

大灰从荒原起飞，千里迢迢，原来是要回到这片海里，就像我千里迢迢要带着阿叶回到地球一样。

大灰和十几头小云鲸一头扎进海水里，迅速下潜，只留下一个个漩涡。漩涡差点把我吞噬，我扑腾着，好不容易游到边缘，环视海面，只见一根根巨型管道散落着，从海面直升入天空——这是高轨道空间站在抽取海水。除此之外，海面已经没有了云鲸的身影。我暗自松了口气。

"鬼四"级飞船们画出一道道弧线，堪堪掠过海面。一艘飞船经过我身旁时，我大声呼救，它停了下来。在我许诺给里面的驾驶员一千个联盟点后，他放了探爪将我从水里带出来。

我进了舱室，里面只有驾驶员。他丢给我一件新防护服、几瓶水和一块压缩饼干。在我狼吞虎咽的时候，这个脸上有伤疤的高大男人抱着肩膀，饶有兴趣地看着我："哥们儿，怎么一个人掉进海里了？飞船毁了？"

我大口灌水，点点头。

"那你运气真好，遇到了我们。刚才我们在追一群云鲸，差点就追上它们了。"他摇摇头，"不过这群鲸领头的那头，似乎是鬼眼鲸，抓不到也正常。"

"鬼眼鲸？"我停止吞咽，问道。

驾驶员点点头，说："它的眼睛会变黑，跟灌了墨一样。这头鲸在我们偷猎者中很有名的，我们杀鲸，它杀我们。嘿嘿，它厉害着呢！'刃'级飞船被它直接咬在嘴里，连人带船吞下去，'鬼'级飞船被它撞毁了十几艘，听说它还搞炸了一艘'大风'级的，现在它在黑市里的悬赏金已经到了百万联盟点了。"

"它为什么要专门跟你们过不去？"

"听说它原来是一个鲸群的头头，带着一群鲸穿越黄金航线，来到比蒙星。结果从金色海出来第一次起飞时，就被我的同行发现了。"说到这里，他露出羡慕的笑容，"那一笔可挣得多啊，五十多头鲸，据说抽血抽了一天一夜，最后保温桶都不够用了，血直接灌进船舱里，漫到了大腿这么深。后来卖的时候，他们把裤子都脱了——上面凝固的云鲸血也值几个点呢。"他比了一下自己的大腿，脸上的笑容牵动了刀疤，显得狰狞，"当时就只有这头鲸逃走了，它的后代和伴侣全部被杀，所以它就开始报复我们。说真的，刚才追它时，我还有点害怕——对了，隔得近的时候，我好像看到它背上有个什么东西，你在海里看到了吗？"

我摇摇头，继续啃压缩饼干。

这时，通信模块里传来声音："刀疤，你停在那里干吗？快上来。"

刀疤冲我眨眨眼，示意我不要说话，对模块回道："上面怎么样？"

"没定位到那群鲸，幸好还是抓到了一头，等抽完血就回去休息。跑了一夜了，早累得不行了。"

"不落空就好。"刀疤点点头，转身去操控台启动飞船。

我的肚子不再饥饿，我的嘴里也不再干涩，我搂着骨灰盒，抱紧了，它坚硬的棱角硌到了我的胸口。我深吸一口气，走到刀疤身后，抡起骨灰盒砸向他的后脑勺。

他一声不响地晕了过去。

我把骨灰盒放在操作台上，轻声说："阿叶，原谅我。"

我是从阿叶的社交页面上看出端倪的。

阿叶居然连着三天没有更新状态，我不停地刷新，渐渐感到一阵不安。阿叶，阿叶，我焦躁地念叨着，最后忍不住给她留了言。

但回复我的，是一个叫迈克尔的男人。我点进他的社交页面，看到了许多他和阿叶的照片，原来他就是阿叶的新男友。

他点开了全息视频通信，我犹豫了好一会儿，还是接通了。

"你好。"他说，"你是小豆豆吧？阿叶经常提到你。"

他也叫她阿叶！我心里没来由地冒火，但转念一想，肯定是阿叶让他这么叫的。她远在光年之外，还用着我给她取的名字，说明她没有忘了我。我又涌起了一阵甜蜜，急切地问道："阿叶呢？"

"阿叶，"他顿了顿，"阿叶遇难了。"

我一时没反应过来："什么？"

"阿叶死了，死了三天了。"

"怎么会……你胡说！不可能！"

迈克尔站在全息影像里，沉默地看着我，他的视线又冷又悲伤，像是午夜卷起的潮水。他不是在开玩笑，但我拒绝相信。又过了一阵，我张开嘴，但没发出声音，于是我又敲了敲胸膛，沉闷的回声终于冲开了喉咙："阿叶死了？"

"阿叶死了。"

这四个字在我脑袋里扭成了利刃，一下一下地切割着。阿叶死了，一座火山爆发了，浓烟遮天蔽日；阿叶死了，一场地震袭击了整个城市，高楼大厦积木般倾倒；阿叶死了，一颗行星从遥远幽深的宇宙中呼啸而来，气势汹汹地撞击地球，排山倒海般的冲击波席卷全球。

我脑袋剧痛，坐倒在地。

迈克尔告诉我，阿叶是为了救云鲸而死的。她在例行野外考察过后，独自回科研谷的途中，发现了一群搁浅的云鲸。

那是七八头小云鲸围着一头母鲸，母鲸受了严重的伤，下腹有一道触目惊心的伤口，血正汩汩流出，将山石染得金黄。它试图飞起来，但流血太多，每次堪堪飞起来就摔了下去。小云鲸们围绕着它哀鸣。

阿叶当即向科研谷发了消息，请求派人过来支援，但母鲸已经奄奄一息，无法支撑到科研队两个小时后的援救。阿叶焦急如焚，私自做了决定——用绳索吊着母鲸，把它运到一公里外的河流中。

困住母鲸并不复杂。她趁母鲸拼命飞起来时，向地面喷射了三条承重带，母鲸落下后，头尾和腹部便被捆住了。刚才这一跃，已经花掉了母鲸最后的力气，它安静地躺着，任凭身上的承重带被逐渐收紧，也无力挣扎。但困难在于，阿叶的科研飞车只是轻量级的，不能进行重达两百吨的运输。

但阿叶听着四周不绝的悲鸣声，一咬牙，不顾通信频道里迈克尔的阻止，把反重力引擎开到最大功率，摇摇晃晃地吊起母鲸，向河流飞去。小云鲸们停止鸣叫，缓缓跟在她们后面。

阿叶小心操作，短短一公里，花了半个小时。飞到河流上空时，她松开了承重带，云鲸坠向河面。这条河通向金色海，水里也有 F937。

意外也就是在这一刻发生的。

超负荷运行的反重力引擎急剧发热，熔断了一块已经老化的电路板。整个飞车发出几声类似咳嗽的声音，突然失去了动力，也落到了河里。这一切只在电光石火间，阿叶没有来得及从飞车里逃出来，河水充斥了整个车厢，她泡在水里，被捞出来时已经泛白，已经冰凉，已经没有了呼吸。

"这里面有很大一部分是我的错，如果我的语气强烈一点，她或许会听我的话，不去救云鲸。但我当时也想让她施救，虽然是违规操作……我们都没有预料到引擎会出意外……"

我已经听不进迈克尔的话了，呆滞了很久，突然想起阿叶离别时说的话，挣扎着站起来，说："阿叶呢？你们把她怎么样了？"

"阿叶已经死了……"迈克尔的声音哽了一下。

我使劲摇头："我是说——她的尸体呢？"

"我们把她火化了，很快会葬在科研谷对面的山坡上。"

"不！"我发出一声嘶吼，"我要把她带回来！"

迈克尔愣了愣，说："按照联盟法律，在比蒙——"

"让联盟见鬼去吧！我要把阿叶带回来！这是她说的，如果她客死在群星间，我要把她的骨灰带回来，埋在柳树下！"

我的执着和疯狂吓到了迈克尔，他考虑了很久，最终答应了。毕竟我是跟阿叶生活过最长时间的人，他得到了阿叶最后的爱，而我也必须执行对阿叶最后的承诺。

"但我没有时间把她送回去，而且，那也是非法的。"迈克尔有些歉意。

我立刻说："我自己去取！"

我将第一次在无边无际的宇宙中穿行，飞翔的恐惧会一直折磨我，但我一想到阿叶躺在冰冷的骨灰盒里，便顾不得害怕。

我一定要把她带回来，即使跨越星海！

"那群鲸后来怎么样了？"我突然问道。

"我们在离金色海一百多英里的地方，发现了它们。"迈克尔停了一会儿，说，"它们的血被人抽干了。"

我一直不理解，阿叶为什么这么喜欢云鲸。但现在，在大灰背上飞行了这么久之后，我终于明白了，因为这种生物，就是她的化身啊。

从全是海水的科尔星中孕育，在漫长的黄金航线中洄游，最终落入金色海——云鲸的一生，始于海，终于云，挣脱了重力，陪伴它们的只有风和星光，它们永远不会踏足陆地。这是阿叶魂牵梦绕的生活啊！所以她才会离开我，风尘仆仆地来到这里，追随云鲸的踪迹。

或许，她并没有爱过我，或者迈克尔。她真正喜欢的，是恣意翱翔的云鲸。

我终于意识到，阿叶让我把她带回去，只是安慰我而已。对她来说，登上去往比蒙星的飞船，并不是离开，而是一种归来。

这里才是她真正的归宿。

"刀疤，你还磨蹭什么？！"通信模块里的声音十分不耐烦，我回过神来，盯着操作台。

疆域公司这些飞船的操作系统，我都有参与设计，知道声控操作需要验证声纹，但手势操作不需要。

我的手在操作台上投出的全景模拟影像中移动，飞船随之启动，飞到天空中。

小短短还在被抽血，悲鸣声已经微弱下来了，最多再过十分钟，它就会被完全抽干血，坠落在海里，成为海上浮尸。

"挺住。"我默念道，启动所有引擎，然后右掌插进全息影像中，绕了一个 U 形轨迹，又回到我胸前。

飞船严格同步了这个动作——它像一柄剑一样切断了小短短右侧的抽血管，绕过它的头，又返回来切断左侧管道。云鲸血的传输被中断，血洒在空中，被风吹得很薄，像秋天的金色树叶。

小短短发出一声尖啸，摆动尾巴，向海里落去。

抽血的那两艘飞船立刻向下去追，我直接撞了过去，他们闪避开。

这一耽搁，小短短就落得远了。它的身下是浩瀚无际的金色海，温暖的海水会重新流进它的血管，治愈它的伤口。

它会再次飞起来。是的，飞起来，没有任何东西可以拦得住翱翔。

"刀疤，你疯了！"

"刚才差点害死我！"

"怎么回事?！回话啊！"

…………

通信模块里传来嘈杂的声音，有人疑惑，也有人咒骂。我沉默着，抬头看了看舷窗外，凌晨已至，虽夜色依旧沉暗，但一丝微弱的晨曦在天际露出来。一场黎明正在酝酿着，即将喷薄出来。

"大风三"级飞船缓缓下沉，停在离我三十米处，像一个坚不可摧的古老城堡。它在黎明前的黑暗中，投下更加黑暗的阴影，将我笼罩。几十艘"鬼四"级飞船在它身边错落地散开。

我抚摸着骨灰盒，心想，一群偷猎的，搞得跟军队对峙一样，有必要吗？

"咳咳。"一阵低沉的咳嗽声响起来，所有的嘈杂都消失了，寂静持续了几秒钟，"刀疤，再给你最后十秒，不回复的话，我们就要强行回收飞船了。"

我的手掌传来灼热感，阿叶，你也是支持我的，对吧？

"十。"偷猎者的领头开始倒数。

窗外依旧是黑夜，我眯着眼睛看，那抹晨曦太微弱了，似乎随时会被黑暗碾断。天什么时候亮呢？

"……七、六、五……"倒数声不疾不徐。

天际似乎闪了一下，黑暗没有那么浓了，天幕呈现出一种黛蓝色。

"……三、二——"通信模块里的声音突然顿了顿，出现了一丝慌张，"那、那是什么？"

"是……云鲸？"有人结结巴巴地说。

"不可能！"另一人惊疑道，"怎么可能有这么多？"

"真的是云鲸，天哪！"

我调转飞船，看到身后的景象时，眼睛顿时涌出热泪。"阿叶，你一定要看看，"我抱起骨灰盒，凑到舷窗前，喃喃道，"你看到了吗？"

在我们面前，数不清的云鲸悬停着，几百头，不，恐怕有上千头了。它们有大有小，高高低低，大灰排在最前头，而比它个头还大的也有好几头，它们沉默地飘在空中，与偷猎者的飞船对峙。

晨曦终于从天际突破进来，像一柄剑一样刺穿了重重黑暗。金黄的光辉浸染在每一头鲸身上，从鲸尾到鲸头，像是给它们披上了一件件黄金铠甲。

大灰张嘴嘶吼，所有的云鲸都吼了起来。水面被震得泛起波浪，夜晚碎了、退了，我捂着耳朵，泪流满面。

即使是堡垒一样的"大风三"级战舰，面对这样的云鲸，也没有丝毫胜算。他们慢慢后退，退到安全距离以外后，再调转方向，喷出一道道离子束，很快消失了。

于是，只有我还留在海面上。

大灰飞到飞船下面，嗡嗡叫着。我穿上宇航服，从飞船上跳下去。大灰接住了我，长鸣一声，陡然加速，其余的鲸也跟上来，冲向东边那两轮正在升起的太阳。

长夜已逝，黎明渐至。灿烂的晨光洒在海面上，伴随着波浪，聚散离合，如鱼鳞般泛起。太阳升得高了些，像在融化。光太烈了，我的眼睛有些睁不开，于是我低下头，把骨灰盒打开。

"阿叶，接下来的路，"我低声说，"我就要一个人走了。谢谢你的陪伴。"

我把盒子横着，在空中画过一道轨迹，骨灰撒了出来，撒成一蓬泛起的白雾。

阿叶，飞起来吧！飞起来了就不要再落下去！

仿佛听到了我的呼唤，一阵晨风突然刮起来，猎猎呼啸。本来快要落下的骨灰被风托起，越升越高，无处不在。这一刻，我的阿叶是晨风，是朝阳，是金色海浩瀚无边的波浪。她终于完全融在了这颗星球上。